T^le^

Spécial BAC

Cours / Méthode / Exos

Philosophie

Joan-Antoine Mallet
Professeur certifié et docteur en Philosophie

Andreas Wilmes
Chercheur et docteur en Philosophie

MAGNARD

Sommaire

Annexes

Retrouvez ici les corrigés des « Je mémorise »

Description de l'épreuve

1 Principes généraux

- L'enseignement de Philosophie fait partie, en Terminale, du **tronc commun** des enseignements, à raison de quatre heures hebdomadaires obligatoires.
- L'**épreuve de Philosophie** est une épreuve **écrite**.
- Il existe aussi une **épreuve orale** (oral de contrôle dit de « rattrapage ») qui se tient potentiellement lors du second groupe d'épreuves (communément appelé « rattrapage »).

Conseil

→ Voir la fiche « Méthode : se préparer à l'oral de contrôle » (p. 230-232) pour vous préparer au mieux à cette épreuve.

- La note obtenue pour l'épreuve de Philosophie compte pour **8 % de la note finale du Baccalauréat dans la série générale**.
- La **durée maximale de l'épreuve de Philosophie** est de **quatre heures**, sauf cas particuliers. Il est possible de sortir définitivement après une heure de composition, sauf avis contraire du chef de centre. Il est toutefois évident que **toute sortie prématurée est déconseillée et est bien souvent synonyme d'échec** !
- L'épreuve de Philosophie est **notée sur 20 points entiers**.
- Même s'il n'y a pas de barème pour la **correction de la langue et de l'orthographe**, leur **respect est absolument nécessaire**.

Conseil

→ La clarté de l'expression doit être la première de vos priorités. L'épreuve de Philosophie exige que les informations que vous souhaitez communiquer au correcteur le soient de la manière la plus claire et la plus précise possible.

- Vous avez le **choix entre trois sujets : deux sujets de dissertation** et un **sujet d'explication de texte**.

Conseil

→ Évitez à tout prix la mauvaise stratégie d'impasse consistant à privilégier uniquement un type d'exercice au détriment de l'autre. Si vous faites cela, vous réduisez les possibilités de choix et prenez le risque de devoir traiter un sujet faisant référence à une ou plusieurs notions que vous ne maîtrisez pas, ou mal.

Attention par ailleurs à ne pas délaisser la dissertation au profit de l'explication de texte : vous n'aurez alors plus aucun choix !

2 Les épreuves écrites

1. La dissertation

• Les sujets de **dissertation** sont toujours rédigés sous forme de **question**.

• Les sujets de **dissertation** font toujours **référence** explicitement à **une ou plusieurs notions** du programme officiel.

• La **dissertation** n'est pas un **journal intime** ou une **tribune**. Une suite d'opinions ou d'avis politiques, religieux ou autres ne saurait se substituer au travail d'analyse et de problématisation.

• La **dissertation** n'est pas **une épreuve d'histoire de la philosophie**. Une accumulation de remarques générales sur la pensée et l'œuvre des auteurs ne saurait se substituer, ici encore, au travail d'analyse et de problématisation.

2. L'explication de texte

• Le sujet d'**explication de texte** porte sur un **bref passage d'une œuvre dont l'auteur figure sur la liste officielle**. Sont mentionnés à la suite du passage :

– le nom de l'auteur ;

– le titre de l'ouvrage ;

– la date ou l'époque de sa composition ou de sa publication.

• Les sujets d'**explication de texte** font toujours référence explicitement à **une ou plusieurs notions** du programme officiel.

• Les sujets d'**explication de texte** n'exigent pas une connaissance de la doctrine de l'auteur ou de son œuvre. Il ne s'agit **pas d'une épreuve d'histoire de la philosophie**. Ainsi, il faut absolument **éviter toute présentation générale sur la vie et l'œuvre de l'auteur**, tout comme il faut **éviter de prendre le texte à expliquer pour un prétexte à des réflexions générales**.

3 La spécialité « Humanités, littérature et philosophie »

• Même si la spécialité « Humanités, littérature et philosophie » repose pour moitié sur un enseignement de Philosophie, ce dernier **ne doit pas être confondu** avec celui de tronc commun dont il est question dans cet ouvrage.

• Toutefois, il existe de **nombreux liens** entre la spécialité et l'enseignement de tronc commun, qu'il serait dommage de ne pas approfondir. Vous trouverez en annexes des conseils sur la manière de rapprocher l'enseignement de Philosophie en tronc commun de la spécialité « Humanités, littérature et philosophie » et, plus largement, des différents enseignements de spécialité.

4 Le Grand oral

- Dans la mesure où le **Grand oral doit s'appuyer sur les deux spécialités conservées en Terminale**, on pourrait penser qu'il n'y a pas de lien entre celui-ci et l'enseignement de Philosophie en tronc commun.
- Néanmoins, le programme de l'enseignement de Philosophie en tronc commun étant vaste, de **nombreux rapprochements** sont possibles, du point de vue des **méthodes** et des **contenus**, avec les enseignements de spécialité et donc avec le Grand oral. Vous trouverez en annexes des conseils sur la manière de rapprocher l'enseignement de Philosophie en tronc commun du travail à mener à l'occasion du Grand oral.

L'art

Notion 1

Autoportrait de l'artiste peignant sa femme, Giulio Quaglio, 1628.

J'apprends

I Introduction

- Il semblerait que l'art soit l'activité culturelle (➔ Perspective 1) édifiante* par excellence, aussi bien du point de vue de la réalisation que de celui de la contemplation, car il est détaché de toute finalité pratique et de tout impératif de rendement marchand.
- Cependant, une telle hypothèse* pose problème car, si nous observons des œuvres d'art, un vif débat a toutes les chances de s'installer afin de savoir si elles peuvent être, ou non, qualifiées ainsi.
- Les œuvres d'art sont très diverses et différentes objectivement (époque, lieu, matériau, techniques employées, etc.). Il existe aussi un problème de jugement subjectif* : face à une œuvre d'art, nous sommes ultimement libres de la considérer, ou non, comme relevant de l'art. Enfin, la polémique peut s'étendre à la définition de l'artiste, qui est bien souvent rapproché du génie, mais aussi parfois de l'homme d'affaires, voire de l'imposteur.
- Ce problème relève de trois interrogations principales : sur la nature de l'art du point de vue de la contemplation (c'est-à-dire du spectateur), sur la nature de l'art du point de vue de la réalisation et, enfin, sur la possibilité de définir la contemplation et la pratique artistiques en réponse aux différentes crises qu'a traversé l'art jusqu'à notre époque.

II Qu'est-ce que l'art du point de vue de la contemplation ?

1. Le paradoxe de la contemplation artistique

- Se demander ce qu'est l'art du point de vue de la contemplation revient à se demander quelles sont les conditions pour qu'une production humaine puisse être qualifiée, par un observateur, d'œuvre d'art.
- Spontanément, nous pourrions répondre à cette question en essayant de déterminer une caractéristique commune à toutes les productions qualifiées d'œuvres d'art. Toutefois, nous avons vu que l'hétérogénéité objective des œuvres d'art rendait une telle ambition impossible.
- Nous pourrions nous résigner et dire que nous sommes libres d'exprimer nos goûts en matière d'art et ainsi de qualifier d'œuvre d'art ce qui nous plaît (« des goûts et des couleurs, on ne discute pas »).

- Toutefois, il semble y avoir dans les jugements que nous proférons quant aux œuvres d'art une certaine volonté d'énoncer une appréciation ayant une valeur dépassant notre propre subjectivité et qui ne se satisfait pas de la relativité des opinions*.
- Face à une œuvre d'art, dire « c'est de l'art » ou « ce n'est pas de l'art » est paradoxal*, car nous formulons un jugement qui tire son origine de notre sensibilité et de nos goûts personnels, mais nous voudrions qu'il soit universel et qu'il puisse valoir pour les autres, bien que leurs goûts soient potentiellement différents.
- Il y aurait donc une particularité de la contemplation de l'œuvre d'art qui permettrait de déterminer le critère de la production artistique : provoquer une certaine forme de sentiment subjectif prétendant avoir une portée universelle, c'est-à-dire pouvant valoir pour tout un chacun.

2. La réponse de Kant à ce paradoxe

- Ce paradoxe a été analysé par le philosophe allemand Emmanuel Kant à travers le sentiment du beau.
- Ainsi, selon Kant, l'objectivité de l'œuvre d'art se trouve garantie, car elle repose sur un critère, le beau, d'origine subjective, mais à prétention objective, qui consiste en la possibilité pour chacun d'entre nous d'éprouver un plaisir désintéressé.

Pour Kant, il est nécessaire de distinguer le jugement esthétique relevant du beau et le jugement d'agrément relevant de l'intérêt.

Le jugement esthétique (ou de goût)

Il apparaît dès que l'on prononce l'affirmation suivante : « C'est beau ».
Le beau est un critère car, quand on prononce le jugement « c'est beau », on ne se contente pas d'exprimer une préférence particulière*, mais on prononce une affirmation à portée universelle, définitive et indifférente à l'existence d'un rapport potentiellement intéressé entre l'objet et celui qui le contemple. Dire « C'est beau » n'engage pas seulement de façon désintéressée celui qui prononce cette phrase, mais tous les hommes susceptibles de contempler l'œuvre qui a provoqué un tel jugement et d'en tirer un plaisir désintéressé, car inattendu.

Le jugement d'agrément

Il concerne tous les objets sensibles et ne prétend à rien d'autre que l'expression d'une préférence particulière (préférence souvent reconnaissable à la formule « Ça me plaît »). Son critère est simplement le plaisir des sens, ou l'utilité. Il ne peut donc pas être objectif*, car chacun a une sensibilité différente. Il est irréductiblement subjectif.

III Qu'est-ce que l'art du point de vue de la création ?

1. Définition de la notion de génie

- Affirmer que l'art et les œuvres d'art sont reconnaissables grâce au critère du beau demeure toutefois problématique. En effet, nous pouvons éprouver une certaine forme de beau face à un objet qui n'a pas été créé avec une intention artistique (par exemple, certaines productions techniques, voire industrielles, à l'instar d'une « belle » voiture ou d'un « bel » appareil électronique).
- Dès lors, si certaines productions humaines visant l'utilité (et donc en cela opposées à la dimension désintéressée de l'art) peuvent susciter le beau, ce dernier est-il un critère suffisant pour définir l'art ?
- Pour pallier ce problème, il est nécessaire de se demander ce qui, dans l'action du créateur ou dans ce qu'il est, fait qu'une œuvre d'art vienne à exister.
- Dans cette perspective, nous pouvons nous référer à la figure centrale du créateur artistique, le génie, telle que présentée par Emmanuel Kant dans la *Critique de la faculté de juger*.

1. Le génie relève du talent (l'originalité)

En premier lieu, le génie relève du talent, c'est-à-dire d'une capacité pour celui-ci d'avoir un principe d'action (il n'agit pas par hasard) qui n'est pas pour autant l'objet d'une réflexion consciente et ainsi d'un enseignement : il dépend ultimement d'une nature qu'il est donné à certains individus de posséder.

2. Le génie n'est pas l'expression immédiate d'une subjectivité (l'exemplarité)

En second lieu, toutefois, le génie n'est donc pas l'expression immédiate d'une subjectivité qui, trop radicale, en viendrait à ne plus avoir de sens et être absurde, mais doit être surtout ce qui fait date dans le champ de l'art et qui va en changer les codes, car il sera, par la suite, objet d'imitation.

3. Le génie n'est pas explicable en termes scientifiques (la nature)

Troisièmement, le génie n'est pas explicable en termes scientifiques dans la mesure où l'artiste créateur de génie n'a pas connaissance des lois, c'est-à-dire des enchaînements de cause à effet conduisant à l'existence d'un phénomène (ici, sa création artistique). Le génie créateur est incapable de découvrir les moyens, la voie, qui l'ont conduit à la création d'une œuvre donnée.

4. Le génie et l'art se définissent directement sans avoir besoin de la science (la normativité)

Quatrièmement, le génie et l'art se définissent directement sans avoir besoin* de la science, là où les autres types de productions ont besoin de la science et de ses savoirs (concepts*, déductions*, etc.) pour exister et se développer.

2. Critique de la notion de génie

- Au XIXe siècle, le philosophe allemand Nietzsche a critiqué la notion kantienne de génie.

- Selon Nietzsche, l'activité du génie n'est pas par nature différente de l'activité de l'artisan car ils ont, tous les deux, conscience d'un projet qu'ils tentent, à l'aide de techniques, d'actualiser* dans la matière. Les créations artistiques et l'art en général ne seraient donc plus à distinguer radicalement des productions artisanales et donc du travail.

- Tout au mieux, il y aurait une différence de degré entre la production du génie artistique et celle de l'artisan, qui se distingueraient par un caractère plus minutieux et abouti des productions artistiques, car sans doute plus rares et moins soumises à un impératif de rentabilité.

Comment expliquer, selon Nietzsche, que nous nous plaisons à croire, malgré tout, que l'art relève du génie et non de l'effort patient ?

Une telle tendance s'explique selon Nietzsche par le fait que qualifier quelqu'un de « génie » en dit plus sur nous que sur l'individu qualifié comme tel.

En premier lieu, croire au génie comme être divin est une manière d'éviter de prendre la juste mesure de ce que nous sommes, ou non, capables de faire : il s'agit là d'un moyen de forger une image de soi qui évite toute comparaison malencontreuse.

En second lieu, donner à certaines créations une origine ineffable* par le biais du génie satisfait notre volonté de produire une chose sans pour autant avoir à envisager le pénible labeur nécessaire à son existence.

En croyant que les génies existent et qu'ils peuvent créer sans effort, nous cultivons ainsi l'illusion, selon Nietzsche, que, nous aussi, nous pouvons créer de la sorte.

IV Est-il encore possible de définir la contemplation et la pratique artistiques aujourd'hui ?

1. L'art en crise

- Les évolutions modernes et contemporaines de l'art ainsi que la prise en considération de formes d'art non occidentales viennent remettre en question la contemplation et la pratique artistiques définies auparavant.
- Face à des œuvres se manifestant non plus par le beau, mais par exemple par la subversion comme chez Duchamp, ou plus tard chez Manzoni, le consensus esthétique devient de plus en plus difficile à conserver et nous nous apercevons qu'il est très difficile, voire impossible, de définir positivement l'art, car son critère ultime et objectif nous échappe toujours.

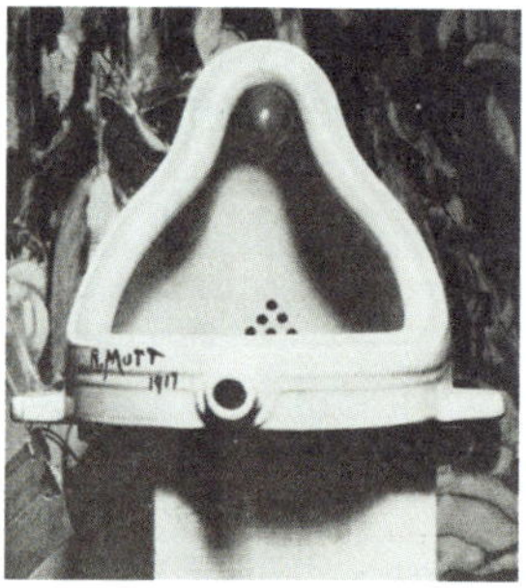

Fontaine, Marcel Duchamp, 1917.

Merde d'artiste, Piero Manzoni, 1961.

- Cette difficulté semble ainsi venir remettre en cause la définition de l'art à laquelle nous pensions être arrivés. En effet, s'il n'y a plus de critères pour l'art et pour ses productions, comment faire la différence entre ce qui est artistique et ce qui ne l'est pas ?

- Pour dépasser cette difficulté, il est nécessaire d'envisager une autre façon de définir l'art en le saisissant négativement, c'est-à-dire en s'intéressant à ce qu'il n'est pas.

2. La réponse de Hannah Arendt à cette crise

- Selon Hannah Arendt dans *La Crise de la culture*, l'art est à opposer à l'artisanat, c'est-à-dire un travail de transformation de matériaux à l'aide d'outils et de savoir-faire en vue de produire des biens utiles.

La production de l'artisanat

La production de l'artisanat (l'objet artisanal) est un objet de consommation et d'usage. Il a une durée de vie limitée, il concerne la satisfaction des besoins et des désirs* qui ne cessent de se répéter, et dont la satisfaction entraîne la réapparition.

≠

La production de l'artiste

La production de l'artiste (l'œuvre d'art) semble dotée d'une immortalité potentielle, non pas parce qu'elle est constituée de matériaux indestructibles, mais parce qu'elle échappe à la consommation et à l'utilisation qui font disparaître les autres objets.

↓

Ainsi, définie négativement, l'œuvre d'art ne serait ni consommée ni utilisée, bénéficiant ainsi d'un traitement particulier au sein des choses, parce qu'elle matérialiserait et permettrait la perpétuation des traits caractéristiques d'une civilisation et plus largement de ce sur quoi une société se fonde (croyances*, rapport au divin, rapport à la nature, rapport entre les hommes, etc.).

L'art

1 Quels sont les problèmes les plus évidents face aux productions artistiques ?

a. ○ Elles sont diverses.

b. ○ Elles suscitent des jugements contradictoires.

c. ○ Elles sont inestimables.

d. ○ Elles relèvent d'un talent difficilement explicable.

2 En quoi la contemplation artistique est-elle paradoxale ?

a. ○ Elle est subjective, mais a la prétention de proposer un jugement pouvant être accepté par tout spectateur.

b. ○ Elle est rare, malgré la grande quantité d'œuvres d'art.

3 Quelle est la définition du beau selon Kant ?

a. ○ Il est ce qui relève de l'agréable.

b. ○ Il est le fruit d'un accord commun.

c. ○ Il est ce qui provoque un plaisir désintéressé, hors de toute recherche pour satisfaire un besoin ou un désir.

4 Quels sont les critères du génie selon Kant ?

a. ○ L'originalité (nouveauté radicale).

b. ○ L'exemplarité (modèle).

c. ○ Le naturel (don rare).

d. ○ La normativité.

e. ○ La rentabilité.

5 En quoi le génie est-il critiquable selon Nietzsche ?

a. ○ Il n'est pas véritablement différent de l'artisan.

b. ○ Recourir au génie nous permet d'oublier la dimension laborieuse de la production artistique.

c. ○ Il relève de la superstition religieuse.

6 Pourquoi la définition de l'art est-elle en crise à notre époque ?

a. ○ De nouveaux critères sont apparus.

b. ○ L'art est devenu un objet de commerce.

Réponses :

1 a, b, d – 2 a – 3 c – 4 a, b, c, d – 5 a, b – 6 a.

Je mémorise

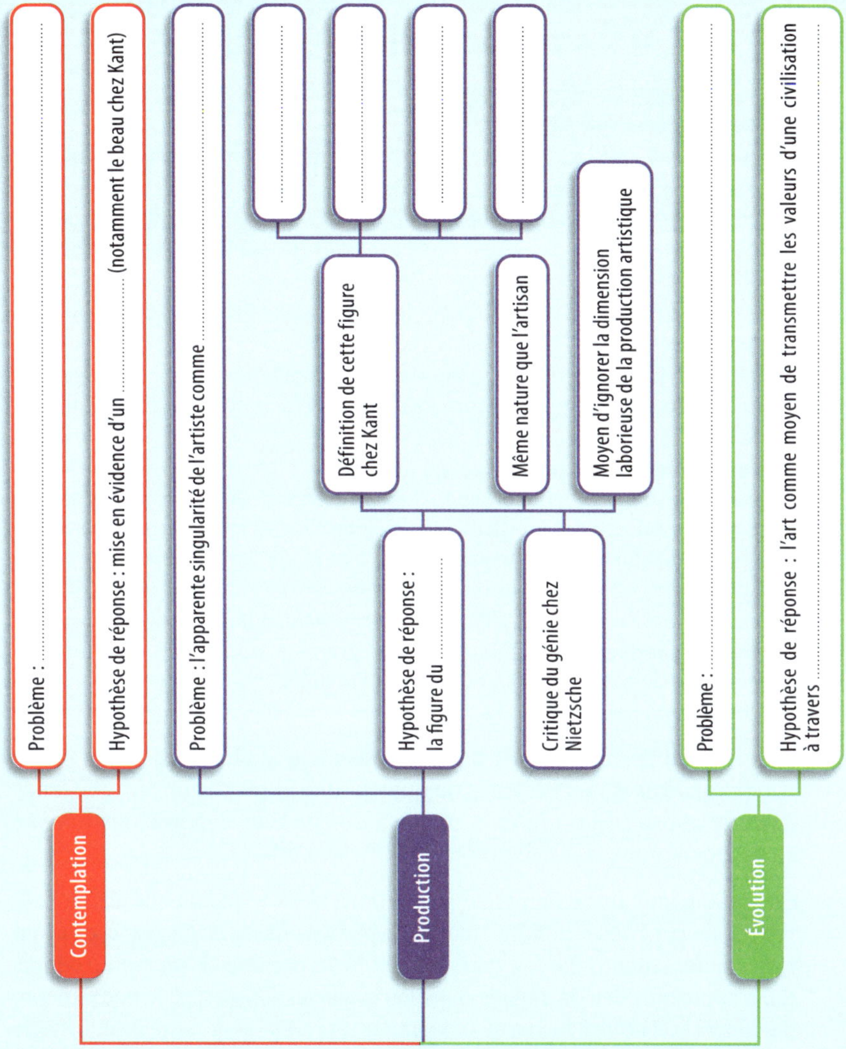
Contemplation
Problème : ……
Hypothèse de réponse : mise en évidence d'un …… (notamment le beau chez Kant)
Production
Problème : l'apparente singularité de l'artiste comme ……
Hypothèse de réponse : la figure du ……
Définition de cette figure chez Kant
……
……
……
……
Critique du génie chez Nietzsche
Même nature que l'artisan
Moyen d'ignorer la dimension laborieuse de la production artistique
Évolution
Problème : ……
Hypothèse de réponse : l'art comme moyen de transmettre les valeurs d'une civilisation à travers ……

Identification de la structure logique d'un texte philosophique

Les clés de l'exercice

Comment identifier la structure logique d'un texte philosophique ?

→ Il faut toujours partir du principe qu'un texte philosophique cherche à transmettre des informations (présenter un problème, y présenter des solutions possibles, justifier ou illustrer leur pertinence, etc.), même si celles-ci ne sont pas immédiatement compréhensibles.

→ Un texte philosophique n'est jamais rédigé arbitrairement, mais suit une structure logique que vous devrez identifier.

→ Attention, ce n'est pas parce que tous les textes suivent une structure logique qu'ils suivent tous la même structure logique. Prenez garde à la spécificité de chaque texte.

→ Trois techniques servent principalement à mettre en évidence la structure logique d'un texte philosophique : **identifier la ponctuation et les connecteurs logiques ; identifier les termes qui se répètent dans le texte ; identifier les indices laissés par l'auteur sur l'organisation de l'argumentation** (attention, ce dernier point n'est parfois pas présent dans certains textes). Ces trois techniques doivent être utilisées conjointement.

→ Ce premier travail ne vise ni l'exhaustivité, ni la précision de l'analyse. Contentez-vous dans un premier temps d'identifier les grandes étapes argumentatives. L'examen précis de chaque passage viendra par la suite.

Mais quand la question est de savoir si quelque chose est beau, on ne veut pas savoir si nous-mêmes ou quelqu'un d'autre portons à l'existence de cette chose [...] un intérêt, mais comment nous l'apprécions lorsque simplement nous la contemplons [...].

Quand quelqu'un me demande si je trouve beau le palais que j'ai devant moi, je peux certes répondre : je n'aime pas les choses de ce genre, qui sont faites uniquement pour les badauds, ou bien, comme ce sachem iroquois qui n'appréciait rien davantage dans Paris que les rôtisseries, je peux encore déclamer [...] contre la vanité des grands qui emploient la sueur du peuple pour des choses aussi superflues ; je peux enfin, très facilement, me persuader que, si je me trouvais dans une île inhabitée sans espoir de jamais revenir chez les hommes et si, par mon simple désir, je pouvais y transporter par un coup de baguette magique un tel palais, je ne m'en donnerais même pas la peine pourvu simplement que je possède déjà une cabane assez confortable pour moi. On peut m'accorder toutes ces considérations et les approuver ; seulement, ce n'est pas là, pour l'instant, la question.

On veut seulement savoir si la simple représentation de l'objet est accompagnée en moi de satisfaction, si indifférent que je puisse être à l'existence de l'objet de cette représentation. On voit facilement que ce qui importe pour dire que l'objet est *beau* et pour prouver que j'ai du goût, c'est ce que je fais de cette représentation en moi-même, et non ce par quoi je dépends de l'existence de cet objet. Chacun doit convenir que le jugement sur la beauté où se mêle la moindre dimension d'intérêt est très partial et ne constitue pas un pur jugement de goût. [...]

Emmanuel Kant, *Critique de la faculté de juger*,
traduction d'Alain Renaut, 1790, © Flammarion.

➲ Identifiez la structure logique de l'extrait ci-dessus.

Avant de commencer

- **Utilisez une couleur particulière pour distinguer la ponctuation et les connecteurs logiques.**
- **Utilisez une couleur par mot ou par famille de mots pour identifier les termes se répétant dans le texte.**
- **Soyez attentif aux indications laissées par l'auteur pour rendre plus claire sa démarche.**

Analyse du premier paragraphe

Le premier paragraphe s'ouvre sur une **question** (« savoir si quelque chose est beau ») qui indique l'objectif de l'auteur et sa volonté d'y répondre. Ce paragraphe se poursuit par une **distinction implicite** (« on ne veut pas savoir si [...] mais comment ») entre l'« intérêt » et l'« appréciation » (qui n'est autre que le fait de reconnaître le beau en quelque chose). Nous pouvons dès maintenant comprendre que le beau n'a rien à voir avec l'intérêt.

Analyse du deuxième paragraphe

Le deuxième paragraphe procède à une **définition négative** du beau (en déterminant ce qui s'y oppose, l'intérêt) introduite par les **exemples** du « palais » et du « sachem iroquois ». L'intérêt ne relève que d'une préférence particulière fondée sur le **plaisir des sens ou l'utilité**, et ne peut donc pas être objectif.

Analyse du dernier paragraphe

Le troisième paragraphe présente une définition positive du « beau » comme sentiment entièrement indifférent à l'intérêt et en cela potentiellement universalisable.

Je m'entraîne

1 * Identifiez la structure logique de l'extrait suivant. ▶ Corrigés p. 273

Une œuvre géniale, qui commence par déconcerter, pourra créer peu à peu par sa seule présence une conception de l'art et une atmosphère artistique qui permettront de la comprendre ; elle deviendra alors rétrospectivement géniale ; sinon, elle serait restée ce qu'elle était au début, simplement déconcertante. Dans une spéculation financière, c'est le succès qui fait que l'idée avait été bonne. Il y a quelque chose du même genre dans la création artistique, avec cette différence que le succès, s'il finit par venir à l'œuvre qui avait d'abord choqué, tient à une transformation du goût du public opérée par l'œuvre même ; celle-ci était donc force en même temps que matière ; elle a imprimé un élan que l'artiste lui avait communiqué ou plutôt qui est celui même de l'artiste, invisible et présent en elle.

Henri Bergson, *Les Deux Sources de la morale et de la religion*, 1932.

2 ** Identifiez la structure logique de l'extrait suivant.

Ce qui nous plaît dans la beauté artistique, c'est précisément le caractère de liberté de sa production et de ses formes qui nous soustrait, semble-t-il, par la production et par l'intuition mêmes, aux liens de la règle et du réglé. Face à la rigueur de ce qui subit le joug des lois et face à la sombre intériorité de la pensée, nous cherchons l'apaisement et l'animation dans les figures de l'art ; face au royaume ténébreux des idées, une réalité animée et pleine de vie. Enfin, la source des œuvres d'art est la libre activité de l'imagination qui, dans ses images mêmes, est plus libre que la nature. Non seulement l'art dispose de l'entièreté du royaume des formes de la nature, dans leur paraître multiple et bigarré, mais l'imagination créatrice se montre inépuisable dans les productions qui lui sont propres. Face à cette plénitude démesurée de l'imagination et de ses libres réalisations, il semble donc que la pensée doive renoncer au projet hardi de saisir intégralement de pareilles réalisations, de les juger et de les ordonner sous ses formules universelles. […] Il est vrai qu'il y a des cas dans lesquels l'art peut être considéré comme un jeu éphémère destiné à l'amusement et à la distraction, comme un ornement qui sert à enjoliver l'aspect extérieur des rapports de la vie ou à mettre en relief, en les ornant, d'autres objets. Sous ce point de vue, il ne s'agit pas d'un art indépendant et libre, mais d'un art asservi.

Wilhelm Friedrich Hegel, *Esthétique ou Philosophie de l'art*, traduction de Charles Bénard, 1835.

3 ** **Identifiez la structure logique de l'extrait suivant.**

En règle générale, ce n'est pas l'artiste exécutant qui peut donner une juste information sur les principes de son art. Il ne crée pas d'après des principes et n'évalue pas d'après des principes. En créant, il obéit à l'impulsion spontanée de ses facultés harmonieusement cultivées et, en jugeant, à la finesse de son intuition et de son sens artistique. Or, il n'en est pas seulement ainsi dans le cas des beaux-arts, auxquels on a pu penser tout d'abord, mais pour tous les arts en général, en prenant ce mot dans son sens le plus large. Il en est, par conséquent, aussi de même pour les activités de la création scientifique et l'évaluation théorique de ses résultats, des fondations scientifiques de faits, de lois, de théories. Le mathématicien, le physicien, l'astronome eux-mêmes n'ont pas besoin, pour mener à bien leurs travaux scientifiques les plus importants, d'accéder à l'évidence intellectuelle des ultimes fondements de leur activité et, bien que les résultats obtenus possèdent, pour eux et pour d'autres, la force d'une conviction rationnelle, ils ne peuvent cependant pas élever la prétention d'avoir prouvé, pour tous les cas, les ultimes prémisses de leurs conclusions, ni recherché les principes sur lesquels repose la validité de leurs méthodes. Or, c'est à cela que tient l'état d'imperfection de toutes les sciences.

Edmund Husserl, *Recherches logiques*. Tome 1 : *Prolégomènes à la logique pure* [1900], © Presses universitaires de France (PUF)/Humensis, 2003.

Exercice Bac

4 **Faites une dissertation sur le sujet suivant :** ***L'art est-il une affaire de spécialiste ?***

➲ *Vous pouvez vous reporter aux Méthodes des pages 116-118 ; 128-130 ; 140-141 ; 154-156 ; 168-169 ; 182-183.*

Le bonheur

Notion 2

Le Rêve du bonheur, Constance Mayer, 1819.

1 Introduction

- La recherche du bonheur est non seulement commune à la plupart des êtres humains, mais elle constitue également une question philosophique majeure.
- Cependant, ce cours ne se limitera pas à la problématique : *comment l'homme peut-il atteindre le bonheur ?* Nous nous interrogerons aussi sur la définition du bonheur, la possibilité même de l'atteindre, et la question de savoir si la volonté de l'homme de l'atteindre a un sens.

La Famille heureuse ou Le Retour du baptême, Antoine Le Nain, 1642.

II Est-il possible de donner une définition universelle du bonheur ?

1. Obstacles apparents quant à une définition universelle

- De prime abord, nous noterons que les conceptions du bonheur semblent différer selon les individus. Pour untel le bonheur est d'être riche, pour tel autre de mener une vie paisible et isolée auprès de la nature, pour tel autre encore de s'épanouir dans une activité artistique, etc.

- De plus, si nous considérons notre vie passée, nous aurons tendance à rattacher le bonheur à des moments ou à des épisodes précis de notre existence (*le jour où j'ai rencontré mon âme sœur, ma première réussite professionnelle, mes meilleures vacances d'été, etc.*).

- Par ailleurs, nous ne manquerons pas d'observer que nos bonheurs et nos malheurs semblent bien souvent découler du hasard des circonstances. Par exemple, au malheur ressenti après un accident ou le décès d'un proche peut succéder le bonheur éprouvé face à l'aide providentielle d'un ami ou d'un étranger.

- Dès lors, plusieurs obstacles paraissent s'opposer à l'idée d'une définition universelle du bonheur. Tout d'abord, le concept* du bonheur semble radicalement subjectif* et relatif. En outre, ce concept semble lié à des moments éphémères et particuliers*. Enfin, la notion de bonheur semble dépendre de circonstances et d'événements sur lesquels nous n'avons aucune maîtrise.

2. Le bonheur, la vertu et la raison

- Les philosophes de l'Antiquité, tels qu'Aristote, les épicuriens, et les stoïciens, ont entrepris de dépasser ces obstacles.

- En dépit de leurs nombreuses différences, tous ces philosophes s'accordent sur le fait que le bonheur correspond à la vie bonne, c'est-à-dire la vie vertueuse. Or, l'homme vertueux est l'homme qui agit conformément à la raison.

- La raison caractérise l'homme et doit l'orienter dans ses actions. En résumé, donc, l'homme est l'homme raisonnable, et l'homme raisonnable atteint le bonheur en étant conforme à sa propre nature. Ou, dit différemment, est heureux celui qui vit en accord avec sa propre nature d'être doué de raison.

- Tout particulièrement pour l'épicurisme et le stoïcisme, le bonheur ne saurait échapper à la maîtrise de l'homme usant convenablement de sa raison (à noter que le point de vue d'Aristote est ici différent dans la mesure où il estime que le bonheur de l'homme peut être empêché par des obstacles extérieurs).

3. Le bonheur selon les stoïciens et les épicuriens

Philosophe

Épicure (vers 342 av. J.-C. - -270 av. J.-C.)

Philosophe grec et fondateur de l'épicurisme, Épicure développa d'importantes théories sur la physique. Pour lui, bonheur et vertu sont indissociables. La clef de voûte de son éthique est la classification des désirs.

Le bonheur selon les épicuriens

- D'après Épicure, le bonheur dépend d'une analyse et d'une classification des désirs* opérées par la raison. L'homme raisonnable est celui qui apprend à distinguer les désirs utiles des désirs inutiles et nuisibles.
- Pour Épicure, il convient d'exclure les désirs vains qui s'opposent à la nature, car ils impliquent une quête illimitée ou impossible (par exemple, la soif du pouvoir ou le désir d'immortalité). Par ailleurs, l'homme doit faire preuve de modération face aux désirs naturels non nécessaires (par exemple, le plaisir sexuel ou esthétique) sous peine, sinon, d'empêcher la tranquillité de son âme.
- Seuls les désirs naturels nécessaires doivent être recherchés par l'homme raisonnable. Chez le sage, la collaboration étroite entre la raison et les désirs garantit le bonheur qu'Épicure désigne sous le terme d'*ataraxie** (l'absence de troubles).

Le bonheur selon les stoïciens

- L'homme employant de manière appropriée sa faculté de juger et sa volonté sait, d'après les stoïciens, faire la part des choses entre ce qui dépend et ne dépend pas de lui (➔ Notion 9).
- D'un point de vue stoïcien, seule la volonté guidée par le bon usage des idées peut assurer le bonheur. Même les pires circonstances (mort, maladie, exil forcé, etc.) qui accablent le sage stoïcien doivent lui être indifférentes. Sa raison et sa volonté forment une « citadelle intérieure » à laquelle le malheur ne saurait accéder.

- Tant dans l'épicurisme que dans le stoïcisme, nous observons que le bonheur ne se confond pas avec le plaisir subjectif et éphémère (même si l'expérience du plaisir peut être conjointe au bonheur).
- Le bonheur est universel, car fondé sur la vertu et la raison. Il désigne en outre un état de bien-être optimal, stable et constant que l'être humain est en mesure d'atteindre. Tous les obstacles que nous évoquions au début semblent donc bel et bien avoir été dépassés.

III L'homme raisonnable et vertueux est-il nécessairement heureux ?

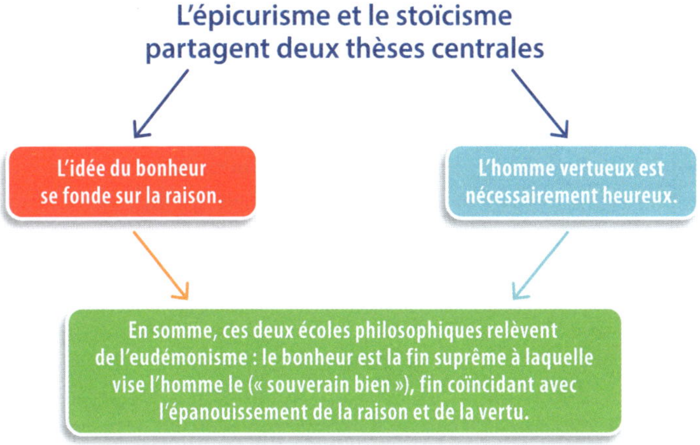

- Or, le philosophe Emmanuel Kant, notamment dans les *Fondements de la métaphysique des mœurs* et la *Critique de la raison pratique*, remet en question cette perspective eudémonique.

1. La recherche du bonheur ne peut pas s'affranchir de l'expérience

- Kant s'intéresse à la double indétermination du concept du bonheur.
- D'une part, comme nous l'avons vu, les conceptions du bonheur sont susceptibles de varier d'un individu à l'autre (et l'on notera, en passant, que les conceptions épicuriennes et stoïciennes du bonheur ne sont pas identiques).
- D'autre part, le contenu que nous attribuons à ce concept peut changer selon les périodes de notre existence (notre vision du bonheur à l'âge adulte n'est souvent plus la même que celle que nous avions étant enfants ou adolescents).
- Dans l'idéal, tous les cas particuliers du bonheur devraient pouvoir être subsumés sous le concept* du bonheur entendu comme un « tout absolu ». Ce concept devrait nous permettre d'aboutir à une définition d'un niveau optimal de bien-être valable aussi bien à présent que dans le futur.

- Cependant, les cas particuliers que nous tirons de notre expérience ne nous permettent pas d'établir qu'un moyen donné nous procurant du bien-être à présent va nécessairement nous procurer du bien-être à l'avenir.
- Dans sa quête du bonheur, l'homme devra procéder par une série d'essais et de corrections. Sa recherche, autrement dit, ne peut pas s'affranchir de l'expérience.

2. La loi morale et le bonheur

- La loi morale, en revanche, est *a priori**. C'est-à-dire qu'elle peut être conçue indépendamment de l'expérience sensible. L'impératif catégorique (« Agis toujours de telle sorte que la maxime de ton action puisse être tenue pour une loi universelle ») est un commandement rationnel et un devoir inconditionnel.
- Il s'ensuit que la morale, fondée sur la raison, ne peut pas être déterminée par le plaisir ou par la recherche du bonheur. On ne peut donc ni dire que l'homme qui recherche raisonnablement le bonheur deviendra nécessairement vertueux, ni que l'homme vertueux sera nécessairement heureux.
- Dans la *Critique de la raison pratique*, Kant écrit :

> La morale n'est donc pas à proprement parler la doctrine qui nous enseigne comment nous devons nous rendre heureux, mais comment nous devons nous rendre dignes du bonheur.

- Autrement dit, nous sommes dignes de notre état de bien-être lorsqu'il se trouve en harmonie avec la raison. Toutefois, dans le même temps, notre recherche du bien-être ne saurait conditionner la loi morale.

IV La recherche du bonheur est-elle absurde ?

- Ces derniers développements nous indiquent que la définition du bonheur fait toujours difficulté. Nous retrouvons alors face à un phénomène tout à fait paradoxal* et étonnant : bien que les hommes s'avèrent incapables de correctement identifier le bonheur, ils ne cessent pourtant jamais d'être à sa recherche. Comment pouvons-nous l'expliquer ?
- Pascal s'est intéressé à cette question. Selon lui, la tendance de l'homme à poursuivre le bonheur est à mettre en relation avec sa représentation du temps.

Philosophe

Blaise Pascal (1623-1662)

Philosophe français qui s'est à la fois illustré comme homme de sciences et apologiste du christianisme. Dans ses *Pensées*, il s'interroge notamment sur le sens de la recherche du bonheur.

- La conscience de l'homme est comme un pont suspendu entre le passé (la mémoire) et le futur (l'anticipation). Afin d'éviter de trop souffrir d'une situation présente qui ne lui porte jamais entière satisfaction, la conscience use du passé et du présent comme autant de moyens de se projeter vers l'avenir en imaginant des futurs possibles.
- Cette stratégie visant à nous divertir d'un présent qui nous accable montre que la recherche du bonheur a un sens, quand bien même cette recherche ne vise pas un objet clairement identifiable.
- Plus profondément, le sens de cette stratégie de diversion doit être élucidé par la foi chrétienne. Pour Pascal, l'homme est certes doué de raison, mais il est aussi l'homme du péché originel et de la chute. Le « véritable bonheur » réside en l'unité originelle entre Dieu et l'homme.
- Dans sa quête du bonheur, l'homme ne veut pas faire l'aveu de son impuissance. Il recherche « dans les choses absentes le secours qu'il n'obtient pas des présentes ». En recherchant désespérément son bonheur, il tente de combler un vide : le « gouffre infini » de sa séparation avec Dieu.

Le bonheur

1 Il est difficile d'établir une définition universelle du bonheur, car :

a. ○ les hommes sont incapables d'être heureux.

b. ○ les conceptions du bonheur diffèrent selon les individus.

c. ○ certains connaissent le bonheur et d'autres non.

d. ○ le bonheur semble souvent dépendre du hasard des circonstances.

e. ○ la plupart du temps, le bonheur paraît se résumer à des moments éphémères.

2 Selon les épicuriens et les stoïciens :

a. ○ le bonheur implique la réalisation de tous nos désirs.

b. ○ le bonheur correspond à la vie raisonnable et vertueuse.

c. ○ le bonheur est impossible à atteindre.

d. ○ le bonheur est l'*ataraxie* (ou l'absence de troubles).

3 Épicure opère une distinction entre trois types de désirs : vains, toxiques, et vitaux.

a. ○ Vrai. b. ○ Faux.

4 Quel philosophe soutient que la recherche du bonheur vise à nous divertir d'un présent qui nous accable ?

a. ○ Épicure.

b. ○ Pascal.

c. ○ Épictète.

5 Pour Kant, l'homme vertueux n'est pas nécessairement heureux.

a. ○ Vrai. b. ○ Faux.

6 Selon Pascal, en recherchant le bonheur, l'homme tente de combler le vide :

a. ○ de l'absurdité de son existence.

b. ○ de sa séparation d'avec Dieu.

c. ○ du manque d'amour et de bienveillance d'autrui.

Réponses :

1 b, d et e – 2 b et d – 3 b – 4 b – 5 a – 6 b.

La recherche du bonheur

Les trois conceptions du bonheur

Eudémonisme

- Le bonheur est la fin suprême de l'être humain, c'est-à-dire le « .... ».
- La vie heureuse équivaut à la vie .... et ....
- Deux écoles philosophiques sont représentatives de l'eudémonisme : l'............. et le ....
- Pour ces deux écoles, le bonheur est l'.................... (ou l'absence de troubles).

L'être humain vertueux n'est pas nécessairement heureux

- Cette thèse est défendue par ....
- La loi morale est un commandement .... et un devoir .... qui ne peut pas être déterminé par la recherche du .... ou du ....
- L'être humain vertueux n'est pas nécessairement heureux, mais se montre digne du ....

Sens de la recherche du bonheur

- La quête du bonheur peut sembler paradoxale, car les hommes sont à la recherche de quelque chose qu'ils sont pourtant .... de correctement identifier.
- Selon Pascal, la recherche du bonheur repose sur une stratégie de .... par un rapport à notre .... présente qui nous accable.
- Par ailleurs, l'homme recherche le bonheur afin de combler le vide de sa séparation avec ....

Méthode

Identification du sens des fragments constituant les étapes d'un texte

Les clés de l'exercice

Comment identifier le sens des fragments constituant les étapes d'un texte ?

→ Un texte philosophique présente toujours un raisonnement, une suite organisée d'idées selon des étapes.

→ Chaque étape correspond à une partie du texte et contient plusieurs fragments, soit plusieurs informations.

→ Chaque fragment expose une information simple au sein d'une étape. Il peut être constitué d'un morceau de phrase ou d'une phrase entière.

→ Pour identifier globalement les étapes d'un texte, reportez-vous à la Méthode 1 (p. 18-19).

→ Pour identifier le sens précis de chaque étape, il est d'abord nécessaire d'identifier le sens des fragments qui la constituent.

→ L'identification du sens des fragments s'appuie avant tout sur un travail de définition des termes les plus importants qui les constituent. Néanmoins, ce travail ne doit pas se perdre dans une liste exhaustive et systématique définissant tous les mots du texte de manière isolée.

Cette expression ordinaire de « passe-temps » et de « passer le temps » représente la façon de faire des gens prudents qui pensent qu'il n'y a pas de meilleure façon de mener sa vie que la laisser couler et s'échapper, de la laisser passer et, autant qu'il leur est possible, de l'ignorer et de la fuir comme quelque chose d'ennuyeux et de dédaignable.

Mais je la [= la vie] conçois autrement, et je la trouve et la tiens à la fois estimable et commode, même en son déclin. La nature l'a mise entre nos mains avec tellement de circonstances favorables que nous n'avons qu'à nous plaindre qu'à nous si elle nous presse et si elle nous échappe inutilement. [Comme le disait l'auteur latin Sénèque], « la vie de l'insensé est sans joie, elle est agitée, elle se porte toute entière dans l'avenir ».

Michel de Montaigne, *Essais*, livre troisième [1580], traduction moderne de Denis Bjaï, Bénédicte Boudou, Jean Céard et Isabelle Pantin,

I➲ Identifiez le sens des fragments de l'extrait.

Avant de commencer

- **Le travail doit toujours être linéaire (ordre du texte).**
- **Reformulez clairement chaque fragment en paraphrasant consciemment le texte.**
- **Définissez chaque terme important dans chaque fragment en vous posant la question « qu'est-ce que… ? » à propos de chaque terme important.**
- **Déterminez l'enjeu de chaque terme important en vous demandant pourquoi l'auteur utilise ce terme à ce moment précis de la phrase et du texte.**

Reformulation de chaque fragment

Deux principales étapes sont à distinguer :

1. L'analyse de l'attitude du plus grand nombre des hommes quant au déroulement de leur vie (premier paragraphe).

2. L'exposé par l'auteur de sa propre attitude (deuxième paragraphe).

→ *Nous nous intéresserons ici à la première étape (pour l'analyse de l'autre étape, voir les exercices corrigés).*

Cette première étape comprend trois fragments :

- « Cette expression […] gens prudents » ;
- « qui pensent […] laisser passer » ;
- « et, autant […] dédaignable ».

Définition et détermination de l'enjeu de chaque terme important

Premier fragment : les termes et les expressions importants du premier fragment sont « passe-temps » et « gens prudents ».

→ Le « passe-temps » s'entend comme le divertissement dans les moments de notre existence où nous sommes dispensés d'assurer la production des moyens satisfaisant nos besoins. En ce sens, le passe-temps semble être une activité des plus valorisables, car permettant d'échapper à la dimension aliénante du travail.
→ L'expression « gens prudents » renvoie à la prudence, c'est-à-dire à la fois la juste appréciation de situations singulières qui permet de s'orienter dans les affaires humaines, mais aussi la simple jouissance des biens que nous possédons et la tentative pour oublier les épreuves du temps présent.

Deuxième fragment : les termes et les expressions importants du deuxième fragment sont « mener sa vie » et « laisser couler et s'échapper ».

→ L'expression « mener sa vie » renvoie à la responsabilité de chaque être humain, conscient de ses actes, de choisir quelles actions accomplir au cours de son existence.

→ L'expression « laisser couler et s'échapper » renvoie à la « vie » mentionnée auparavant et met en évidence un paradoxe chez certains êtres humains n'exerçant pas la liberté et la responsabilité qui leur incombent dans la conduite de leur existence.

Troisième fragment : les termes et les expressions importants du troisième fragment sont « ignorer », « fuir », « ennuyeux » et « dédaignable ». Ces termes renvoient globalement à l'idée de passivité face à l'existence humaine, qui confine à l'inactivité, où beaucoup en viennent à pâtir de leur existence et à ne plus être conscients que leur vie s'écoule.

1 * **Lisez le texte puis répondez aux questions.** ▶ Corrigés p. 273

Nous ne nous tenons jamais au temps présent. Nous anticipons l'avenir comme trop lent à venir, comme pour hâter son cours ; ou nous rappelons le passé, pour l'arrêter comme trop prompt : si imprudents, que nous errons dans les temps qui ne sont pas nôtres, et ne pensons point au seul qui nous appartient ; et si vains, que nous songeons à ceux qui ne sont plus rien, et échappons sans réflexion au seul qui subsiste. C'est que le présent, d'ordinaire, nous blesse. Nous le cachons à notre vue, parce qu'il nous afflige ; et s'il nous est agréable, nous regrettons de le voir échapper. Nous tâchons de le soutenir par l'avenir, et pensons à disposer les choses qui ne sont pas en notre puissance, pour un temps où nous n'avons aucune assurance d'arriver.

Que chacun examine ses pensées, il les trouvera toutes occupées au passé et à l'avenir. Nous ne pensons presque point au présent ; et, si nous y pensons, ce n'est que pour en prendre la lumière pour disposer de l'avenir. Le présent n'est jamais notre fin : le passé et le présent sont nos moyens ; le seul avenir est notre fin. Ainsi nous ne vivons jamais, mais nous espérons de vivre ; et, nous disposant toujours à être heureux, il est inévitable que nous ne le soyons jamais.

Blaise Pascal, *Pensées*, 1670.

a. Pour quelles raisons, selon l'auteur, « nous anticipons l'avenir comme trop lent à venir » et « nous rappelons le passé pour l'arrêter comme trop prompt » ?
b. Pourquoi, selon l'auteur, si nous parvenons à penser au présent, « ce n'est que pour en prendre la lumière pour disposer de l'avenir » ?
c. Pourquoi notre incompréhension du temps (et plus précisément du lien entre le passé, le présent et l'avenir) est-elle la cause de notre incapacité à être heureux ?

2 ** **Identifiez la structure logique du texte suivant.**

[L]e malheur est que le concept du bonheur soit un concept tellement indéterminé que, même si tout homme désire d'être heureux, nul ne peut jamais dire pourtant avec précision et en restant cohérent avec soi-même ce que vraiment il souhaite et veut.

La cause en est que tous les éléments qui appartiennent au concept du bonheur sont globalement empiriques, c'est-à-dire doivent nécessairement être empruntés à l'expérience, et que pourtant se trouve requis pour l'idée du bonheur un tout absolu, un maximum de bien-être dans mon état actuel et dans tout état qui pourrait être le mien à l'avenir. Or, il est impossible que l'être fini, quand bien même il serait l'esprit le plus pénétrant et en même temps le plus puissant de tous, se fasse un concept déterminé de ce qu'ici il veut véritablement. S'il veut la richesse, combien de soucis, quelle envie et que d'embûches ne risque-t-il pas d'attirer ainsi sur sa tête ! S'il veut beaucoup de connaissances et de discernement, peut-être cela ne pourra-t-il que se transformer en un regard d'autant plus aiguisé pour lui montrer d'une façon seulement d'autant plus effrayante les maux qui jusqu'ici restent encore dissimulés à ses yeux et qui ne sauraient pourtant être évités, à moins que cela ne fasse que charger d'encore plus de besoins ses désirs, qu'il a déjà bien assez de difficulté à satisfaire. S'il veut une longue vie, qui va lui soutenir que ce ne serait pas là une longue misère ? S'il veut du moins la santé, combien de fois les ennuis physiques l'ont-ils préservé d'excès où l'aurait fait tomber une pleine santé, etc. ? Bref, il est incapable de déterminer selon un principe avec une complète certitude ce qui le rendrait vraiment heureux, – car pour cela l'omniscience serait indispensable.

Emmanuel Kant, *Fondements de la métaphysique des mœurs*,
traduction de Victor Delbos, 1785, © Éditions Delagrave.

3 ** **Identifiez le sens des fragments de la deuxième étape de l'extrait des *Essais* de Montaigne dont l'analyse a partiellement été menée dans la partie « Méthode », pages 32-34.**

Exercice Bac

4 **Faites une dissertation sur le sujet suivant : *Dépend-il de nous d'être heureux* ?**

➔ *Vous pouvez vous reporter aux Méthodes des pages 116-118 ; 128-130 ; 140-141 ; 154-156 ; 168-169 ; 182-183.*

La conscience

Notion 3

La Toilette de Vénus, Peter Paul Rubens, 1613-1614.

1 Introduction

- Dans son acception générale, l'individu conscient est celui qui est au fait de ses sentiments, de ses actions, ou de ses pensées. Ainsi, on oppose à la conscience les erreurs d'inattention ou encore les agissements par pur réflexe.
- Dans ce cours, nous nous attacherons tout particulièrement au problème de la conscience comme source et objet de connaissance, ainsi qu'à la question de savoir s'il convient ou non de lui accorder un statut privilégié.

La Conscience, François-Nicolas Chifflart, 1877.

II Peut-on établir une idée de la conscience en tant que fondement de la connaissance ?

1. Repères

- Dans le langage courant, nos usages de la notion de conscience sont multiples. Nous parlons d'une conscience politique, sociale, professionnelle, religieuse, etc. Il importe donc tout d'abord de voir si nous pouvons dégager des significations plus générales à partir des emplois variés de cette notion.
- Nous observons que nombre de nos usages linguistiques renvoient à l'idée d'une conscience morale, autrement dit à la conscience de l'homme se rattachant à des jugements de valeur (c'est-à-dire les jugements portant sur l'appréciation de ce qui est bon ou mauvais).
- La conscience morale est comme une voix intérieure accompagnant nos actes et pensées et nous incitant à reconnaître ceux-ci comme bons, indifférents, ou mauvais. Ainsi, la mauvaise conscience, la conscience d'avoir mal agi, pèse sur l'homme et, tel l'œil de Dieu posé sur le meurtrier d'Abel (voir la peinture de Chifflart, page 38), le poursuit sans relâche.
- Certains psychiatres américains affirment que les psychopathes seraient sans conscience. Plus précisément, ils entendent par là que les psychopathes seraient dépourvus de conscience morale. Car, bien que dénués de remords, les psychopathes seraient toutefois doués d'une conscience psychologique. Cette distinction entre la conscience morale et la conscience psychologique est de première importance.
- C'est par sa conscience psychologique que l'individu prend acte de son rapport avec la réalité* extérieure. Cette conscience lui permet de comprendre les choses comme distinctes de lui et lui faisant face. Par sa conscience psychologique, le sujet se réfère à ses pensées et aux représentations des faits.
- Aucune conscience morale n'est possible sans conscience psychologique, car cette dernière est la condition de la présence du sujet à lui-même et de la présence du monde au sujet. Enfin, c'est grâce à la conscience psychologique que l'homme peut revenir sur ses pensées et ses actions en les analysant ou en les jugeant.

2. Le *cogito*

- Descartes nomme pensée « tout ce qui est tellement en nous, que nous en sommes immédiatement connaissants. » Cette définition nous permet de rapprocher sa philosophie de nos précédentes considérations sur la conscience psychologique.

J'apprends

Philosophe

René Descartes (1596-1650)

Philosophe français dont les réflexions sur la conscience et le *cogito* sont considérées comme l'une des principales pierres angulaires de la philosophie moderne.

- Descartes entend faire de la conscience le « point […] fixe et assuré » de la connaissance. Toutefois, il n'est pas sans savoir que les données de la conscience peuvent être trompeuses.
- Par exemple, rêves et illusions d'optique m'induisent en erreur quant à la nature des choses qui m'entourent. En outre, les savoirs qui m'ont été transmis par mon entourage pourraient s'avérer n'être que des préjugés sans fondement.
- Par ailleurs, Descartes n'entend pas non plus montrer que, du simple fait que je sois conscient, je me connaîtrais parfaitement moi-même (ma conscience ne m'empêchera pas de surestimer ou sous-estimer mes capacités, de méconnaître certains de mes vices ou vertus, de nourrir toutes sortes d'illusions sur moi-même).
- Descartes soumet les données de la conscience à un doute méthodique, à savoir un doute remettant en cause toutes nos connaissances tenues pour certaines et visant à la découverte d'une « idée claire et distincte », d'un premier fondement certain à la connaissance.
- Ce doute n'épargne rien excepté ce qui conditionne le fait même de douter : *je pense*.

Si je pense, cela signifie que je suis « quelque chose ».

Dès lors que je doute, je pense.

Dès lors que je pense, je suis.

- Le premier fondement de la connaissance.
- *Cogito, ergo sum* (« Je pense, donc je suis »).

- Comme l'écrit Descartes :

> […] remarquant que cette vérité : *Je pense, donc je suis*, était si ferme et si assurée, que toutes les plus extravagantes suppositions des sceptiques n'étaient pas capables de l'ébranler, je jugeai que je pouvais la recevoir sans scrupule pour le premier principe de la philosophie que je cherchais.
>
> *Discours de la méthode*, IV, 1637

- Ce qui me caractérise est ainsi la pensée qui implique la faculté de réfléchir sur moi-même (ou réflexivité), c'est-à-dire la conscience. Je suis, selon les termes employés par Descartes, une « chose pensante » identique à elle-même à travers toutes ses modifications superficielles ou accidentelles. Ou, dit différemment, je suis un sujet dont la conscience constitue le fondement de la connaissance.

III La conscience peut-elle être un objet de connaissance ?

- Chez Descartes, la connaissance de la conscience s'impose à nous comme une évidence. Mieux encore : elle est une évidence fondamentale, car aucune forme de doute n'est susceptible de l'ébranler.
- D'un autre côté, le philosophe français prétend avoir isolé l'idée de la conscience qui accompagne chacune de nos représentations. Or, nous pouvons questionner le présupposé de la connaissance évidente d'une telle idée.

1. L'absence d'une idée du Moi

- C'est ce qu'entreprend Hume dans son *Traité de la nature humaine*. Selon lui, toutes nos idées sont tirées de nos impressions sensibles.

Philosophe

David Hume (1711-1776)

Philosophe écossais. Il est l'un des principaux pères fondateurs de l'empirisme moderne. Dans son *Traité de la nature humaine* (1739), il remet notamment en doute le présupposé d'une idée du Moi.

- Suivant ce postulat, nous pouvons avoir une idée de la conscience (au sens où l'entend Descartes) si et seulement si celle-ci se rattache à une impression sensible correspondante. En d'autres termes, l'idée se conçoit uniquement si l'on peut montrer qu'elle provient de notre expérience.
- Selon Hume, cela tient de l'impossible. Notre expérience ne nous offre aucune impression qui, à l'instar de la conscience cartésienne, serait toujours absolument égale à elle-même, parfaitement constante et invariable au cours de notre existence.
- De surcroît, nous ne faisons pas l'expérience de nous-mêmes comme étant conscients lors d'un sommeil sans rêves. Autrement dit, en l'absence d'impressions, la conscience est inconcevable. Nous ne pouvons pas déduire* l'existence d'une conscience pure, à savoir d'une conscience considérée indépendamment du contenu de ses représentations.

2. La conscience peut-elle à la fois être observatrice et observée ?

- Dans un autre ordre d'idée, le présupposé que la conscience se connaîtrait de manière claire et évidente par elle-même ne va pas de soi. En effet, ce présupposé pourrait ignorer le problème de l'observation des données de la conscience.
- L'observation scientifique suppose l'impartialité* dont l'une des conditions nécessaires est une certaine distance entre l'observateur et l'objet concerné. Si l'observateur ne distingue pas suffisamment sa propre perspective de la chose qu'il étudie, alors il ne se livrera pas, à proprement parler, à une observation, mais à la projection de ses propres croyances* ou idées sur la chose en question (ou, pour le dire autrement, il risquera de confondre son point de vue sur la chose avec la chose en question).
- À cet égard, note Auguste Comte (1798-1857), les ambitions d'une science qui porterait sur les données de la conscience sont problématiques. En prétendant s'auto-examiner, la conscience voudrait « être juge et partie », ce qui contrevient aux règles élémentaires de toute observation digne de ce nom.
- Comme Comte l'écrit dans ses *Cours de philosophie positive* :

> L'individu pensant ne saurait se partager en deux, dont l'un raisonnerait, tandis que l'autre regarderait raisonner. L'organe observé et l'organe observateur étant, dans ce cas, identiques, comment l'observation pourrait-elle avoir lieu ?

IV Devons-nous accorder un statut privilégié à la conscience ?

- Dans la philosophie cartésienne, la conscience se définit comme une substance (âme) : elle se différencie de la matière (substance étendue), et se suffit à elle-même en sa qualité de fondement de la pensée.
- D'autre part, la conscience exprimerait la grandeur de l'homme. Du fait de sa conscience, l'homme peut non seulement prétendre à une connaissance non trompeuse de lui-même, mais également exercer son jugement et sa liberté, maîtriser le corps qu'habite son âme.
- Nos précédents raisonnements nous encouragent à nous interroger quant au statut privilégié de la conscience de l'homme. Friedrich Nietzsche (1844-1900), notamment dans *Le Gai Savoir*, remet en cause la plupart des thèses défendues par Descartes.
- D'après Nietzsche, la conscience serait davantage liée à la faiblesse originelle de l'homme qu'à sa grandeur. Ce serait sous la pression d'un milieu naturel particulièrement menaçant que les hommes, mammifères vulnérables, auraient développé la conscience.
- La conscience serait indissociable du langage et de la communication. Elle procéderait du besoin* des hommes de s'unir et de soumettre leur existence à celle du groupe. Ou, pour le dire autrement, la conscience procéderait de l'instinct* du troupeau.

Contrairement à Descartes, Nietzsche affirme :

1. Il faut partir du corps, de la condition naturelle de l'homme pour comprendre la conscience.

2. La conscience ne me rend pas nécessairement « maître en ma demeure ».

3. Ma conscience exprime davantage mon appartenance au « troupeau » que ma singularité.

La conscience

1 Aucune conscience psychique n'est possible sans conscience morale :

a. ◯ Vrai. b. ◯ Faux.

2 Pour Descartes, la conscience est :

a. ◯ réductible au corps.
b. ◯ le fondement de la connaissance.
c. ◯ une certitude qui résiste au doute méthodique.
d. ◯ inconnaissable.

3 Hume remet en doute la conception cartésienne de la conscience, car :

a. ◯ nous ne sommes pas toujours capables de distinguer nos rêves de la réalité.
b. ◯ la conscience n'est qu'un épiphénomène de l'inconscient.
c. ◯ nous ne pouvons pas rattacher « l'idée » de la conscience à une impression sensible correspondante.

4 Quel philosophe doute que la conscience puisse s'auto-observer ?

a. ◯ Emmanuel Kant.
b. ◯ Auguste Comte.
c. ◯ René Descartes.
d. ◯ Sénèque.

5 Pour la philosophie cartésienne, la conscience manifeste la grandeur de l'homme, car :

a. ◯ la conscience reflète la complexité et sophistication du corps humain.
b. ◯ la conscience permet à l'homme d'exercer son jugement et sa liberté, de maîtriser le corps qu'habite son âme.
c. ◯ la conscience garantit la survie de l'espèce.

6 Nietzsche considère que notre conscience est la plus haute expression de ce qui nous singularise en tant qu'individus.

a. ◯ Vrai. b. ◯ Faux.

Réponses :

1 b – 2 b et c – 3 c – 4 b – 5 b – 6 b.

L'idée de la conscience chez Descartes

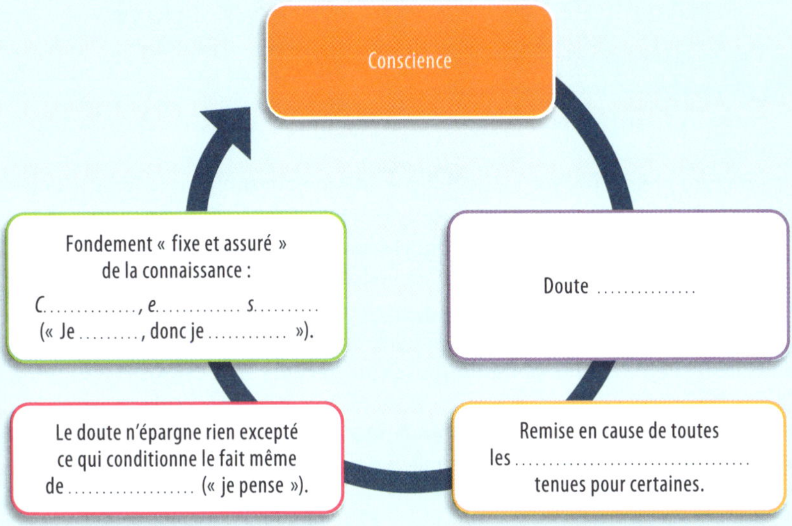

Méthode

Identification du rôle de chaque étape dans l'argumentation d'un texte

Les clés de l'exercice

Comment identifier le rôle de chaque étape dans l'argumentation d'un texte ?

→ Un texte philosophique se définit par son dynamisme, par le fait qu'il ne se contente pas d'exposer une idée, mais aussi de la faire comprendre.

→ Cela se traduit par la présence, sous diverses formes en fonction des textes, d'un cheminement argumentatif visant à justifier cette idée.

→ Ce cheminement argumentatif peut être accompagné, mais cela varie selon les textes (et peut même ne pas y figurer parfois), de passages illustratifs (exemples) ou encore de passages polémiques (contre-arguments opposés à l'idée de l'auteur).

→ Tous ces aspects doivent être clairement identifiés afin de mettre en évidence la manière dont l'auteur est parvenu, finalement, à faire comprendre son idée.

Qu'est-ce que la conscience ? […]
Sans donner de la conscience une définition qui serait moins claire qu'elle, je puis la caractériser par son trait le plus apparent : conscience signifie d'abord mémoire. La mémoire peut manquer d'ampleur ; elle peut n'embrasser qu'une faible partie du passé ; elle peut ne retenir que ce qui vient d'arriver ; mais la mémoire est là, ou bien alors la conscience n'y est pas. Une conscience qui ne conserverait rien de son passé, qui s'oublierait sans cesse elle-même, périrait et renaîtrait à chaque instant […]. Toute conscience est donc mémoire-conservation et accumulation du passé dans le présent.
Mais toute conscience est anticipation de l'avenir. Considérez la direction de votre esprit à n'importe quel moment : vous trouverez qu'il s'occupe de ce qui est, mais en vue surtout de ce qui va être. […] L'avenir est là ; il nous appelle, ou plutôt il nous tire à lui : cette traction ininterrompue, qui nous fait avancer sur la route du temps, est cause aussi que nous agissons continuellement. Toute action est un empiétement sur l'avenir.

> Retenir ce qui n'est déjà plus, anticiper sur ce qui n'est pas encore, voilà donc la première fonction de la conscience. [...] Disons donc, si vous voulez, que la conscience est un trait d'union entre ce qui a été et ce qui sera, un pont jeté entre le passé et l'avenir.
>
> Henri Bergson, *L'Énergie spirituelle*, 1919.

I➔ Identifiez le sens des fragments de l'extrait.

Avant de commencer

- **Identifiez le rôle de chaque étape dans l'argumentation du texte seulement après avoir identifié la structure globale (les étapes) du texte et le sens des fragments constituant chaque étape (➔ Méthode 1, p. 18-19 et ➔ Méthode 2, p. 32-34).**
- **Identifiez le rôle de chaque étape en vous demandant « à quoi sert cette étape dans le texte ? »**

Identification de la structure globale du texte

La structure globale du texte comporte quatre moments :

1. Interrogation sur la définition de la conscience (première phrase).

2. Le lien entre conscience et mémoire (« Sans donner [...] dans le présent »).

3. Le lien entre conscience et anticipation (« Mais toute conscience [...] l'avenir »).

4. Synthèse et réponse à l'exigence de définition (« Retenir [...] entre le passé et l'avenir »).

Identification du rôle de chaque étape

1. Le premier moment joue le **rôle de détermination de l'objectif du texte** : définir la conscience, donner ses caractéristiques essentielles.

2. Le deuxième moment joue le **rôle de présentation et de justification de la première caractéristique de la conscience** : la mémoire.

→ La conscience est en **prise avec le passé** pour rendre possible la vie dans le présent qui, sinon, nous serait incompréhensible, car les événements qui surviennent ne pourraient plus être **interprétés** à l'aune de nos habitudes et croyances.

→ Le lien entre conscience et mémoire montre ainsi que la conscience assure notre **unité** à travers l'écoulement du temps.

→ La conscience est **quelque chose de stable** à quoi se rattachent toutes nos pensées et nos affections, qui changent dans le temps.

3. Le troisième moment joue le **rôle de présentation et de justification de la seconde caractéristique de la conscience** : l'anticipation.

→ La conscience est en **prise avec le futur** parce que nous avons besoin d'anticiper ce qui va arriver pour maîtriser notre environnement.

→ Cette capacité à nous imaginer dans l'avenir nous rend **capables de ne plus être tributaires des stimulations de notre environnement**.

→ Sans ce lien vers le futur, nous serions limités à la simple survie et à la passivité.

4. Le quatrième moment joue le **rôle de conclusion** et montre le caractère indissociable de la mémoire et de l'anticipation comme caractéristiques de la conscience.

1 * **Identifiez le rôle de chaque étape dans l'argumentation de ce texte.**

► Corrigés p. 274

➲ *Vous pouvez vous reporter à la Méthode 3, p. 46-48.*

Il est des philosophes qui imaginent que nous sommes à chaque instant intimement conscients de ce que nous appelons notre MOI, que nous en sentons l'existence et la continuité d'existence, et que nous sommes certains, avec une évidence qui dépasse celle d'une démonstration, de son identité et de sa simplicité parfaites. [...] Pour moi, quand je pénètre le plus intimement dans ce que j'appelle *moi-même*, je tombe toujours sur une perception particulière ou sur une autre, de chaleur ou de froid, de lumière ou d'ombre, d'amour ou de haine, de douleur ou de plaisir. Je ne parviens jamais, à aucun moment, à me saisir *moi-même* sans une perception et je ne peux jamais rien observer d'autre que la perception. Quand mes perceptions sont absentes pour quelque temps, quand je dors profondément, par exemple, je suis, pendant tout ce temps, sans conscience de *moi-même* et on peut dire à juste titre que je n'existe pas. Et si toutes mes perceptions étaient supprimées par la mort, si je ne pouvais plus penser, ni éprouver, ni voir, aimer ou haïr après la destruction de mon corps, je serais entièrement anéanti et je ne conçois pas du tout ce qu'il faudrait de plus pour faire de moi une parfaite non-entité. Si un homme, après une réflexion sérieuse et dénuée de préjugés, pense qu'il a une notion différente de *lui-même*, je dois avouer que je ne peux plus discuter avec lui. [...]

Mais, laissant de côté certains métaphysiciens de ce genre, je peux me risquer à affirmer que les autres hommes ne sont qu'un faisceau ou une collection de perceptions différentes, qui se succèdent avec une rapidité inconcevable et sont dans un flux et un mouvement perpétuels. [...] L'esprit est une sorte de théâtre, où des perceptions diverses font successivement leur entrée, passent, repassent, s'esquivent et se mêlent en une variété infinie de positions et de situations. Il n'y a pas en lui à proprement parler de *simplicité* à un moment donné, ni d'*identité* à différents moments, quelque tendance naturelle que nous puissions avoir à imaginer cette simplicité et cette identité. La comparaison du théâtre ne doit pas nous égarer. Ce ne sont que les perceptions successives qui constituent l'esprit et nous n'avons pas la plus lointaine idée du lieu où ces scènes sont représentées, ni des matériaux dont il est composé.

David Hume, *Traité de la nature humaine* [1739], traduction de A.Leroy, © Aubier, Flammarion.

Exercice Bac

2 Expliquez le texte suivant à partir des éléments mentionnés dans la fiche Méthode, pages 46-48.

➲ *Vous pouvez vous aider des Méthodes des pages 18-19 ; 32-34 ; 46-48 ; 60-61 ; 74-75 ; 88-89 ; 102-103.*

Qu'est-ce que la conscience ? […] Sans donner de la conscience une définition qui serait moins claire qu'elle, je puis la caractériser par son trait le plus apparent : conscience signifie d'abord mémoire. La mémoire peut manquer d'ampleur ; elle peut n'embrasser qu'une faible partie du passé ; elle peut ne retenir que ce qui vient d'arriver ; mais la mémoire est là, ou bien alors la conscience n'y est pas. Une conscience qui ne conserverait rien de son passé, qui s'oublierait sans cesse elle-même, périrait et renaîtrait à chaque instant […]. Toute conscience est donc mémoire-conservation et accumulation du passé dans le présent.

Mais toute conscience est anticipation de l'avenir. Considérez la direction de votre esprit à n'importe quel moment : vous trouverez qu'il s'occupe de ce qui est, mais en vue surtout de ce qui va être. […] L'avenir est là ; il nous appelle, ou plutôt il nous tire à lui : cette traction ininterrompue, qui nous fait avancer sur la route du temps, est cause aussi que nous agissons continuellement. Toute action est un empiétement sur l'avenir.

Retenir ce qui n'est déjà plus, anticiper sur ce qui n'est pas encore, voilà donc la première fonction de la conscience. […] Disons donc, si vous voulez, que la conscience est un trait d'union entre ce qui a été et ce qui sera, un pont jeté entre le passé et l'avenir.

Henri Bergson, *L'Énergie spirituelle*, 1919.

Le devoir

Notion 4

Moïse brise les tables de la Loi, Gustave Doré, 1866.

J'apprends

I Introduction

- Toute tâche devant être mise en exécution conformément à une ou à un ensemble de règles relève du devoir. En d'autres termes, le devoir désigne une norme ou une obligation* déterminée à l'égard de nos actions.
- Soit l'individu se soumet au devoir, soit sa volonté n'y consent point. Ainsi, eu égard à la liberté de la volonté, le devoir ne doit pas être confondu avec la nécessité*.
- Les questions que nous traiterons ici se rattachent toutes aux problèmes philosophiques majeurs de la spécificité et du critère du devoir moral.

Le Devoir, Henri Jamet, 1903.

II Comment distinguer le devoir moral de l'obligation juridique ?

1. Les motifs de l'obéissance

- Tantôt nous obéissons à des devoirs dont nous ne reconnaissons pas nécessairement la raison d'être, tantôt nous nous soumettons à notre devoir par une décision volontaire et raisonnée.

- Nous pouvons obéir à un devoir pour la simple raison que sa violation pourrait entraîner une sanction (par exemple, éviter une contravention pour stationnement interdit). Mais nous pouvons aussi assister une personne en danger parce que nous avons à l'esprit la règle d'or « ne fais pas à autrui ce que tu ne veux pas que l'on te fasse ».

- Or, la morale correspond à ce second cas de figure. Elle n'est pas un devoir auquel je me plierais par la simple peur de pouvoir être puni, mais un devoir dont l'obéissance relève de ma volonté éclairée par ma raison.

Deux motivations d'obéissance

Obligation juridique

→ Contrainte* extérieure (poursuites et sanctions comme conséquences de la violation de la loi).
Ex. : éviter une contravention pour stationnement interdit.

Devoir moral

→ Le sujet s'impose une contrainte à lui-même.
Ex. : assister une personne en danger.

2. « Morale ordinaire » et « morale extraordinaire »

- Certes, le non-respect de nombreux devoirs moraux (en premier lieu celui de l'interdit du meurtre) entraîne également des sanctions pénales. Cependant, le mensonge, l'absence de politesse, de charité ou d'hospitalité ne sont pas nécessairement punis par la loi.

- Selon Émile Durkheim, il convient de distinguer la « morale ordinaire » de la « morale extraordinaire ». La première se recoupe avec la sphère de l'obligation juridique. La seconde, en revanche, désigne l'observation de devoirs qui sont indifférents aux yeux de la loi.

- Par exemple, la moralité du saint est « extraordinaire » dans la mesure où le droit ne commande pas à l'homme de toujours agir dans un souci de vérité, consacrer son existence à venir en aide aux plus démunis ou sacrifier sa vie pour l'amour de son prochain.

III Comment définir le critère du devoir moral ?

1. Devoir et autonomie

- Les distinctions que nous venons d'évoquer nous permettent d'aborder la question du devoir moral dans la philosophie de Kant. En effet, selon lui, la morale est un devoir qui m'est propre en tant qu'être rationnel, tandis que le droit représente une contrainte qui m'est extérieure.

Philosophe

Emmanuel Kant (1724-1804)

Philosophe allemand et figure intellectuelle majeure du siècle des Lumières. Kant assimile le devoir moral à l'impératif catégorique dans ses *Fondements de la métaphysique des mœurs* (1785).

- En termes de devoir, le droit relève de l'hétéronomie* et la morale de l'autonomie*. Le sujet autonome se gouverne par ses propres lois. Il accorde son obéissance à des lois dont il est lui-même l'auteur.

2. L'impératif catégorique

- L'impératif désigne une prescription ou un commandement que le sujet se donne à lui-même. Kant opère une distinction entre l'impératif hypothétique et l'impératif catégorique (ce dernier étant le seul à correspondre au devoir moral).

L'impératif hypothétique
- Désigne un devoir conditionnel, à savoir ce que l'individu doit faire en fonction de ce qu'il veut atteindre.
- Il est comparable au syllogisme pratique d'Aristote qui détermine les moyens nécessaires en vue de la fin désirée : je veux *X* (*ex.* : me désaltérer), or, pour avoir *X* je dois faire *Y* (*ex.* : acheter une bouteille d'eau) ; donc je dois faire *Y*.

L'impératif catégorique

Commandement qui ne concerne pas nos besoins ou nos désirs* immédiats. Il s'agit d'un devoir inconditionnel qui nous concerne nous-même et autrui en tant qu'agents moraux.

- Dans ses *Fondements de la métaphysique des mœurs*, Kant donne plusieurs définitions de l'impératif catégorique, la plus célèbre étant : « Agis toujours de telle sorte que la maxime de ton action puisse être tenue pour une loi universelle. »

3. Éclaircissements

- Une maxime est la formulation, brève et générale, d'une loi ou d'un principe moral auquel nous soumettons notre comportement. Par exemple, la règle d'or « Traite les autres comme tu voudrais être traité » est une maxime. Mais ce genre de maxime ne doit pas être confondue avec l'impératif catégorique.
- Traiter les autres comme nous voudrions être traités n'est pas une maxime pouvant « être tenue pour une loi universelle », car chacun juge de la manière dont il souhaiterait être traité selon ses besoins subjectifs* et particuliers*. Untel peut préférer être traité avec franchise et fermeté, tel autre que sa susceptibilité soit ménagée, tel autre encore qu'on le laisse seul, etc.
- Par contraste, Kant nous incite à nous poser la question : *puis-je raisonnablement vouloir que ma maxime se traduise par une loi universelle ?* En ce sens, « Dis toujours la vérité » est une maxime qui satisfait les exigences de l'impératif catégorique.
- En effet, ne pas mentir est un devoir moral, parce que, même un menteur ne peut pas rationnellement vouloir que le mensonge soit érigé en loi universelle. Si tout le monde mentait quand bon lui semble, alors plus aucune forme d'engagement ou d'accord ne serait possible, toutes les formes de communication et coopération humaines seraient entravées.

IV Peut-on définir le devoir indépendamment des conséquences de nos actions ?

1. Déontologie et conséquentialisme

- La perspective de Kant est déontologique : une action est bonne ou mauvaise en fonction de sa conformité avec le devoir (l'impératif catégorique) et indépendamment de ses conséquences.
- John Stuart Mill conteste que le critère du devoir moral puisse être établi de la sorte. Selon lui, ce sont au contraire les résultats de nos actes qui importent. Autrement dit, sa perspective est conséquentialiste – en référence aux conséquences de nos actions permettant de déterminer le critère de la morale.

J'apprends

Philosophe

John Stuart Mill (1806-1873)

Philosophe britannique qui a redéfini et repopularisé la doctrine utilitariste dont Jeremy Bentham (1748-1832) avait posé les premiers jalons. Mill récuse le critère du devoir moral tel que défini par Kant.

2. Attraits de l'utilitarisme

- Plus précisément, Mill défend la doctrine philosophique de l'utilitarisme. Parmi toutes les actions possibles, ce sont celles qui causent le plus de plaisir ou de bonheur et le moins de douleur ou de déplaisir pour le plus grand nombre qu'il faut privilégier. L'objectif* est la maximisation du bien-être pour la majorité.
- Contrairement à Kant, l'utilitarisme affirme que la moralité de nos actions concerne tous les êtres doués de sensibilité (donc également les animaux, dans la mesure où ils éprouvent le plaisir et la douleur), et non pas uniquement les êtres doués de raison. Par ailleurs, le calcul de l'utilité au cas par cas permettrait de rendre le critère de la morale plus souple et moins contre-intuitif que chez Kant.
- Dire la vérité est sans doute une attitude recommandable la plupart du temps, mais, d'après les utilitaristes, il convient également d'admettre un certain nombre d'exceptions. Par exemple, je puis mentir à quelqu'un parce qu'il s'agit du seul moyen efficace pour prévenir qu'il mette ses intentions mauvaises, voire criminelles, en acte.

3. Limites

- Toutefois, l'utilitarisme rencontre deux difficultés. Premièrement, nous sommes loin de pouvoir anticiper toutes les conséquences de nos actions. Je pourrais, par exemple, recevoir un inconnu chez moi sans savoir que mon hospitalité lui offrira le moyen de me nuire à moi et à ma famille. En somme, les limites de notre connaissance seraient susceptibles d'affecter la pertinence et l'exactitude du calcul de l'utilité.
- En second lieu, le calcul de l'utilité ne peut pas faire l'économie de la question des valeurs qui président à nos jugements moraux. Or, les valeurs déterminantes de l'utilitarisme sont celles de la douleur (qu'il faut éviter) et du plaisir (qu'il faut maximiser).
- Une première option consiste à soutenir qu'il n'existe pas de différences qualitatives* entre toutes les formes possibles de plaisirs, que tous les plaisirs se valent.

Mais les conceptions du bonheur diffèrent parfois significativement d'un individu à l'autre (➔ Notion 2).

- Étant donné que les hommes ne sont pas d'accord sur les formes de plaisirs qu'il convient de prioriser, il est possible de douter que le calcul de l'utilité puisse toujours reposer sur une base certaine et objective.
- Une autre possibilité consiste à considérer (à l'instar de Mill s'opposant ici à Bentham) qu'il existe des différences qualitatives entre nos diverses formes de plaisir. Par exemple, l'éducation par les livres et l'exercice de sa liberté peuvent être regardés comme des formes de plaisirs supérieures par rapport à une vie de débauche.
- Cette approche contribue à renforcer la complexité du calcul de l'utilité, car celuici devra désormais à la fois prendre en compte les différences d'ordre quantitatives (jouir de plus ou moins de temps de loisir, de santé, de sécurité, etc.) et qualitatives concernant nos plaisirs. Cette complexité pourrait éventuellement venir miner la possibilité même de certains calculs.
- Mettons que nous savons de source sûre que l'un de nos proches souffre d'une maladie mortelle et que ses jours sont comptés. Devons-nous ou non lui dire la vérité ? Si nous lui disons la vérité, alors il pourra jouir de son autonomie. Mais, dans le même temps, les derniers jours de son existence seront perturbés par l'angoisse de la mort. Et si nous lui cachons la vérité, alors nous le privons de son autonomie…
- Il en résulte que nos devoirs moraux ne pourraient pas toujours être clairement déduits à partir du calcul de l'utilité.

Philosophe

Jeremy Bentham (1748-1832)

Philosophe et jurisconsulte britannique. Il est considéré comme le père fondateur de l'utilitarisme. John Stuart Mill deviendra le disciple de Bentham, mais s'opposera à la conception hédoniste de l'utilitarisme défendue par ce dernier.

Le devoir

1 Le devoir moral se distingue de l'obligation juridique, car :

a. les actes immoraux ne sont pas condamnés par la loi.

b. le sujet obéissant au devoir moral s'impose une contrainte à lui-même.

c. le devoir moral relève de la loi divine, l'obligation juridique de la loi des hommes.

2 La « morale extraordinaire » est :

a. une morale miraculeuse, normalement impossible en ce bas monde.

b. une morale encadrée par des règles sociales spécifiques.

c. une morale s'étendant au-delà des principes mis en vigueur par les lois juridiques.

3 Kant définit l'impératif catégorique de la manière suivante : « Agis toujours de telle sorte que la maxime de ton action ne te fasse pas faire à autrui ce que tu ne voudrais pas qu'on te fasse. »

a. Vrai. b. Faux.

4 L'impératif hypothétique correspond à :

a. un devoir conditionnel.

b. un devoir inconditionnel.

c. un devoir en fonction des inclinations ou des désirs particuliers du sujet.

5 Quels philosophes ont défendu la doctrine de l'utilitarisme ?

a. John Stuart Mill

b. Friedrich Nietzsche

c. Saint Augustin

d. Jeremy Bentham

e. Emmanuel Levinas

6 « Toujours dire la vérité, quelles que soient les circonstances » est un principe clef de l'utilitarisme :

a. Vrai b. Faux

Réponses :

1 b - 2 c - 3 b - 4 a, c - 5 a, d - 6 b.

Le devoir

- **Devoir moral**
  - **Utilitarisme**
    → Impératif catégorique
    « Agis toujours de telle sorte que la .... de ton action puisse être tenue pour une loi .... »
    - John Stuart Mill
  - **Déontologie**
    → Maximisation du bien-être
    Parmi toutes les actions possibles, privilégier celles qui causent le plus de .... (ou bonheur) et le moins de .... (ou déplaisir) pour le plus grand nombre.
    - ....
- **Obligation** ....
  - Contrainte ....

Identification du sens global d'un texte

Les clés de l'exercice

Comment identifier le sens global d'un texte ?

→ L'identification du sens global d'un texte sera d'autant plus facile que le travail d'identification de la structure du texte en étapes (➔ Méthode 1, p. 18-19), de définition du sens des fragments constituant chacune de ses étapes (➔ Méthode 2, p. 32-34) et détermination du rôle de chaque étape dans le texte (➔ Méthode 3, p. 46-48) aura été mené soigneusement.

→ L'identification du sens global d'un texte est donc bien plus l'achèvement du travail au brouillon que son commencement.

→ L'identification du sens global du texte doit rendre compte, même si cela demeure synthétique, de toutes les étapes de ce texte afin d'en rendre compte de la cohérence.

Être bienfaisant, quand on le peut, est un devoir, et de plus il y a de certaines âmes si portées à la sympathie, que même sans un autre motif de vanité ou d'intérêt elles éprouvent une satisfaction intime à répandre la joie autour d'elles et qu'elles peuvent jouir du contentement d'autrui en tant qu'il est leur œuvre. Mais je prétends que dans ce cas une telle action, si conforme au devoir, si aimable qu'elle soit, n'a pas cependant de valeur morale véritable, qu'elle va de pair avec d'autres inclinations, avec l'ambition par exemple qui, lorsqu'elle tombe heureusement sur ce qui est réellement en accord avec l'intérêt public et le devoir, sur ce qui par conséquent est honorable, mérite louange et encouragement, mais non respect ; car il manque à la maxime la valeur morale, c'est-à-dire que ces actions soient faites, non par inclination, mais par devoir. Supposez donc que l'âme de ce philanthrope soit assombrie par un de ces chagrins personnels qui étouffent toute sympathie pour le sort d'autrui, qu'il ait toujours encore le pouvoir de faire du bien à d'autres malheureux, mais qu'il ne soit pas touché de l'infortune des autres, étant trop absorbé par la sienne propre, et que, dans ces conditions, tandis qu'aucune inclination ne l'y pousse plus, il s'arrache néanmoins à cette insensibilité mortelle et qu'il agisse, sans que ce soit sous l'influence d'une inclination, uniquement par devoir, alors seulement son action a une véritable valeur morale.

Emmanuel Kant, *Fondements de la métaphysique des mœurs*,
traduction de Victor Delbos, 1785.

| ➲ Identifiez le sens global du texte sous la forme d'un résumé.

Avant de commencer

- **Rassemblez toutes vos notes tirées de l'accomplissement des tâches demandées dans les précédentes fiches de méthode.**
- **Relisez vos notes et, en parallèle, le texte afin de vérifier que vous n'avez oublié aucun détail.**
- **Rédigez une dizaine de lignes (maximum) qui résumeront le sens global du texte.**

Préalable à la réalisation de l'exercice

Afin de pouvoir mener à bien cet exercice, indiquons les principales étapes du texte :

1. Exposé de la thèse commune et de sa justification à propos du prétendu lien entre devoir et bienveillance (« Être bienfaisant [...] leur œuvre »).

2. Réfutation de cette thèse et justification de cette réfutation (« Mais je prétends [...] mais par devoir »).

3. Illustration de la réfutation précédente (« Supposez [...] véritable valeur morale »).

Résumé du sens global du texte

Le sens commun confond « être bienfaisant » et « devoir », c'est-à-dire être favorablement disposé à agir pour le bien de quelqu'un en raison d'un lien sentimental et obéir à une loi morale que nous nous sommes donnée. Une telle position serait justifiée par le fait qu'agir ainsi est doublement louable : d'abord cela contribue au bien de la personne visée par l'action, et ensuite cela donne à l'auteur de l'action un sentiment agréable l'appelant à agir à nouveau de la sorte. Pourtant, selon Kant, la bienfaisance n'est que « conforme au devoir » : elle produit les effets d'une action morale, mais n'est pas motivée par les raisons d'une telle action. Cela s'explique par la notion d'« inclinations », qui s'oppose à celle de « valeur morale ». L'inclination est une tendance à agir qui, ancrée dans l'habitude, est devenue une seconde nature inaperçue, mais demeure un sentiment qui, même très présent en nous, peut varier en fonction des circonstances. À l'inverse, la valeur morale relève d'un principe que l'auteur de l'action s'est donné en dehors de toute influence de circonstances extérieures. Ce cas de mise en défaut de l'inclination à la bienfaisance est alors illustré par l'exemple du « philanthrope » qui, face à l'adversité, perdra cette qualité de philanthrope et donc d'apparence morale qui pourtant le définissait.

Je m'entraîne

1 * **Faites correspondre les auteurs aux notions.** ▶ Corrigés p. 275

Emmanuel Kant •	• Morale ordinaire
Émile Durkheim •	• Utilitarisme
John Stuart Mill •	• Impératif catégorique
Jeremy Bentham •	• Morale extraordinaire

2 * **Attribuez chaque notion et idée de la liste au bon philosophe.**

a. Maximisation du bien-être
b. Hétéronomie
c. Les conséquences de nos actions constituent le critère du devoir moral
d. Ne pas mentir est un devoir moral inconditionnel
e. La moralité de nos actions concerne tous les êtres doués de sensibilité
f. Autonomie
g. La maxime de mon action doit pouvoir « être tenue pour une loi universelle »
h. Je dois privilégier les actions qui causent le plus de plaisir ou de bonheur et le moins de douleur ou de déplaisir pour le plus grand nombre.

Emmanuel Kant	John Stuart Mill
....	....

3 ** **Identifiez les caractéristiques du devoir moral dans le texte suivant.**

Chaque peuple a sa morale, qui est déterminée par les conditions dans lesquelles il vit. On ne peut donc lui en inculquer une autre, si élevée qu'elle soit, sans le désorganiser, et de tels troubles ne peuvent pas ne pas être douloureusement ressentis par les particuliers. Mais la morale de chaque société, prise en elle-même, ne comporte-t-elle pas un développement indéfini des vertus qu'elle recommande ? Nullement. Agir moralement, c'est faire son devoir, et tout devoir est défini. Il est limité par les autres devoirs : on ne peut se donner trop complètement à autrui sans s'abandonner soi-même ; on ne peut développer à l'excès sa personnalité sans tomber dans l'égoïsme. D'autre part, l'ensemble de nos devoirs est lui-même limité par les autres exigences de notre nature. S'il est nécessaire que certaines formes de la conduite soient soumises à cette réglementation impérative qui est caractéristique de la moralité, il en est d'autres, au contraire, qui y sont naturellement réfractaires et qui pourtant sont essentielles. La morale ne peut régenter outre mesure les fonctions industrielles, commerciales, etc., sans les paralyser, et cependant elles sont vitales ; ainsi, considérer la richesse comme immorale n'est pas une erreur moins funeste que de voir dans la richesse le bien par excellence. Il peut donc y avoir des excès de morale, dont la morale d'ailleurs est la première à souffrir ; car, comme elle a pour objet immédiat de régler notre vie temporelle, elle ne peut nous en détourner sans tarir elle-même la matière à laquelle elle s'applique.

Émile Durkheim, *De la division du travail social*, 1893.

4 ** À partir de ce texte, indiquez ce qui rend, selon Kant, le mensonge contraire au devoir moral.

Le mensonge (dans le sens que l'éthique attache à ce mot), comme fausseté volontaire en général, n'a pas besoin d'être *nuisible* aux autres pour être déclaré condamnable ; car, à ce point de vue, il serait une violation du droit d'autrui. Il peut bien avoir uniquement pour cause la légèreté, ou un bon naturel ; on peut même s'y proposer une fin réellement bonne ; toujours le moyen qu'on emploie est-il par sa seule forme une offense faite par l'homme à sa propre personne, et une indignité qui le doit rendre méprisable à ses propres yeux.

Emmanuel Kant, *Doctrine de la vertu*, traduction de Jules Barni, 1797.

Exercice Bac

5 Choisissez et répondez à l'un de ces trois sujets de dissertation.

➲ *Vous pouvez vous aider des Méthodes des pages 116-118 ; 128-130 ; 140-141 ; 154-156 ; 168-169 ; 182-183.*

a. Peut-on concevoir des devoirs universels ?

b. Le devoir peut-il être libérateur ?

c. Les conséquences de nos actions sont-elles l'unique critère du devoir moral ?

L'État

Notion 5

Frontispice du *Léviathan* de Thomas Hobbes, Abraham Bosse, 1651.

J'apprends

I Introduction

- Le pouvoir d'État s'incarne dans un ensemble d'institutions juridiques et politiques pérennes qui, sur un territoire donné, dépassent et organisent la société. Ainsi, il ne doit pas être réduit à ou être confondu avec le simple fait de l'autorité d'un chef ou d'une classe sur un groupe déterminé.
- En premier lieu, nous nous demanderons si un tel pouvoir sanctionne une disposition naturelle des hommes à vivre en société.

II L'homme : un animal politique ?

1. La cité aristotélicienne

- Aristote (384-322 av. J.-C.) soutient que « l'homme est un animal politique, plus que n'importe quelle abeille et que n'importe quel animal grégaire » (*La Politique*).
- En effet, un certain nombre d'espèces animales vivent en groupes qui, dans une certaine mesure, semblent comparables aux sociétés humaines. Nous pouvons notamment penser à la vie organisée des colonies d'abeilles dans les ruches (exemple auquel Aristote fait allusion), aux fourmilières, aux meutes des canidés, etc.
- Cependant, l'organisation de ces groupes dépend principalement de la finalité biologique de la perpétuation de l'espèce. Ils obéissent à des principes plus ou moins immuables et ne connaissent pas d'évolution historique.
- Les hommes, au contraire, comprennent, inventent, mettent en œuvre et réadaptent si nécessaire les règles de leur vie sociale. Ces aptitudes sont tributaires de la raison et du langage, qui permettent aux individus de communiquer, de coopérer et de s'organiser autour de notions communes telles que l'avantageux et le nuisible, le juste et l'injuste, le bien et le mal.
- Être doué de langage et de raison, l'homme aurait ainsi une tendance naturelle à vivre en société. Ses prédispositions tendent insensiblement à une vie collective réglementée par des lois édictées par la cité (*polis*), qui englobe les sphères de la famille et du village (équivalant au milieu économique de la production et des échanges).
- Selon Aristote, la vie au sein de la cité serait pour l'homme comme une « seconde nature ». Cela signifie que, quand bien même la communauté politique ne serait pas le mode de vie originaire des hommes, celle-ci parachève la finalité de la vie humaine. Par la cité, l'homme intègre un milieu qui lui est propre.

- Au même titre que la morale, la visée du politique serait le bien suprême de l'homme, à savoir le bonheur. Or, Aristote n'est pas sans savoir que les hommes s'accordent sur l'idée du bonheur en tant que but, mais que leurs opinions* divergent quant à sa nature.

- Conscient de cette difficulté, il soutient que la vie politique se doit d'être subordonnée à la voie d'accès privilégiée au bonheur qu'est l'activité désintéressée de la contemplation. C'est en vertu de la paix garantie par la cité que les hommes pourront se consacrer à la recherche intellectuelle en vue de devenir meilleurs.

2. L'État moderne (Hobbes)

- L'État moderne tel que conceptualisé par Hobbes diffère sensiblement de la cité aristotélicienne. Selon lui, le pouvoir politique ne tire sa légitimité* ni de la nature, ni d'un quelconque droit divin.

Philosophe

Thomas Hobbes (1588-1679)

Philosophe anglais et théoricien majeur de l'État moderne. Dans son *magnum opus Léviathan* (1651), il affirme que l'institution de l'État dépend de la nécessité de sortir de l'état de nature.

- Pour Hobbes, l'idée que l'homme serait « né avec une certaine disposition naturelle à la société » ne résiste pas à l'examen « de la nature humaine » (*Du Citoyen*, 1642). Si la sociabilité constituait l'essence* de l'homme, il s'en suit qu'il devrait accorder son amour et sa confiance à quiconque, indépendamment de toute autre considération.

- Or, ce n'est pas le cas : guidés par les motivations de « l'honneur » ou de « l'utilité », nous tendons à sélectionner les individus avec lesquels nous nous mettons en relation. Autrement dit, la sociabilité est, relativement à l'homme, accidentelle plutôt qu'essentielle.

- Comme d'autres philosophes politiques, Hobbes considère l'état de nature comme une étape méthodologique visant à déterminer le fondement et les fonctions relevant de l'État. Il correspond à un stade hypothétique et originaire de la vie humaine en l'absence de toute forme de lois et d'institutions politiques.

- Selon le philosophe anglais, l'état de nature s'apparente à un état de guerre « de tout homme contre tout homme » (*Léviathan*, 1651). Cet état de guerre ne se réduit pas uniquement aux combats auxquels les hommes se livrent entre eux, mais correspond, plus profondément, à leur état d'esprit.

- Dans un tel contexte, l'émergence d'une culture (caractérisée par le travail, la coopération, les échanges, la recherche intellectuelle, les innovations techniques, etc.) est littéralement impossible.
- Seule la mise en place d'un État permettra à l'homme d'échapper à la menace permanente « de la mort violente » et d'ainsi devenir un être culturel. La sortie de l'état de nature correspond à l'entrée dans l'état civil.
- L'état civil est artificiel dans la mesure où il procède de l'activité des hommes. Plus précisément, il est la résultante d'un pacte, ou d'une convention*, par lequel les sujets se défont de leur droit naturel à « user » de leur « propre puissance » pour préserver leur « vie », afin de déléguer le maintien de la sécurité et de la paix civile à l'État.

III Quel pouvoir faut-il accorder à l'État ?

- Dans la mesure où l'entrée dans l'état civil implique le transfert total de la liberté naturelle des individus au souverain, la philosophie politique de Hobbes légitime le pouvoir absolu de l'État.
- Toutefois, il est possible soit de redéfinir le pouvoir absolu tel que conçu par Hobbes (Rousseau), soit de rejeter les fondements d'un tel pouvoir au nom du droit naturel (Locke).

L'État, c'est moi !!!, caricature de Gambetta, 1881.

1. La « volonté générale » (Rousseau)

Philosophe

Jean-Jacques Rousseau (1712-1778)

Philosophe et écrivain de langue française. Dans *Du contrat social*, il soutient que la légitimité de l'État repose sur la souveraineté du peuple.

- Rousseau ne conteste pas tant l'absolutisme que la manière dont Hobbes le définit. D'après le philosophe anglais, le pouvoir absolu du souverain repose sur un choix radical : soit la liberté et la violence sans frein de l'état de nature, soit la sécurité assurée par l'État.
- Or, Rousseau remet en cause cette alternative. Selon lui, l'État légitime vise à mettre en accord la liberté et la sécurité.
- La légitimité de l'État repose sur la souveraineté absolue du peuple. En d'autres termes, est légitime l'État dont les lois sont la manifestation de la « volonté générale ». Cette volonté ne se résume pas à ce que veut la majorité, mais désigne ce qui, dans le vouloir de chaque citoyen, vise le bien de tout le monde.
- De la sorte, les citoyens ne se soumettraient pas à la loi comme à une contrainte* extérieure. Au contraire : leur liberté passerait par l'obéissance aux lois, qui sont l'expression de la volonté générale.

2. Limitation du pouvoir d'État par le droit naturel (Locke)

- Pour Locke (1632-1704), la liberté, la légitime défense et la propriété privée constituent les droits inaliénables des hommes à l'état de nature. Dans cet état, les principales sources de conflit résulteraient d'une absence de régulations concernant la propriété privée.
- La « société politique » vient suppléer à ces difficultés par l'établissement de lois communes encadrant le droit à la propriété. L'application de ces lois est rendue possible par le fait que les individus transfèrent l'exercice de leur droit de légitime défense aux autorités compétentes des « Juges et des Souverains » (*Traité du gouvernement civil*, 1689).
- Locke explique le passage de l'état de nature à l'État en faisant appel à un pacte. Contrairement à Hobbes, il n'estime pas que ce pacte représente une rupture radicale par rapport à l'état de nature. La société politique n'est pas purement artificielle dans la mesure où elle vise à la préservation des droits naturels.

- De ce fait, un État s'arrogeant un pouvoir absolu peut être considéré comme « incompatible avec la société civile ». D'après Locke, un droit de résistance peut et doit être opposé à l'État s'il met en danger ou viole ouvertement les droits à la propriété et à la liberté qu'il a normalement vocation à sauvegarder.

IV Le totalitarisme correspond-il à une hypertrophie du pouvoir de l'État ?

Compte tenu des réflexions de Locke, nous pourrions être enclins à supposer que les régimes totalitaires contemporains reposeraient essentiellement sur un pouvoir d'État s'étendant bien au-delà des limites de sa légitimité.

1. Différences entre l'absolutisme et le totalitarisme

- Le problème du totalitarisme est moins simple qu'il n'y paraît. Si le pouvoir des monarques pouvait être qualifié « d'absolu », des facteurs concrets (tels que la diversité des lois, des régions, des langues, des us et coutumes, ou encore de la faiblesse des moyens de centralisation) limiteraient néanmoins l'intensité et l'homogénéité de la manifestation de la puissance politique.
- Contrairement à l'absolutisme, les régimes totalitaires ont bénéficié de dispositifs bureaucratiques et techniques suffisamment développés afin d'étendre leur pouvoir de surveillance et de propagande à l'intégralité de la population.

2. L'État et l'idéologie* du parti

- De surcroît, à l'instar d'Hannah Arendt, on peut se demander si les régimes totalitaires ne seraient pas davantage symptomatiques d'une « dépolitisation » que d'une hypertrophie du pouvoir de l'État.
- Si, dans un premier temps, les nazis « maintinrent, à peu de choses près, les administrations en place », Arendt observe que, dans un second temps, « lorsque la promulgation des lois de Nuremberg mit un terme à cette évolution, il apparut que les nazis eux-mêmes ne se sentaient nullement concernés par leur propre législation » (*Le Système totalitaire*, 1951).
- Ces faits semblent indiquer que les institutions politiques ne seraient pas le moyen privilégié de l'exercice du pouvoir totalitaire. Selon Arendt, il est plus exact de dire que le parti nazi a fini par parasiter l'ensemble des institutions politiques.

- **Le parti correspond à une idéologie** qui ne se soucie guère des faits et de la vérité, mais entend rendre le monde conforme à sa conception du devenir historique (la lutte des races pour les nazis, la lutte des classes pour les communistes).
- Du fait de sa nature essentiellement mouvante (seule importait, pour les nazis, « la constante marche en avant vers des objectifs* sans cesse nouveaux »), l'idéologie totalitaire verrait dans les institutions et leur pérennité autant d'obstacles dont il faut s'affranchir.

Philosophe

Hannah Arendt (1906-1975)

Philosophe et politologue allemande naturalisée américaine, ses travaux ont principalement porté sur les notions de politique, de technique et de culture, à travers notamment les concepts de totalitarisme et de banalité du mal.

L'État

1 Quel philosophe affirme que « l'homme est un animal politique » ?

a. ○ Machiavel

b. ○ Hobbes

c. ○ Aristote

d. ○ Hegel

2 L'homme peut être considéré comme un animal politique, car :

a. ○ il forme, au même titre que les abeilles et d'autres espèces animales, des sociétés organisées.

b. ○ la communauté politique est le stade originaire de son existence.

c. ○ la raison et le langage le prédisposent à vivre au sein de la cité.

3 L'état de nature correspond nécessairement à la réalité d'un stade originaire où les hommes sont dépourvus de lois et d'institutions politiques.

a. ○ Vrai. b. ○ Faux.

4 Selon Hobbes, l'état de nature s'apparente à :

a. ○ un état de paix et de félicité.

b. ○ un état religieux.

c. ○ un état de guerre.

5 D'après Locke, un droit de résistance peut être opposé à l'État :

a. ○ s'il n'apporte pas richesse et prospérité à tous ses citoyens.

b. ○ s'il viole ouvertement les droits naturels à la liberté individuelle et à la propriété.

c. ○ s'il emploie des moyens répressifs.

6 Hannah Arendt affirme que les régimes totalitaires résultent d'une hypertrophie du pouvoir de l'État.

a. ○ Vrai. b. ○ Faux.

Réponses :

1 c - 2 a et c - 3 b - 4 c - 5 b - 6 b.

Passage de l'état de nature à la société politique

Thomas Hobbes

L'état de nature

Il s'apparente à un état de .... « de tout homme contre tout .... ».

Problèmes

La menace permanente de la « mort violente » et l'impossibilité de la ....

Pacte

Les sujets se défont de leur droit .... à « user » de leur « propre puissance » pour préserver leur « vie », afin de déléguer le maintien de la sécurité et de la paix civile à l'................. .

John Locke

Droits naturels

Liberté ...., légitime .... et ....

Problèmes

Absence de .... quant à la .... dans l'état de ....

Pacte

Les sujets confient à l'État la sauvegarde de leurs .... naturels. La société politique supplée à l'absence de régulations en matière de .... Les sujets transfèrent l'exercice de leur .... de légitime défense aux autorités compétentes.

Discussion d'un texte

Les clés de l'exercice

Comment discuter un texte ?

→ Une explication ne saurait se contenter d'être une explicitation de l'argumentation d'un texte.

→ La pratique de la philosophie consistant en la formation du jugement, il est nécessaire d'avoir un regard critique vis-à-vis des textes à expliquer.

→ Cette attitude critique se matérialise sous la forme d'une discussion.

→ La discussion peut concerner un ou plusieurs points du texte vous semblant problématiques sur le plan argumentatif.

→ La discussion consiste à présenter et à développer suffisamment une objection en réponse à ce ou ces points problématiques.

→ La discussion peut être formulée soit au fil de l'explication, quand le ou les points à discuter sont rencontrés, soit à part de l'explication, usuellement à la fin du développement et avant la conclusion.

[…] Parce que la majorité a, par le consentement des voix, proclamé un souverain, celui qui était d'un avis contraire doit désormais être d'accord avec les autres, autrement dit il doit accepter de reconnaître les actions que fera ce souverain […]. Car s'il s'est entré volontairement dans ce regroupement d'hommes qui étaient assemblés, il a par là déclaré de façon suffisante sa volonté, et il a donc tacitement convenu de se tenir à ce que la majorité ordonnerait ; et c'est pourquoi s'il refuse de se tenir à cette décision, ou s'il proteste contre l'un quelconque des décrets de cette majorité, il fait le contraire de ce qu'il a convenu, et le fait donc injustement.

[…] De ce que chaque sujet est, par cette institution, auteur de toutes les actions et tous les jugements du souverain institué, il s'ensuit que quoi qu'il fasse, ce ne peut être un tort fait à l'un de ses sujets et il ne doit être accusé d'injustice par aucun d'eux. […] Par cette institution d'une République, chaque homme particulier est auteur de tout ce que le souverain fait et, par conséquent celui qui se plaint de ce qui lui est fait par son souverain se plaint de ce dont il est lui-même l'auteur, et il ne doit accuser personne, sinon lui-même.

Thomas Hobbes, *Léviathan*, traduction de Philippe Folliot,

Discutez le texte de Hobbes.

Avant de commencer

- **Demandez-vous ce que vous pourriez objecter rationnellement à l'auteur si vous pouviez dialoguer avec lui.**
- **Concentrez-vous sur un à trois points de discussion (aller au-delà vous conduirait à ne pas les justifier de façon suffisamment approfondie).**
- **La discussion doit rester un moment critique s'appuyant sur une argumentation rigoureuse justifiant votre ou vos objections.**
- **Ainsi, la discussion, même si elle offre un espace de liberté en vous permettant de prendre un recul critique quant à ce qui est affirmé par l'auteur, ne saurait être l'occasion d'une expression libre où vous exposeriez arbitrairement vos états d'âme ou vos avis (ce qui conduirait inévitablement au hors-sujet), ou une récitation stérile du cours.**

Identification des différentes étapes du texte

Indiquons préalablement les principales idées de l'extrait :

1. Le souverain représente l'autorité politique librement instituée par l'assemblée des hommes et à laquelle ils se soumettent afin de rendre possible la vie collective.

2. Les décisions du souverain s'appliquent à tous ceux qui l'ont institué, même s'ils ne sont pas en accord, en raison du principe de l'avis majoritaire.

3. Les décisions du souverain reflètent nécessairement celles de l'assemblée dans la mesure où cette assemblée a institué le souverain. Il ne peut pas y avoir d'injustice, car la justice n'est que le reflet des lois édictées par le souverain, donc par l'assemblée.

Identification du principal point de discussion

Le principal point de discussion concerne **l'impossibilité pour le souverain de commettre une injustice** et, par extension, **l'impossibilité pour les hommes de dénoncer ce qui pourrait être perçu, à tort ou à raison, comme une injustice**.

L'objection principale consisterait donc à se demander si cette conception de la justice (une chose est juste parce qu'édictée par la loi et, cette loi provenant du souverain et donc de l'assemblée des hommes, elle ne saurait aller contre ces derniers) justifiant toutes les actions du souverain n'est pas **abusive**.

Plusieurs pistes pour justifier cette objection sont alors envisageables (*liste non exhaustive*) :

1. La place de la minorité : que faire si le choix majoritaire nuit, à travers la loi, à la minorité ?

2. La fracture entre action juste et morale : que faire si une action juste se révèle immorale ?

Je m'entraîne

1 * **Faites correspondre les auteurs aux notions.**

► Corrigés p. 276

L'idéologie du parti •	• Aristote
La volonté générale •	• Thomas Hobbes
« L'homme est un animal politique » •	• John Locke
Droits naturels : liberté, légitime défense, propriété •	• Jean-Jacques Rousseau
L'état de nature est un état de guerre « de tout homme contre tout homme » •	• Hannah Arendt

2 ** **Donnez une brève définition des notions ci-dessous.**

a. État de nature **b.** État **c.** Souveraineté du peuple

3 ** **Identifiez les principaux arguments de Hobbes contre la définition de l'homme comme animal politique.**

La plupart de ceux qui ont écrit touchant les républiques, supposent ou demandent, comme une chose qui ne leur doit pas être refusée, que l'homme est un animal politique, *zôon politikon*, selon le langage des Grecs, né avec une certaine disposition naturelle à la société. Sur ce fondement-là ils bâtissent la doctrine civile ; de sorte que pour la conservation de la paix, et pour la conduite de tout le genre humain, il ne faut plus rien sinon que les hommes s'accordent et conviennent de l'observation de certains pactes et conditions, auxquelles alors ils donnent le titre de lois. Cet axiome, quoique reçu si communément, ne laisse pas d'être faux, et l'erreur vient d'une trop légère contemplation de la nature humaine. Car si l'on considère de plus près les causes pour lesquelles les hommes s'assemblent, et se plaisent à une mutuelle société, il apparaîtra bientôt que cela n'arrive que par accident et non pas par une disposition nécessaire de la nature. En effet, si les hommes s'entr'aiment naturellement, c'est-à-dire, en tant qu'hommes, il n'y a aucune raison pourquoi chacun n'aimerait pas le premier venu, comme étant autant homme qu'un autre ; de ce côté-là, il n'y aurait aucune occasion d'user de choix et de préférence. Je ne sais aussi pourquoi on converserait plus volontiers avec ceux en la société desquels on reçoit de l'honneur ou de l'utilité, qu'avec ceux qui la rendent à quelque autre. Il en faut donc venir là, que nous ne cherchons pas de compagnons par quelque instinct de la nature ; mais bien l'honneur et l'utilité qu'ils nous apportent ; nous ne désirons des personnes avec qui nous conversons qu'à cause de ces deux avantages qui nous en reviennent.

Thomas Hobbes, *Le Citoyen,* traduction de Samuel Sorbière, 1642.

4 ** **Commentez le texte suivant.**

Seule comptait pour eux [les nazis] « la constante marche en avant vers des objectifs sans cesse nouveaux » ; si bien que, finalement, « le but et le champ d'action de la police secrète d'État », ou de n'importe quelle autre institution de l'État créée par les nazis, ne pouvaient « en aucune manière rentrer dans le cadre des lois et des règlements édictés pour elles ». Pratiquement, cet état permanent d'anarchie se traduisit dans le fait que « nombre de règlements en vigueur ne furent plus rendus publics ». Sur le plan théorique, cela répondait à la maxime de Hitler selon laquelle « l'État totalitaire doit ignorer toute différence entre la loi et l'éthique ».

Hannah Arendt, *Le Système totalitaire. Les origines du totalitarisme.* T. 3, 1951,

Exercice Bac

5 **Choisissez, puis faites la dissertation de l'un des trois sujets suivants.**

➲ *Vous pouvez vous aider des Méthodes des pages 116-118 ; 128-130 ; 140-141 ; 154-156 ; 168-169 ; 182-183.*

a. L'État s'oppose-t-il à la liberté des individus ?

b. Y a-t-il une limite aux droits de l'État ?

c. La société politique correspond-elle aux dispositions naturelles des hommes ?

L'inconscient

Notion 6

BrainChain, Willem den Broeder, 2001.

I Introduction

- L'inconscient est littéralement ce qui échappe à la conscience. Il peut à la fois désigner le fait d'une privation par rapport à la conscience *et* une force active qui résiste, s'oppose, ou se dérobe à la conscience.
- En d'autres termes, il est possible de définir l'inconscient soit d'une manière strictement négative, soit d'une manière dynamique et positive (au sens de ce qui s'impose à nous par les faits ou l'expérience). Ces deux approches, bien qu'elles ne soient pas mutuellement exclusives, ne se recoupent pas nécessairement.

Le Voyageur contemplant une mer de nuages, Caspar David Friedrich, 1818.

II Comment définir l'inconscient ?

Afin d'étayer nos remarques introductives, attardons-nous sur différents usages linguistiques relatifs à la notion d'inconscient.

1. L'inconscient comme privation de conscience

- Une personne qui ne semble pas se représenter le danger qu'elle encourt et auquel elle expose autrui est souvent qualifiée d'inconsciente. Cet usage linguistique caractérise l'inconscient de manière négative, à savoir comme un manque de réflexion ou une absence de prudence.
- Toutefois, à moins qu'elle ne souffre de sévères troubles mentaux, une personne agissant de manière inconsidérée est tout de même consciente d'elle-même ainsi que de ses actions.
- Cela nous permet d'observer que la privation de la conscience admet différents degrés. Il existe, d'une part, l'inconscience relative ou partielle de l'individu ne mesurant pas les conséquences de ses actions et, d'autre part, l'inconscience totale caractérisant le sommeil sans rêves, l'anesthésie, la perte de connaissance, ou encore le coma.

2. Caractérisation positive et dynamique de l'inconscient

- Cependant, un fait incontestable nous empêche de nous limiter à une définition strictement négative de l'inconscient : un certain nombre de phénomènes se produisent en nous sans pour autant qu'ils parviennent à notre conscience.
- Il en va ainsi de la plupart de nos réflexes et processus physiologiques* tels que la respiration ou la digestion, qui n'impliquent aucune forme d'activité consciente de notre part. Ce sont souvent les dysfonctionnements de notre corps (arrêt cardiaque, pneumonie, maux d'estomac, etc.) qui nous font prendre conscience de la présence et de l'importance de ces phénomènes.
- Une caractérisation positive et dynamique de l'inconscient s'avère donc nécessaire, mais il importe de noter qu'elle peut mener à deux formes d'approches fort différentes.
- Tout d'abord, on peut envisager l'inconscient sous un angle strictement adverbial. Par exemple, comme nous venons de le voir, la plupart de nos processus physiologiques s'opèrent inconsciemment.
- Nous pourrions également considérer l'inconscient sous un angle substantif ou nominal, à savoir comme une partie difficilement accessible, mais néanmoins identifiable de notre psychisme, fonctionnant selon ses propres lois – avec des désirs*,

des pensées et des intentions qui lui seraient propres – et susceptible de devenir un objet de connaissance à part entière.

III L'hypothèse* de phénomènes inconscients est-elle évidente ?

1. Position du problème

- Si, comme nous l'avons signalé au début, l'inconscient désigne ce qui échappe à la conscience, alors comment pourrait-on ne serait-ce que postuler son existence ? Il est possible de répondre que ce postulat est à la fois évident et nécessaire en raison du caractère limité de notre point de vue.
- Notre expérience n'englobe jamais l'intégralité de notre vie intérieure et de la réalité* qui nous environne. Manifestement, notre conscience est sélective quant à l'attention qu'elle accorde aux phénomènes qui l'entourent et au contenu de ses représentations.
- Or, comme nous allons le voir chez Leibniz, c'est justement cette dimension sélective de la conscience qui encourage à postuler des processus au-delà (ou en-deçà) d'elle-même.

2. Petites perceptions et aperceptions

Philosophe

Gottfried Wilhelm Leibniz (1646-1716)

Philosophe rationaliste allemand, polymathe et auteur incroyablement prolifique. Il traite notamment de la question des petites perceptions dans ses *Nouveaux essais sur l'entendement humain* (1765).

- L'œuvre de Leibniz ne se réfère pas explicitement à la notion d'inconscient. En revanche, le philosophe décrit les petites perceptions de la manière qui suit :

> Ce sont elles qui forment ce je ne sais quoi, ces goûts, ces images des qualités des sens, claires dans l'assemblage, mais confuses dans les parties, ces impressions que des corps environnants font sur nous […].
>
> *Nouveaux essais sur l'entendement humain*, 1765.

- D'après Leibniz, une multitude de petites perceptions constituent l'aperception, à savoir notre conscience claire et réfléchie d'un phénomène ou d'un objet.
- Par exemple, lorsque nous entendons le bruit de la mer, nous n'avons pas clairement conscience de chaque petite vague occasionnant le bruit en question. C'est la continuité et l'ensemble des petites perceptions (les petites vagues) qui forme la totalité de l'aperception (le bruit de la mer). En d'autres termes, l'aperception implique des perceptions inconscientes.

IV Existe-t-il une science de l'inconscient ?

1. La psychanalyse

- Pour Sigmund Freud, le contexte social et culturel dans lequel nous vivons rend l'expression et la satisfaction de certains de nos désirs (ou pulsions) inacceptables. Ces derniers sont refoulés* par notre conscience et deviennent inconscients.

Philosophe

Sigmund Freud (1856-1939)

Père fondateur de la psychanalyse, qu'il présentait comme étant la première théorie « scientifique » de l'inconscient.

- Cependant, les pulsions refoulées cherchent à trouver leur satisfaction et entrent en conflit avec nos autres désirs. Nos actes et nos réactions impliqueraient ainsi des motifs inconscients.
- L'inconscient tel que l'entend Freud se manifeste par des voies détournées, à travers nos rêves, nos lapsus* ou nos névroses.
- Freud ne prétend pas être le premier à avoir découvert l'inconscient. En revanche, il affirme clairement que la psychanalyse serait la première discipline à avoir scientifiquement démontré l'existence de l'inconscient.
- Après Copernic ayant prouvé que l'homme n'est pas au centre de l'Univers et Darwin ayant démontré que l'homme n'est pas une créature de Dieu mais le produit de l'évolution, la psychanalyse représenterait une troisième forme de révolution scientifique établissant que « le Moi n'est pas maître dans sa maison ».
- Or, certains philosophes estiment que la scientificité revendiquée par la psychanalyse ne va pas de soi.

2. La fiction d'un « autre Moi »

- Dans ses *Éléments de philosophie*, Alain observe que le fait indiscutable qu'un certain nombre de phénomènes échappent à la conscience ne permet pas de déduire l'existence d'un inconscient considéré comme une entité à part dans la vie psychique de l'homme.
- Il existe « un effet de contraste » entre la conscience et ce qu'elle peine à maîtriser (par exemple, les instincts*). Or, par son caractère souvent saisissant et déconcertant, cet effet peut conduire l'homme à arbitrairement projeter des intentions, des désirs ou des pensées sur ce qui dépasse sa conscience.
- Selon Alain, ce serait précisément le genre d'illusion et de projection auquel nous inviterait la psychanalyse. Son erreur serait « de croire que l'inconscient est un autre Moi ; un Moi qui a ses préjugés, ses passions* et ses ruses ; une sorte de mauvais ange, diabolique conseiller. »
- En somme, Alain ne conteste pas qu'un certain nombre de processus s'opèrent inconsciemment en nous. Néanmoins, il rejette catégoriquement l'approche nominale ou substantive de la notion d'inconscient dont, selon lui, la psychanalyse se rendrait coupable.

3. L'« infalsifiabilité » de la psychanalyse

Philosophe

Karl Popper (1902-1994)

Philosophe austro-britannique. Ses réflexions sur la réfutabilité exercent encore une influence majeure sur la philosophie des sciences contemporaine.

- Pour le philosophe des sciences Karl Popper, une hypothèse est scientifique si et seulement si celle-ci s'avère réfutable (➔ Notion 13).
- Certes, la psychanalyse affirme que ses hypothèses sont vérifiées par des observations cliniques. Toutefois, selon Popper, cela indique essentiellement que les psychanalystes se réfèrent à certaines explications et théories qui déterminent et informent leurs observations.
- La « vérification par les observations cliniques » confère à la psychanalyse une apparence de scientificité. Pour réellement prétendre au statut de science, les hypothèses de la psychanalyse devraient permettre de déduire un ou plusieurs cas de figure qui pourraient les réfuter.

- Or, selon Popper, il n'en est rien. Les théories psychanalytiques se condamnent à être non réfutables ou, pour le dire autrement, non testables. Il en veut pour preuve la volonté manifeste de Freud d'absolument tout expliquer, y compris les phénomènes semblant directement contredire ses idées.

- Par exemple, le philosophe observe qu'il est problématique qu'une cure psychanalytique infructueuse puisse s'expliquer par une résistance inconsciente du patient et, de ce fait, venir justifier les théories qu'elle paraissait pourtant invalider.

- Pour autant, Popper prend soin à ne pas confondre le critère de démarcation entre science et pseudoscience* avec une distinction nette entre le vrai et le faux. Ainsi, quand bien même les théories psychanalytiques sur l'inconscient n'auraient rien de scientifique, elles pourraient néanmoins apporter un éclairage digne d'intérêt sur notre vie psychique.

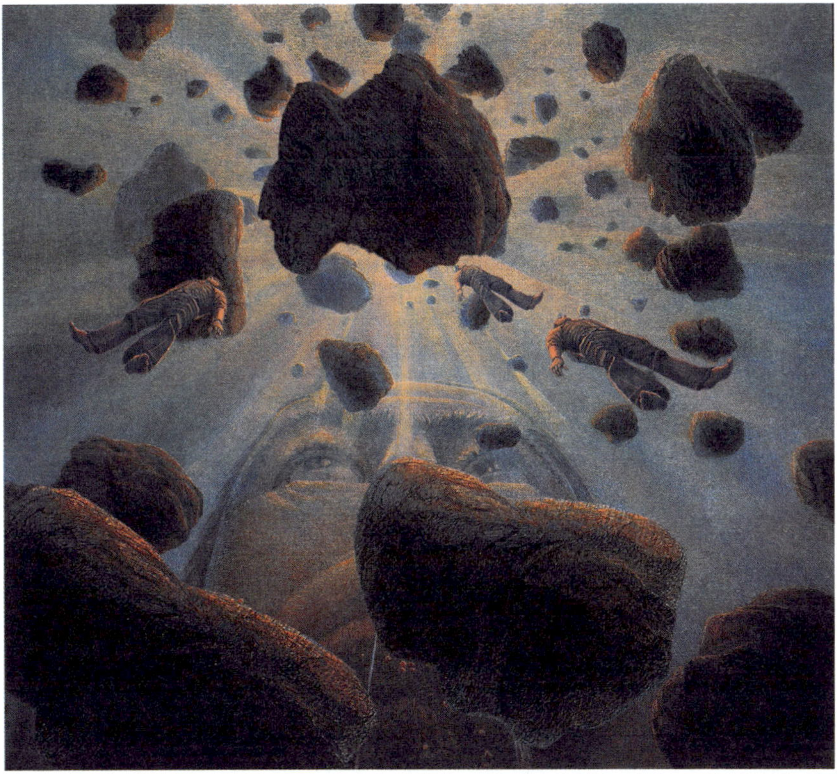

The Brain (stoned) 5, Hanno Karlhuber, 1982.

L'inconscient

1 Au sens large, la notion d'inconscient peut à la fois se définir :

a. ○ comme une privation de conscience et une force dynamique et active.

b. ○ comme un autre Moi en nous et la propension des hommes à l'oubli.

c. ○ comme un principe de destruction et de création.

2 Il semble raisonnable de formuler l'hypothèse de phénomènes inconscients, car :

a. ○ les hommes peuvent agir de manière inconsidérée.

b. ○ nous ne sommes pas conscients de la plupart de nos réflexes et processus physiologiques.

c. ○ le libre arbitre est une illusion.

d. ○ la conscience est sélective relativement à l'attention qu'elle accorde aux phénomènes qui l'environnent et au contenu de ses représentations.

3 Selon Freud, la psychanalyse illustre que l'existence de l'inconscient ne peut pas faire l'objet d'une démonstration scientifique.

a. ○ Vrai.

b. ○ Faux.

4 Leibniz affirme que les petites perceptions :

a. ○ correspondent aux désirs et pensées d'un Moi qui nous est inaccessible.

b. ○ sont, contrairement à l'aperception, conscientes.

c. ○ sont des perceptions inconscientes constituant l'aperception.

5 D'après Karl Popper, la psychanalyse n'est pas une science, car aucune de ses affirmations n'est vérifiable.

a. ○ Vrai.

b. ○ Faux.

Réponses :

1 a - 2 b et d - 3 b - 4 c - 5 b.

Inconscient

Force .... et ....

Sens a.................

Exemple

Selon Leibniz, une multitude de petites .... inconscientes constituent l'............................ .

Sens n.................

Conception p................. de l'inconscient.

Problème n°1 posé par Alain

Le fait qu'un certain nombre de phénomènes dépassent la .... ne permet pas de déduire l'existence d'un inconscient comme une entité à part (et obéissant à ses propres lois) dans la .... humaine.

Problème n°2 posé par Popper

Quand bien même les observations cliniques permettent de vérifier les .... de la psychanalyse, ces dernières s'avèrent ....
La psychanalyse ne peut pas prétendre au statut de ....

Privation de ....

Exemple

- ....
- ....
- ....
- ....

Vers la rédaction de l'explication de texte : l'introduction

Les clés de l'exercice

Comment rédiger l'introduction d'une explication de texte ?

→ L'introduction comporte, le plus souvent, deux parties : l'introduction générale et l'introduction spéciale.

→ L'**introduction générale** pose une question globale à laquelle le passage à expliquer répondra. Elle n'est pas obligatoire, mais souhaitable. Elle doit rester brève. Elle s'appuie sur des exemples de la vie courante, des références culturelles ou d'actualité, ou encore sur une citation philosophique.

→ L'**introduction spéciale** présente la source (œuvre et auteur) du passage à expliquer, puis mentionne le thème, le problème, la thèse et le plan de celui-ci.

Des chercheurs, qui ne refusent pas de reconnaître les faits psychanalytiques, mais ne veulent pas admettre l'inconscient, se tirent d'affaire à l'aide du fait incontesté que la conscience aussi – en tant que phénomène – présente une large échelle de gradation dans l'intensité ou la clarté. De même qu'il y a des processus qui sont conscients d'une façon très vive, très aiguë et très saisissable, de même l'expérience vécue nous en présente d'autres qui ne sont conscients que d'une façon faible et même à peine discernable ; et les plus faiblement conscients d'entre eux seraient précisément ceux pour lesquels la psychanalyse prétend employer le terme impropre d'inconscient. Ces processus seraient néanmoins conscients eux aussi ou « dans la conscience », et pourraient être rendus pleinement et fortement conscients si on leur accordait une attention suffisante.

Pour autant que des arguments puissent avoir une influence sur la décision dans une telle question qui dépend ou bien d'une convention ou bien de facteurs affectifs, on peut ajouter ici les remarques suivantes : la référence à une échelle de clarté dans le fait d'être conscient n'a rien de contraignant et n'a pas plus de force démonstrative que les propositions de ce genre : il y a tant de degrés d'éclairement depuis la lumière la plus vive et aveuglante jusqu'à la faible lueur que, par conséquent, il n'y a absolument pas d'obscurité. […] En outre, en subsumant l'imperceptible sous le conscient, on n'aboutit qu'à porter atteinte à la seule et unique certitude immédiate qui soit dans le psychique. Une conscience dont on ne sait rien, cela me paraît beaucoup plus absurde qu'un psychique inconscient.

Sigmund Freud, *Le Moi et le Ça*, [1923], in *Essais de psychanalyse*, trad. de l'allemand par André Bourguignon, © Éditions Payot & Rivages, 2001 pour la dernière édition.

➲ Rédigez une introduction au texte.

Avant de commencer

- **Même si cela peut surprendre, la préparation du brouillon de l'introduction n'intervient qu'après l'analyse au brouillon du texte.**
- **Si vous ne parvenez pas, surtout en temps limité, à bâtir l'introduction générale, contentez-vous de l'introduction spéciale.**

Formulation d'une question globale à laquelle le passage étudié répond

Exemple d'introduction générale

La notion psychanalytique d'inconscient a rencontré de vives critiques. Supposer qu'il existerait des pensées nous étant radicalement inconnaissables est une hypothèse à la fois séduisante et troublante, car expliquant à la fois certains comportements jusqu'alors incompréhensibles, mais demeurant difficile à vérifier scientifiquement du fait même du caractère insaisissable de ce dont elle entend rendre compte(l'inconscient). Ainsi, il est légitime de se demander si l'hypothèse psychanalytique de l'inconscient peut être critiquée.

Présentation de la source du passage expliqué, mention du thème, du problème, de la thèse et du plan

Exemple d'Introduction spéciale

Cet extrait de l'ouvrage *Le Moi et le Ça* de Sigmund Freud a pour thème la critique de la notion psychanalytique d'inconscient au profit de la notion concurrente d'intensité de la conscience. Ainsi, l'auteur se demande quelle est la nature de cette critique de la notion psychanalytique d'inconscient formulée à partir de celle d'intensité de la conscience et, par la suite, si une telle critique est recevable. Afin de répondre à ce problème, Freud soutient la thèse selon laquelle, même si selon ses adversaires l'inconscient psychanalytique ne serait qu'une partie de la conscience inaperçue par manque d'attention, une telle objection est irrecevable, car une conscience échappant à l'attention est une contradiction dans les termes. Cette thèse sera défendue selon deux principaux moments. En premier lieu (« Des chercheurs… suffisante »), il s'agira d'examiner la nature et la justification de la position opposée à la notion psychanalytique d'inconscient. En second lieu (« Pour autant… psychique inconscient »), la réponse freudienne à cette critique sera analysée.

1 * **Lisez le texte puis répondez aux questions.** ► Corrigés p. 276

Quant à l'épopée freudienne du Moi, du Ça et du Surmoi, on n'est pas plus fondé à en revendiquer la scientificité que dans le cas de ces récits qu'Homère avait recueilli de la bouche des dieux. Certes, les théories psychanalytiques étudient certains faits, mais elles le font à la manière des mythes. Elles contiennent des indications psychologiques fort intéressantes, mais sous une forme qui ne permet pas de les tester.

Karl Popper, *Conjectures et réfutations,* [1963], trad. de l'anglais par Michelle-Irène et Marc B. de Launay, © Éditions Payot, Paris, 1985 ; © Éditions Payot & Rivages, 1998.

a. Pour quelle raison Popper remet-il en doute la scientificité de la psychanalyse ?
b. Pourquoi compare-t-il la psychanalyse aux mythes ?
c. Estime-t-il que les théories psychanalytiques sont nécessairement fausses ?

2 ** **Identifiez les éléments clés de la critique de la notion d'inconscient dans le texte suivant.**

Il y a de la difficulté sur le terme d'inconscient. Le principal est de comprendre comment la psychologie a imaginé ce personnage mythologique. Il est clair que le mécanisme échappe à la conscience, et lui fournit des résultats (par exemple, j'ai peur) sans aucune notion des causes. En ce sens la nature humaine est inconsciente autant que l'instinct animal et par les mêmes causes. On ne dit point que l'instinct est inconscient. Pourquoi ? Parce qu'il n'y a point de conscience animale devant laquelle l'instinct produise ses effets. L'inconscient est un effet de contraste dans la conscience. On dit à un anxieux « vous avez peur », ce dont il n'a même pas l'idée ; il sent alors en lui un autre être qui est bien lui et qu'il trouve tout fait. Un caractère, en ce sens, est inconscient. Un homme regarde s'il tremble afin de savoir s'il a peur. Ajax, dans *L'Iliade*, se dit « Voilà mes jambes qui me poussent ! Sûrement un dieu me conduit ! » Si je ne crois pas à un tel dieu, il faut alors que je croie à un monstre caché en moi. En fait l'homme s'habitue à avoir un corps et des instincts. Le psychiatre contrarie cette heureuse disposition ; il invente le monstre ; il le révèle à celui qui en est habité. Le freudisme, si fameux, est un art d'inventer en chaque homme un animal redoutable, d'après des signes tout à fait ordinaires ; les rêves sont de tels signes : les hommes ont toujours interprété leurs rêves, d'où un symbolisme facile. Freud se plaisait à montrer que ce symbolisme facile nous trompe et que nos symboles sont tout ce qu'il y a d'indirect. Les choses du sexe échappent évidemment à la volonté et à la prévision ; ce sont des crimes de soi, auxquels on assiste. On devine par là que ce genre d'instinct offrait une riche interprétation. L'homme est obscur à lui-même ; cela est à savoir. Seulement il faut éviter ici plusieurs erreurs que fonde le terme d'inconscient. La plus grave de ces erreurs est de croire que l'inconscient est un autre Moi ; un Moi qui a ses préjugés, ses passions et ses ruses ; une sorte de mauvais ange, diabolique conseiller. Contre quoi il faut comprendre qu'il n'y a point de pensées en nous sinon par l'unique sujet, Je ; cette remarque est d'ordre moral.

Alain, *Éléments de philosophie,* livre II, chapitre XVI, note 146, 1916.

Exercice Bac

3 Choisissez, puis faites la dissertation de l'un des trois sujets suivants.

➲ *Vous pouvez vous aider des Méthodes des pages 116-118 ; 128-130 ; 140-141 ; 154-156 ; 168-169 ; 182-183.*

a. L'inconscient peut-il faire l'objet d'une connaissance scientifique ?

b. L'hypothèse d'un inconscient est-elle incompatible avec la responsabilité morale ?

La justice

Notion 7

Justice, Pierre Subleyras, XVIIIe siècle.

I Introduction

- Il convient de distinguer la justice en tant que vertu cardinale (la disposition de l'homme à l'équité, au respect et au mérite) de la justice entendue comme mise en œuvre et application des lois dans une société donnée.
- En ce second sens, la justice est communément symbolisée par la déesse Thémis qui, les yeux recouverts par un bandeau, porte une balance et un glaive. La justice serait ainsi à rapprocher des notions d'équilibre, d'égalité*, d'impartialité*, mais aussi de force.

La Justice et la Vengeance divine poursuivant le Crime,
Pierre-Paul Prud'hon, 1808.

II Y a-t-il une justice dans ce monde ?

1. Position du problème

- Personne ne saurait le contester : nos institutions juridiques ne sont pas infaillibles. Des hommes de bien peuvent être condamnés à tort, quand certains criminels peuvent passer entre les mailles des filets du système pénal.
- De surcroît, nous ne pouvons pas affirmer que, d'une manière générale, la chance sourirait aux vertueux tandis que les infortunes accableraient les hommes immoraux.
- L'homme vertueux n'entend pas obtenir plus qu'il ne mérite, et traite autrui avec respect et équité. En d'autres termes, il est un homme juste. Cependant, cela ne le met pas à l'abri de l'injustice, tant s'en faut.
- Dès lors, nous pouvons en venir à nous demander s'il n'existerait pas une contradiction insoluble entre la vertu et l'ordre (semble-t-il profondément injuste) du monde.

2. Providence* et théodicée*

- Plusieurs écrits de Sénèque (vers 4 av. J.-C., –65 apr. J.-C.), notamment son traité *De la providence*, entendent répondre à ce problème. D'après le philosophe romain, nous devons tout d'abord nous rappeler que la vertu se suffit à elle-même, qu'elle est « elle-même sa propre récompense ».
- De surcroît, le malheur serait inaccessible à la « citadelle intérieure » forgée par la raison et la volonté du sage stoïcien (➔ Notions 2 et 9) : « Rien de mal ne peut arriver à l'homme de bien : les contraires ne vont point ensemble. » (*De la providence*, chap. II).
- Enfin, pour prétendre à la sagesse, nous devons constamment exercer et développer notre vertu. Vis-à-vis de l'homme disposé à la vertu, l'adversité constituerait une occasion de s'entraîner ou de s'améliorer.
- Par conséquent, Sénèque estime que la providence divine est juste : elle « affectionne les bons », car elle entend « les rendre meilleurs encore et le plus parfaits possible » en les confrontant à l'adversité (*De la providence*, chap. II).
- L'explication de la tension apparemment insoluble entre, d'une part, un dieu tout-puissant, sage et bon et, d'autre part, l'existence du mal, est un exercice dans lequel des philosophes majeurs tels que Saint Augustin (354-430) et Leibniz (1646-1717) se sont illustrés, et constitue le principal objet de la théodicée.
- Toutefois, les idées modernes sur la justice ne s'accommodent plus avec des principes transcendants*. Certains y voient un progrès, car les hommes s'en trouveraient plus

responsabilisés : désormais, les idéaux de justice ne peuvent plus se réfugier dans un « arrière-monde » permettant de justifier l'injustice manifeste des destinées humaines.

- D'autres, en revanche, y voient une source d'inquiétude, car sous prétexte de réaliser les idéaux de justice sur Terre, nombre de crimes et d'atrocités pourraient s'en trouver être justifiés.

III Peut-on autoriser le recours à la violence au nom de la recherche de la justice ?

1. La Terreur révolutionnaire

- Dans sa *Phénoménologie de l'esprit*, Hegel analyse la manière dont les idéaux de justice de la Révolution française ont fini par se retourner contre eux-mêmes durant la période de la Terreur.

- D'une part, la liberté revendiquée par les révolutionnaires est essentiellement une puissance de négation (l'homme affirme sa liberté en niant le donné). D'autre part, « dans la démocratie parfaite, qu'établit la volonté générale, tout le monde a autant de droit que les autres à être le pouvoir […] » (Jean-François Marquet, *Leçons sur la* Phénoménologie de l'esprit *de Hegel*, 2004).

- L'égalité* des individus face au pouvoir finit ainsi par équivaloir à une égalité face à la puissance négatrice de la liberté, dont la marque suprême n'est autre que la mort. La « justice » des révolutionnaires se manifeste ainsi comme une machinerie réduisant à néant ce qui lui fait obstacle, à savoir l'individu pris dans sa singularité.

- Telle est, selon Hegel, la destinée d'une justice qui entend s'imposer d'une manière directe, c'est-à-dire au mépris de toute médiation venant d'institutions et de lois équilibrées.

2. La force du droit

- Dans un autre ordre d'idée, il convient de revenir sur certaines différences entre le devoir moral et l'obligation* juridique (➔ Notion 4). Bien qu'il existe d'importants recoupements entre, d'une part, les règles morales et, d'autre part, les normes juridiques, nous pouvons observer que la morale s'avère, à bien des égards, plus inflexible que le droit.

- Par exemple, le mensonge, bien qu'immoral, n'est pas systématiquement sanctionné par la loi. Qui plus est, d'une manière générale, une personne n'ayant jamais enfreint la loi (que celle-ci soit inique ou non) n'est pas pour autant moralement irréprochable.

• Dans sa dimension morale, la justice est certes exigeante et inflexible, mais elle renvoie aussi à la sphère intime de nos jugements et de nos intentions ; je m'autodétermine à obéir au devoir.

• Or, cette autodétermination demeure impénétrable à toute forme de contrainte* physique et n'est pas toujours accessible à la connaissance d'autrui (je peux mentir ou agir par égoïsme sans que les autres ne le sachent).

• Ainsi, eu égard aux impératifs d'organisation et de régulation de la vie en société, la morale s'avère fragile et impuissante. Les lois, au contraire, permettent des sanctions réelles sur la base d'infractions constatables. En outre, elles sont appliquées quand bien même tel ou tel individu ne les comprendrait pas, et quel que soit son degré d'approbation à leur endroit.

• En d'autres termes, la force du droit, garantie par le monopole de la violence légitime de l'État, viendrait suppléer à la faiblesse de la morale.

IV Peut-on trouver un équilibre entre la force et la justice ?

1. Limites et faiblesses de la justice à l'état de nature

• Dans son *Traité du gouvernement civil* (1690), Locke explique ce qui motive le passage de l'état de nature à une vie en société organisée autour d'un système juridique.

Philosophe

John Locke (1632-1704)

Philosophe anglais qui fait partie des plus éminents représentants de l'empirisme. Il est l'un des pères fondateurs de la notion d'État de droit.

• Tout d'abord, il observe que l'état de nature est dépourvu de « lois établies, connues, reçues et approuvées d'un commun consentement, qui soient comme l'étendard du droit et du tort, de la justice et de l'injustice, et comme une mesure capable de terminer les différends qui s'élèveraient. » (§ 124). À cette absence de normes objectivement reconnues par la communauté s'ajoute le fait que chacun entend faire justice soi-même.

• Chacun ayant naturellement tendance à davantage se soucier des torts qui lui ont été faits plutôt que de ceux subis par les autres, cette conception individualiste de la justice encourage à la partialité* (§ 125). Étant donné que cette partialité mobilise directement les passions* de l'homme, la justice à l'état de nature risque le plus souvent de se confondre avec la vengeance*.

• Enfin, l'individu qui entend faire justice lui-même encourt de rencontrer la résistance de celui ou ceux qui lui ont porté préjudice et/ou de s'exposer à des représailles. Autrement dit, sa quête de justice est non seulement dangereuse, mais son efficacité est également incertaine.

2. Remarques conclusives

• Ainsi, l'état de nature permet de déduire l'irrésistible appel d'un système judiciaire s'appuyant sur des lois objectivement reconnues, s'attachant à l'impartialité*, et disposant « d'un pouvoir qui soit capable d'appuyer et de soutenir une sentence donnée, et de l'exécuter » (§ 126).

• Ces considérations nous conduisent également à la problématique de l'équilibre et de la pérennité de l'état de droit (qui, selon Locke, ne doit pas violer les droits naturels à la liberté et à la propriété (➔ Notion 5).

• D'une part, les magistrats doivent être suffisamment indépendants afin d'éviter toute forme d'influence corruptrice de la part du pouvoir politique. D'autre part, il importe de s'assurer que le pouvoir des juges ne s'étende pas au-delà du cadre imparti par les lois.

• Nous pouvons ainsi affirmer avec Pascal que « La justice sans la force est impuissante ; la force sans la justice est tyrannique ».

• En effet, en l'absence du pouvoir des institutions judiciaires, les exigences strictement morales de la justice sont trop impuissantes quant à la régulation de la vie en société.

• Néanmoins, la justice pourrait également se voir dégradée ou anéantie par la force qui entend suppléer à sa fragilité. Alors, la force (incitant autrui à l'obéissance par pure et simple nécessité*) pourrait se parer des attributs de la justice (impliquant la volonté libre des sujets).

• La recherche d'un équilibre viable entre la justice et la force s'impose ainsi comme un problème philosophique particulièrement épineux.

« La justice sans la force est impuissante ;
la force sans la justice est tyrannique. »
Blaise Pascal (1623-1662)

Je révise

La justice

1 La définition de la justice renvoie aux notions d'équilibre, d'égalité, et de partialité.

a. ○ Vrai.

b. ○ Faux.

2 Sénèque soutient que la providence divine est juste, car :

a. ○ elle fait en sorte que la malchance s'oppose aux méchants.

b. ○ elle privilégie les vertueux par rapport aux caprices de la fortune.

c. ○ elle entend rendre les hommes vertueux encore meilleurs en les confrontant à l'adversité.

3 L'explication de la tension apparemment insoluble entre, d'une part, un dieu tout-puissant, sage et bon et, d'autre part, l'existence du mal constitue l'objet de la théodicée.

a. ○ Vrai.

b. ○ Faux.

4 D'après Hegel, la Terreur révolutionnaire a été :

a. ○ une réponse violente mais légitime aux inégalités de la société d'Ancien Régime.

b. ○ une préfiguration des régimes totalitaires modernes.

c. ○ la résultante atroce d'une justice non encadrée par des lois et institutions équilibrées.

5 Selon Locke, quels sont les attraits d'un système judiciaire par rapport à l'état de nature ?

a. ○ L'impartialité.

b. ○ La dureté des châtiments.

c. ○ La mise en œuvre de lois objectivement reconnues.

d. ○ Le sacrifice de la liberté pour la paix sociale.

e. ○ L'existence d'un pouvoir « capable d'appuyer et de soutenir une sentence donnée, et de l'exécuter. »

Réponses :

1 b – 2 c – 3 a – 4 c – 5 a, c et e.

La justice

Dimension morale

Premier problème

Contradiction apparemment insoluble entre, d'une part la .... et, d'autre part, l'.......... du monde.

Réponse possible

S.............. estime que la .... divine est juste.
Elle « affectionne les bons », car elle entend « les rendre .... encore et le plus .... possible » en les confrontant à l'............... .

Second problème

Fragilité de la ....
L'autodétermination du sujet moral relève d'une sphère .... difficilement accessible à la connaissance d'autrui et impénétrable à la contrainte ....

Réponse possible

Compenser l'.................. de la morale par un système .... adéquat.

Dimension juridique

Insuffisance de la justice à l'état de nature

1. Absence de .... objectivement reconnues.
2. Partialité et soif de ....
3. Danger des représailles et possible inefficacité des ....

Attraits d'un système juridique à l'état de nature

1. .... objectivement reconnues.
2. I............................. .
3. Pouvoir « capable d'appuyer et de soutenir une .... donnée, et de l'............... ».

Problème

Il faut non seulement veiller à l'indépendance des magistrats, mais aussi s'assurer que le .... des juges ne s'étende pas au-delà du cadre imparti par les ....

Vers la rédaction de l'explication de texte : la conclusion

Les clés de l'exercice

Comment rédiger la conclusion d'une explication de texte

→ La conclusion doit avoir une double fonction.

→ En premier lieu, la conclusion doit rappeler les éléments fondamentaux de l'introduction : thème, problème et thèse de l'extrait. Il est toutefois inutile de rappeler le plan de l'extrait analysé.

→ En second lieu, la conclusion doit résumer les principaux aspects du cheminement argumentatif de l'extrait.

→ Il est déconseillé, si ce n'est inutile, de finir par une ouverture, celle-ci étant malheureusement, dans la plupart des cas, maladroite, donc superflue.

Les hommes doivent nécessairement établir des lois et vivre selon ces lois, sinon rien ne permet de les distinguer des bêtes les plus sauvages à tous égards. La raison en est la suivante : aucun être humain ne possède naturellement le don de connaître ce qui est le plus profitable aux hommes en tant que citoyens ; et même s'il le connaissait, il ne serait pas toujours en mesure de vouloir et de faire le meilleur. Tout d'abord, il est difficile de reconnaître que le véritable art politique doit se soucier non de l'intérêt particulier, mais de l'intérêt général, car l'intérêt général apporte aux cités une cohésion que l'intérêt particulier fait voler en éclats ; difficile aussi de reconnaître que la consolidation de l'intérêt commun au détriment de l'intérêt particulier profite à la fois à l'intérêt commun et à l'intérêt particulier, à l'un et à l'autre indissociablement. En second lieu, supposons un homme suffisamment avancé dans cet art pour savoir qu'il en est ainsi en vertu d'une nécessité naturelle ; supposons, en outre, que cet homme règne sur la cité sans avoir à lui rendre de comptes, en maître absolu ; même en ce cas, il ne pourrait jamais demeurer inébranlable dans ses convictions, c'est-à-dire continuer, toute sa vie durant, à donner la primauté à l'intérêt général et à subordonner l'intérêt particulier à l'intérêt général. Au contraire, la nature mortelle le poussera toujours à désirer insatiablement et à agir égoïstement.

Platon, *Les Lois*, traduction d'A. Diès,
CUF série grecque, © Les Belles Lettres, Paris, 1956.

Rédigez une conclusion au texte.

Avant de commencer

Soit vous préparez au brouillon votre conclusion en même temps que l'introduction et, une fois le développement rédigé au propre, vous la recopiez. L'avantage est que vous ne risquez pas de bâtir votre conclusion hâtivement en fin d'épreuve, dans la mesure où elle a été préparée avant. L'inconvénient est qu'il faut veiller à ce qu'elle demeure parfaitement cohérente avec le développement, car il arrive souvent que des modifications aient lieu lors de la rédaction même de celui-ci.

Soit vous rédigez au propre votre conclusion à la suite du développement. L'avantage est que la conclusion, dans la mesure où elle est rédigée directement à la suite du développement, sera la plus cohérente possible avec celui-ci. L'inconvénient est qu'il se peut que vous manquiez de temps, dans le cas d'un travail en temps limité, pour y consacrer tout le soin nécessaire.

Rappel des éléments fondamentaux de l'introduction

Thème : L'impossibilité qu'il existe à vivre sans lois.

Problème : Pourquoi est-il impossible de vivre sans lois ?

Thèse : Il est impossible de vivre sans lois pour les hommes pour plusieurs raisons : la méconnaissance du lien nécessaire entre la pratique du pouvoir politique et la notion de bien commun, la difficulté à comprendre que le bien particulier dépend du bien commun, et la pente fatale propre à la nature humaine à cause de laquelle même le meilleur dirigeant finira par ne plus suivre les lois au service du bien commun.

Exemple de conclusion rédigée

Il s'agissait dans cette explication d'un extrait des *Lois* de Platon, dont le thème était l'impossibilité de vivre sans lois, de suivre la réflexion de l'auteur à propos des raisons pour lesquelles une vie sans lois est impossible. La réponse de Platon à ce problème s'articulait selon trois points. En premier lieu, il est impossible de vivre sans lois parce que les hommes méconnaissent le lien nécessaire entre la pratique du pouvoir politique et le bien commun. En second lieu, une telle vie est impossible à cause de la difficulté à comprendre que le bien particulier dépend du bien commun. Enfin, les lois sont nécessaires pour contenir la tendance irrépressible de la nature humaine à ne pas suivre, à terme, les lois au service du bien commun.

Je m'entraîne

▶ Corrigés p. 277

1 * Lisez le texte puis répondez aux questions.

La force est une puissance physique ; je ne vois point quelle moralité peut résulter de ses effets. Céder à la force est un acte de nécessité, non de volonté ; c'est tout au plus un acte de prudence. En quel sens pourra-ce être un devoir ? Supposons un moment ce prétendu droit. Je dis qu'il n'en résulte qu'un galimatias inexplicable. Car sitôt que c'est la force qui fait le droit, l'effet change avec la cause ; toute force qui surmonte la première succède à son droit. Sitôt qu'on peut désobéir impunément on le peut légitimement, et puisque le plus fort a toujours raison, il ne s'agit que de faire en sorte qu'on soit le plus fort. Or qu'est-ce qu'un droit qui périt quand la force cesse ? S'il faut obéir par force on n'a pas besoin d'obéir par devoir, et si l'on n'est plus forcé d'obéir on n'y est plus obligé. On voit donc que ce mot de droit n'ajoute rien à la force ; il ne signifie ici rien du tout. Obéissez aux puissances. Si cela veut dire, cédez à la force, le précepte est bon, mais superflu, je réponds qu'il ne sera jamais violé. Toute puissance vient de Dieu, je l'avoue ; mais toute maladie en vient aussi. Est-ce à dire qu'il soit défendu d'appeler le médecin ? Qu'un brigand me surprenne au coin d'un bois, non seulement il faut par force donner la bourse, mais quand je pourrais la soustraire suis-je en conscience obligé de la donner ? Car enfin le pistolet qu'il tient est aussi une puissance. Convenons donc que force ne fait pas droit, et qu'on n'est obligé d'obéir qu'aux puissances légitimes. Ainsi ma question primitive revient toujours.

Jean-Jacques Rousseau, *Du contrat social,* troisième partie, chapitre 1, 1762.

a. Quelle est la problématique centrale de ce texte de Rousseau ?

b. Pourquoi, selon lui, le « mot de droit n'ajoute rien à la force » ?

c. Quel est le sens de l'allusion faite à la « puissance […] de Dieu » ?

2 ** **Commentez le texte suivant.**

Les lois injustes sont de deux sortes. Il y a d'abord celles qui sont contraires au bien commun ; elles sont injustes soit en raison de leur fin, par exemple quand un chef impose à ses subordonnés des lois onéreuses qui profitent à sa cupidité ou à sa gloire plus qu'au bien commun ; soit en raison de leur auteur, par exemple quand un homme promulgue une loi qui excède le pouvoir qu'il détient ; soit encore en raison de leur forme, lorsque les charges destinées au bien commun sont inégalement réparties dans la communauté. De pareilles lois sont des contraintes plus que des lois, car, selon le mot de Saint Augustin au livre I du *Libre arbitre*, « on ne peut tenir pour loi une loi qui n'est pas juste ». Par conséquent de telles lois n'obligent pas en conscience, sauf dans les cas où il importe d'éviter le scandale et le désordre ; il faut alors sacrifier même son droit [...]. Il y a ensuite les lois qui sont injustes parce que contraires au bien divin, comme les lois des tyrans qui imposent l'idolâtrie et d'autres actes contraires à la loi divine. Il ne faut en aucune manière observer de telles lois, c'est en ce sens qu'il est dit dans les Actes des Apôtres : « Il vaut mieux obéir à Dieu qu'aux hommes ».

Saint Thomas d'Aquin, *Somme théologique* [1485], traduction de A. Raulin, A. M. Roguet, E. Neyraud et M.-J, Nicolas, © Revue des jeunes, Paris, Cerf, 1998..

Exercice Bac

3 **Choisissez, puis faites la dissertation de l'un des trois sujets suivants.**

➲ *Vous pouvez vous aider des Méthodes des pages 116-118 ; 128-130 ; 140-141 ; 154-156 ; 168-169 ; 182-183.*

a. Le droit est-il capable de faire régner la justice ?

b. La liberté et l'obéissance aux lois sont-elles compatibles ?

c. Peut-on fonder le droit sur la nature ?

Le langage

Notion 8

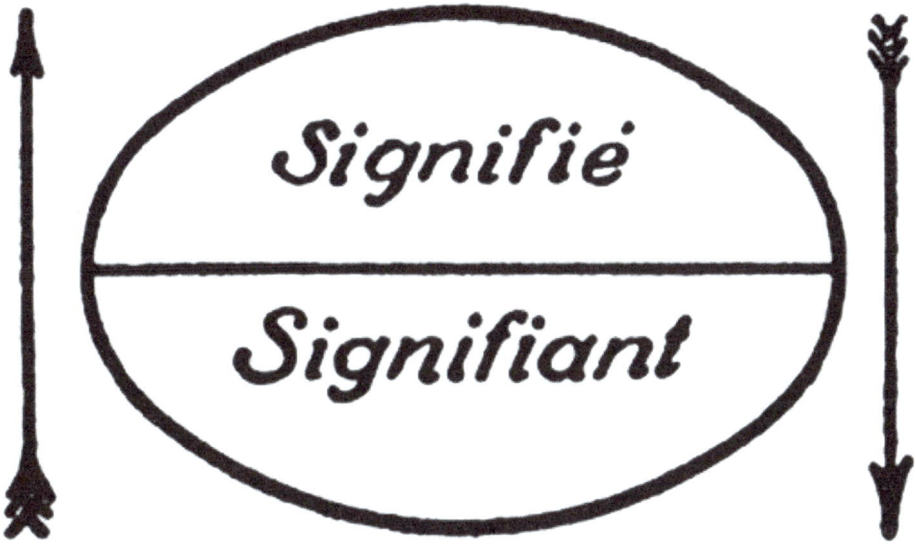

La relation signifiant-signifié représentée par Ferdinand de Saussure dans ses *Cours de linguistique générale*, 1916.

J'apprends

I Introduction

- Dans son acception la plus large, le langage désigne n'importe quel système de signes garantissant la transmission d'une information.
- Le signe peut se définir comme une chose qui, par le fait de la nature (*la fumée signale le feu*) ou bien de la convention* (*le mot « merci » signale la reconnaissance et la politesse*), se réfère à une autre chose ou état de choses.
- Par son caractère très général, cette première définition pose évidemment plus de questions qu'elle n'en résout. *Quels sont les traits caractéristiques du langage humain ? Quelles sont les relations entre le langage, la pensée et le réel ? Devons-nous admettre des limites quant à notre connaissance et appréhension du monde par le langage ?*

Conversation, Józef Mehoffer, 1895

II Qu'est-ce qui distingue le langage humain ?

Notre première définition englobe le langage humain, le langage des animaux, et le langage informatique. Laissons de côté cette dernière forme de langage afin de nous concentrer sur la distinction entre homme et animal.

1. Les animaux seraient-ils doués de parole au même titre que les hommes ?

Distinction entre homme et animal

Selon Aristote

Dans la *Politique*, il soutient que le don de la parole distingue l'homme de tous les autres êtres vivants.

Selon Montaigne

- Il conteste l'idée même d'un tel trait distinctif. Dans ses *Essais*, il observe l'existence d'une certaine communication entre l'homme et les animaux domestiques.
- Il note également que les animaux manifestent certaines de leurs passions* à travers des signes.

- En effet, le chien domestiqué obéit aux ordres de son maître ; le chat exprime son bien-être par le ronronnement. Nombre d'animaux se livrent à des parades nuptiales (ensemble de comportements ritualisés afin d'attirer un partenaire du sexe opposé en vue de la reproduction).
- Au sujet des animaux, il écrit « qu'est-ce autre chose de parler, cette faculté que nous leur voyons de se plaindre, de se réjouir, de s'entr'appeler au secours, se convier à l'amour, comme ils font par l'usage de leur voix ? » (*Essais*, livre II, chapitre XII).

Philosophe

Michel de Montaigne (1533-1592)

Il fut l'un des philosophes français les plus importants de la Renaissance. Influencés par l'humanisme et le scepticisme, ses *Essais* sont son œuvre majeure. Il s'y demande notamment si la parole serait le seul privilège de l'homme.

2. Spécificités du langage humain

- Descartes admet que les animaux peuvent exprimer certaines passions telles que la frustration ou la joie. Néanmoins, selon lui, la parole est indissociable de la pensée. Or, à l'instar des machines, les animaux seraient dépourvus de la faculté de penser.

- On relèvera notamment que les mots que nous employons sont tributaires de nos capacités à abstraire* et à généraliser. Considérons, par exemple, le mot « table ».

Le mot « table »

Ce mot peut tout aussi bien renvoyer à cette table que j'ai sous mes yeux qu'à n'importe quelle autre table. Le mot se rapporte aux conditions nécessaires et suffisantes pour que tel ou tel objet puisse être qualifié de table (surface plane servant de meuble et se tenant sur un ou plusieurs pieds).

Une table particulière* a une certaine couleur, est faite d'une certaine matière (bois, plastique, métal), et se caractérise par une certaine forme (ronde, carrée, rectangulaire). Le mot vient séparer de la richesse de ces sensations et expériences particulières ce qui fait l'essence* de la table.

Ainsi, le mot se réfère à un concept* ou à une idée présupposant les capacités d'abstraction et de généralisation propres à la pensée humaine.

- Nous observerons en outre que les animaux communiquent principalement sur la base d'un ensemble de signaux dont le sens est univoque. Par exemple, le chat miaule lorsque sa gamelle est vide afin d'entraîner un comportement précis chez son maître (remettre des croquettes dans la gamelle).

- Qui plus est, les signaux par lesquels les animaux communiquent ne peuvent pas être combinés afin d'exprimer quelque chose de différent ou de nouveau.

- Le langage humain, au contraire, implique la polysémie*. Certains mots ou expressions peuvent avoir différentes significations selon le contexte (par exemple, « café », « souris », « plus »). À la différence des animaux, les hommes disposent aussi d'une grammaire permettant des possibilités de combinaisons quasi infinies à partir d'un ensemble fini de signes.

III Quelles sont les relations entre le langage, la pensée et le réel ?

1. Le langage : instrument ou condition nécessaire à la pensée ?

- Ces considérations nous encouragent à nous interroger de manière plus précise sur les rapports entre langage et pensée.
- « Ce qui se conçoit bien s'énonce clairement. Et les mots pour le dire arrivent aisément » : ces deux vers célèbres de Boileau semblent indiquer que la pensée déterminerait le langage.
- Pour le dire autrement, vis-à-vis des idées, le statut du langage serait principalement celui d'un moyen d'expression ; il se caractériserait avant tout par sa nature instrumentale ou utilitaire. En premier lieu viendrait la pensée. La représentation de la pensée par le langage n'interviendrait qu'en second lieu.
- À la pensée vraie, à savoir l'adéquation primordiale de l'idée et du réel (c'est-à-dire ce qui existe), s'ajouterait la justesse du mot, c'est-à-dire l'expression adéquate par rapport à la pensée. La grammaire serait subordonnée à la logique*.
- Que serait alors une pensée préexistante au langage ? Même lorsque je réfléchis en silence pour moi-même, il semble bien que je réfléchisse en me tenant un discours à moi-même. D'ailleurs, dans le *Sophiste*, Platon n'a-t-il pas défini la pensée comme un « dialogue intérieur que l'âme entretient, en silence, avec elle-même » ?
- L'existence d'une pensée non communicable, dont l'expression orale ou écrite ne saurait donner forme, apparaît douteuse, car inconcevable. Ainsi, il est difficile d'envisager le langage et la pensée autrement qu'indissociables.

2. L'arbitraire du signe

- Si langage et pensée sont indissociables, il importe alors de savoir si les mots que nous employons dérivent directement de la réalité* qu'ils désignent.
- L'un des principaux pères fondateurs de la linguistique moderne, Ferdinand de Saussure (1857-1913), soutient que ce n'est pas le cas. Dans son approche scientifique du langage, Saussure distingue ce dernier de la langue et de la parole.

J'apprends

Distinction entre la langue et la parole

La langue

- Elle se définit comme « un **produit social de la faculté du langage et un ensemble de conventions nécessaires adoptées par un corps social** » (*Cours de linguistique générale*).
- Autrement dit, la langue désigne les codes que nous devons adopter afin de communiquer au sein d'une culture, d'une société, ou d'une communauté donnée.

La parole

- Elle désigne l'usage individuel de la langue.
- Elle est l'actualisation par l'individu des codes de la langue.

La langue désigne spécifiquement **un système** de signes devant être analysés à partir de leurs rapports différentiels (c'est-à-dire à partir de la manière dont ils diffèrent les uns des autres).

Le signe linguistique se caractérise par la complémentarité du **signifiant** et du **signifié**.

Signifiant

Dimensions vocale et matérielle du signe linguistique.

Signifié

Désigne l'idée ou le concept relié au signifiant.

- Selon Saussure, le signe linguistique est « arbitraire », non pas dans la mesure où le signifiant dépendrait « du libre choix du sujet parlant », mais dans la mesure où le signifiant est « *immotivé*, c'est-à-dire arbitraire par rapport au signifié, avec lequel il n'a aucune attache naturelle dans la réalité. »
- Ainsi, à travers le langage, la pensée entend se référer aux choses réelles par l'intermédiaire de conventions arbitraires (consolidées par l'habitude et la tradition).

IV Le langage reflète-t-il fidèlement la réalité ?

En dépit de l'arbitraire du signe, le langage constitue-t-il un médium parfaitement adapté à notre connaissance du réel* ?

1. La connaissance du réel médiée par les besoins et le langage

- Pour Henri Bergson (1859-1941), le fait que notre connaissance du réel soit médiatisée* par le langage s'avère problématique. Comme il l'écrit dans *Le Rire*, « nous ne voyons pas les choses mêmes ; nous nous bornons, le plus souvent, à lire des étiquettes collées sur elles ».

- Dès l'origine, l'homme recherche des moyens d'existence et de subsistance dans son environnement. Il doit ainsi, entre autres, déterminer ce qui lui est utile ou bien nuisible.
- Loin d'être désintéressée, la connaissance du réel s'effectue à travers le **prisme de l'intérêt vital** des hommes. Le langage se situe non seulement dans la continuité de cette connaissance du réel médiatisée par le besoin*, mais la renforce également.
- En effet, les mots désignent des groupes d'objets en fonction du niveau de satisfaction qu'ils sont susceptibles d'apporter aux besoins humains. À travers un système de signes, les hommes **généralisent leurs connaissances** les plus utiles et acquièrent ainsi une **meilleure maîtrise sur leur environnement**.

2. Les limites du langage

- Il en résulte que les mots que nous employons sont tributaires de notre tendance à généraliser et à réduire les choses à leur degré d'utilité. « Le mot […] ne note de la chose que sa fonction la plus commune et son aspect banal », il « s'insinue entre » la chose « et nous ».
- En nous bornant « à lire des étiquettes » collées sur les choses, nous **ne prêtons guère attention aux nuances** qui les séparent et à ce qui les **singularise** en dehors de la sphère de nos besoins.
- Ce problème ne concerne pas seulement les objets qui nous sont extérieurs, mais aussi nos propres « états d'âme » tels que l'amour, la haine, la joie ou la tristesse. En d'autres termes, le langage serait susceptible de faire **obstacle à la connaissance précise que nous cherchons à avoir du monde qui nous entoure *et* de nous-mêmes**.

Le langage

1 Quel philosophe doute que le don de la parole distingue l'homme de tous les autres êtres vivants ?

a. ◯ Descartes.

b. ◯ Aristote.

c. ◯ Montaigne.

d. ◯ Hobbes.

2 Selon Descartes, les animaux ne sont pas doués de parole parce qu'ils :

a. ◯ sont incapables de communiquer entre eux.

b. ◯ ne possèdent pas, à l'instar des machines, la faculté de penser.

c. ◯ ne communiquent qu'à travers des comportements.

3 Dans ses *Cours de linguistique*, Saussure distingue :

a. ◯ le langage de la langue et de la parole.

b. ◯ le langage de la logique et de la rhétorique.

c. ◯ le langage de la langue des signes.

4 Le signifiant est :

a. ◯ la dimension vocale et matérielle du signe linguistique.

b. ◯ l'idée à laquelle se réfère le signe linguistique.

5 Saussure soutient que le signe linguistique est arbitraire parce que le lien entre le signifiant et le signifié dépend strictement des choix faits par les hommes.

a. ◯ Vrai.

b. ◯ Faux.

6 Selon Bergson, la médiation de notre rapport au réel par le langage :

a. ◯ équivaut à un simple moyen nous permettant de connaître le réel.

b. ◯ montre que le réel se résume aux mots que nous employons.

c. ◯ nous détourne des nuances et de la singularité des objets extérieurs ainsi que de nos états d'âme.

Réponses :

1 c - 2 b - 3 a - 4 a - 5 b - 6 c.

Le langage

Similitudes entre les êtres humains et les animaux

- À l'instar des êtres humains, les animaux manifestent certaines de leurs passions à travers des ....
- Les animaux peuvent .... entre eux. Par ailleurs, une certaine communication entre l'............... et les animaux domestiques est possible.

Spécificités du langage humain

- Le langage humain reflète les capacités de généralisation et d'abstraction de la ....
- Le langage humain implique la .... (les signes ne se réduisent pas à des signaux univoques).
- La .... permet des combinaisons quasi infinies à partir d'un ensemble .... de ....

Limites du langage

- Selon ...., la connaissance du réel s'effectue à travers le prisme de l'intérêt vital des ....
- La langage prolonge et vient renforcer cette .... intéressée du réel.
- Il nous permet de généraliser nos .... et d'exercer une certaine maîtrise sur notre environnement, mais nous détourne des nuances qui séparent et singularisent les choses, ainsi que de nos états d'âme.

Analyse d'un sujet de dissertation

Les clés de l'exercice

Comment analyser un sujet de dissertation ?

→ L'analyse d'un sujet de dissertation consiste en plusieurs étapes :

1. **Identification des termes du sujet**
Elle détermine les termes importants du sujet afin de cerner les idées majeures du sujet.
2. **Définition liminaire des termes identifiés**
Elle consiste, pour chaque terme identifié, à énumérer leurs synonymes et leurs significations proches puis à mettre en évidence ce qui rapproche ou oppose ces synonymes et significations proches.
3. **Approfondissement conceptuel**
Il identifie les termes opposés et les termes dépendants qu'il faudra nécessairement définir au cours du travail.
4. **Mise en évidence de l'unité du sujet**
Elle consiste en la détermination des liens logiques qu'entretiennent les différents termes du sujet (indifférence, identité, complémentarité, conjonction, alternative, opposition, contradiction, présupposition, origine/dérivé, fondement/fondé, cause/causé, condition de possibilité/conditionné, etc.).
5. **Détermination du terme le plus important**
Elle permet de cerner le terme du sujet qui, s'il n'était pas correctement défini, empêcherait la compréhension du sujet.
6. **Détermination des pistes initiales de questionnement**
Elle a pour ambition, à partir de la confrontation des différentes significations des termes du sujet, de mettre en évidence les différentes significations du sujet lui-même.

➔ Analysez ce sujet de dissertation : *Le langage trahit-il la pensée ?*

Avant de commencer

- **Il ne faut jamais se contenter d'un recopiage ou d'une simple reformulation de l'intitulé du sujet.**
- **Les termes importants ne sont pas toujours explicites.**
- **L'approfondissement conceptuel peut se présenter sous forme de tableau à double entrée.**

Identification des termes du sujet

→ Langage

→ Trahison

→ Pensée

Définition liminaire des termes du sujet

→ Langage : le **langage** ne se réduit pas à la **parole** ou à la **langue**. Il s'agit d'un **système de signes permettant la représentation des pensées et la transmission de messages**.

→ Trahison : la trahison relève de la **tromperie**, de la **dissimulation délibérée de la vérité**. Il s'agit d'une **faute morale** s'opposant à des valeurs telles que la fidélité, l'honnêteté ou encore la loyauté.

→ Pensée : la pensée peut relever des sentiments ou des sensations (**sensibilité**), des rêves ou de l'imagination (**privé**, **intime**), des opinions ou des points de vue (**subjectivité**), de la raison (**objectivité**). La pensée va de pair avec la **conscience**.

Approfondissement conceptuel

	Termes opposés	Termes dépendants
Langage	Mutisme, silence	Signe, communication, représentation, expression
Trahison	Vérité, exactitude, adéquation, honnêteté	Tromperie, dissimulation, transformation, manipulation, fausseté
Pensée	Oubli, omission, déraison	Conscience, mémoire, sentiment, sensation, imagination, opinion, croyance, raison

Mise en évidence de l'unité du sujet

→ L'intitulé du sujet interroge **l'identité, existante ou non, entre « langage » et « trahison » au regard de la pensée**.

→ Cette question se rattache à un problème d'**alternative** : le langage est-il synonyme de trahison quand il se rapporte à la pensée, **ou** n'est-il pas synonyme ? **ou** une telle alternative stricte n'est-elle pas la plus pertinente ?

Méthode

Détermination du terme le plus important

→ Le terme principal est celui de « pensée ».

→ Les termes « langage » et « trahison » sont secondaires, car sans définition de la « pensée », ils ne font pas sens au regard du sujet.

Détermination des pistes initiales de questionnement

→ Le langage est un **outil de contrôle dans les situations de communication**. Il peut servir de moyen pour **dissimuler** ce que nous pensons vraiment.

→ Le **langage** ne peut pas être réduit à un outil de manipulation volontaire des pensées d'autrui, car il nous trahit bien souvent en révélant nos véritables pensées. Ainsi, il apparaît que **c'est le langage qui semble en dire beaucoup sur nous**.

→ Les mots ne nous semblent pas assez précis quand nous cherchons à **exprimer quelque chose d'intime et de particulier avec un langage commun** puisque partagé. À l'inverse, nous cherchons aussi à exprimer des vérités objectives avec un langage qui se manifeste à travers une langue toujours relative.

1 * **Lisez le texte puis répondez aux questions.** ▶ Corrigés p. 278

Le langage re-produit la réalité. Cela est à entendre de la manière la plus littérale : la réalité est produite à nouveau par le truchement du langage. Celui qui parle fait renaître par son discours l'événement et son expérience de l'événement. Celui qui l'entend saisit d'abord le discours et, à travers ce discours, l'événement reproduit. Ainsi la situation inhérente à l'exercice du langage, qui est celle de l'échange et du dialogue, confère à l'acte de discours une fonction double : pour le locuteur, il représente la réalité ; pour l'auditeur, il recrée cette réalité. Cela fait du langage l'instrument même de la communication intersubjective.

Émile Benveniste, *Problèmes de linguistique générale,* © Éditions Gallimard.

a. Quelles sont les deux fonctions du langage ?
b. Pourquoi et comment le langage permet-il la reproduction de la réalité ?
c. Pourquoi et comment le langage permet-il de communiquer ?

2 ** **Identifiez le sens global du texte suivant.**

➲ *Vous pouvez vous reporter à la Méthode 4 (p. 60-61).*

J'apprenais moi-même […] quand je voulais exprimer les sentiments de mon cœur par des cris, des plaintes et des gestes divers, afin qu'on fît ce que je voulais ; mais je ne pouvais traduire tout ce que je voulais ni me faire entendre de tous.

Alors, je captais par la mémoire les noms que j'entendais donner aux choses, et qui s'accompagnaient de mouvements vers les objets ; je voyais et je retenais que l'objet avait pour nom le mot qu'on proférait, quand on voulait le désigner. Cette volonté se découvrait à moi par les mouvements du corps, par ce langage naturel à toutes les nations, qui consiste en jeux de physionomie, clins d'yeux, gestes, ton de la voix […]. Ainsi ces mots que je comprenais, que différentes phrases me faisaient entendre fréquemment, à leurs places respectives, je comprenais peu à peu leur signification, et ils me servaient à exprimer mes volontés d'une bouche déjà rompue à les prononcer.

Saint Augustin, *Les Confessions,* entre 397 et 401.

3 *** **Faites une dissertation sur le sujet suivant :** ***Les mots nous éloignent-ils des choses ?***

➲ *Vous pouvez vous aider des Méthodes des pages 116-118 ; 128-130 ; 140-141 ; 154-156 ; 168-169 ; 182-183.*

Exercices Bac

4 Expliquez le texte suivant.

➲ *Vous pouvez vous aider des Méthodes des pages 18-19 ; 32-34 ; 46-48 ; 60-61 ; 74-75 ; 88-89 ; 102-103.*

Si [...] les fourmis, par exemple, ont un langage, les signes qui composent ce langage doivent être en nombre bien déterminé, et chacun d'eux rester invariablement attaché, une fois l'espèce constituée, à un certain objet ou à une certaine opération. Le signe est adhérent à la chose signifiée. Au contraire, dans une société humaine, la fabrication et l'action sont de forme variable, et, de plus, chaque individu doit apprendre son rôle, n'y étant pas prédestiné par sa structure. Il faut donc un langage qui permette, à tout instant, de passer de ce qu'on sait à ce qu'on ignore. Il faut un langage dont les signes – qui ne peuvent pas être en nombre infini – soient extensibles à une infinité de choses.

Henri Bergson, *L'Évolution créatrice,* 1907.

5 Expliquez le texte suivant.

➲ *Vous pouvez vous aider des Méthodes des pages 18-19 ; 32-34 ; 46-48 ; 60-61 ; 74-75 ; 88-89 ; 102-103.*

[...] Nous ne voyons pas les choses mêmes ; nous nous bornons, le plus souvent, à lire des étiquettes collées sur elles. Cette tendance, issue du besoin, s'est encore accentuée sous l'influence du langage. Car les mots (à l'exception des noms propres) désignent des genres. Le mot, qui ne note de la chose que sa fonction la plus commune et son aspect banal, s'insinue entre elle et nous, et en masquerait la forme à nos yeux si cette forme ne se dissimulait déjà derrière les besoins qui ont créé le mot lui-même. Et ce ne sont pas seulement les objets extérieurs, ce sont aussi nos propres états d'âme qui se dérobent à nous dans ce qu'ils ont d'intime, de personnel, d'originalement vécu. Quand nous éprouvons de l'amour ou de la haine, quand nous nous sentons joyeux ou tristes, est-ce bien notre sentiment lui-même qui arrive à notre conscience avec les mille nuances fugitives et les mille résonances profondes qui en font quelque chose d'absolument nôtre ? Nous serions alors tous romanciers, tous poètes, tous musiciens.

Henri Bergson, *Le Rire,* 1900.

La liberté

Notion 9

La Liberté guidant le peuple, Eugène Delacroix, 1830.

J'apprends

I Introduction

• Bien que nous estimions tous avoir une certaine expérience ou conception de la liberté, en établir sa définition précise ne va pas sans difficulté.

• Pour comprendre ces problèmes, partons de l'idée commune selon laquelle la liberté reviendrait simplement à « faire ce que l'on veut ».

II Peut-on réduire la définition de la liberté à l'absence de contraintes ?

1. Implications de la définition

• Cette première définition implique l'idée que la liberté suppose l'absence de contraintes* extérieures.

• Par exemple, je suis libre de m'exprimer dès lors que personne ne m'empêche de communiquer telle ou telle opinion* ou pensée ; je ne puis user librement de mon corps lorsqu'on m'empêche de sortir de chez moi ; chacun peut jouir d'une liberté d'entreprendre dans les États qui ne l'empêchent pas, etc.

• Assurément, cette définition suppose que la liberté de l'individu dépend du statut qui lui est conféré par les institutions politiques encadrant son existence. Par exemple, dans l'Antiquité, l'esclave est considéré comme un être naturellement inférieur et privé de droits. Il n'est pas libre dans la mesure où sa vie dépend de la contrainte extérieure de son maître.

2. Problèmes

• Certes, on ne saurait nier que certaines conditions sociales et politiques sont nettement plus propices à la liberté que d'autres.

• La définition de la liberté qui nous intéresse ici est néanmoins problématique à plusieurs égards.

• Affirmer que la liberté consisterait à faire « ce que l'on veut » peut sembler douteux dans la mesure où l'on se contente de définir une notion (la liberté) par une autre (la volonté) dont le sens, sauf précisions supplémentaires, n'est pas parfaitement clair.

• On observera notamment que **ma volonté est très souvent conditionnée par ce que je suis ou par ma position au sein de la société**. Je veux de l'argent parce que je n'arrive pas à joindre les deux bouts, je veux avoir des amis parce que je me sens seul, je veux pratiquer du sport pour gagner en masse musculaire, je veux tel ou tel habit pour être à la mode, etc. Dans tous ces cas de figure, **ma volonté est déterminée plutôt que libre.**

Philosophe

Épictète (vers 50-125)

Il était, avec Sénèque et Marc Aurèle, l'un des plus célèbres représentants de la philosophie stoïcienne. Il défend l'idée que la liberté relève des raisons intérieures par lesquelles l'homme se détermine. Les enseignements d'Épictète ont été recueillis et compilés par son disciple Arrien dans les *Entretiens* et le *Manuel*.

III Comment définir la volonté libre ?

1. La position stoïcienne

- Épictète conteste l'idée que notre liberté dépendrait de notre statut, position, ou condition au sein de la société. L'homme peut librement se déterminer par lui-même. Ce qui ne dépend pas de sa faculté de juger et de vouloir ne saurait affecter ou détruire sa liberté.
- Si nous coordonnons convenablement notre vouloir à l'usage des idées (à savoir, notre faculté de juger ou, si l'on préfère, notre manière de raisonner), alors nous saurons faire la part des choses entre ce qui dépend et ce qui ne dépend pas de nous. Nous serons alors en mesure d'exercer notre liberté de sorte à éviter le malheur, ne pas être distrait par les choses qui nous sont indifférentes, et faire le bien.
- Du point de vue d'Épictète, l'homme n'est donc avili ni par son rang, ni par les événements (mort, maladie, pauvreté, solitude forcée, etc.) qui s'abattent sur lui. Cependant, chaque homme est susceptible de s'avilir par le mauvais usage de sa volonté et de sa faculté de juger. Par exemple, au même titre que tous les hommes, l'empereur ou le sénateur peuvent se rendre esclaves des choses extérieures telles que le luxe, l'envie, l'opinion d'autrui, la peur de la mort, etc.

2. Conclusions et problématisation

- La liberté s'identifie ici à une capacité d'autodétermination indéracinable. S'il est possible de contraindre le corps de l'homme (par le pouvoir, la prison, l'esclavage ou la torture), il est en revanche rigoureusement impossible de contraindre son libre arbitre*.

- La liberté ne dépend donc pas de l'absence d'obstacles ou d'entraves par rapport à ce que l'homme veut. Elle réside dans l'indépendance que l'homme abrite en son intériorité.

- En d'autres termes, la volonté doit s'accorder à la raison. Or, la raison délivrée des perturbations des passions* n'est rien d'autre que la nécessité* (dans le sens où les prémisses d'un raisonnement logique* conduisent nécessairement à une conclusion déterminée). Dès lors, n'est-il pas contradictoire d'affirmer que la liberté consiste à obéir à la nécessité ?

IV Peut-on concilier la liberté et la nécessité ?

La liberté et la nécessité sont-elles deux notions mutuellement exclusives ou bien sont-elles réconciliables ? Intéressons-nous à deux réponses possibles à ce problème à travers les écrits de Spinoza et de Kant.

1. Le déterminisme et l'illusion de la liberté (Spinoza)

- Selon Descartes, le libre arbitre « se connaît sans preuve, par la seule expérience que nous en avons » (*Principes de la philosophie*, 1644).

Philosophe

Baruch Spinoza (1632-1677)

Philosophe néerlandais rationaliste. À la fois héritier et critique du cartésianisme, il présente le libre arbitre comme étant une illusion dans son *magnum opus*, *Éthique* (1677).

- Dans l'*Éthique*, Spinoza rétorque que cette expérience est trompeuse. J'infère* mon libre arbitre à partir de ma conscience d'agir, mais cette conscience ne recouvre pas l'ensemble des causes qui déterminent mes actions.

- Pour le dire autrement, nous avons conscience de nos désirs* et de nos besoins*, mais pas nécessairement de leurs causes. C'est essentiellement notre conscience qui nous porte à croire que nous serions l'unique cause de nos actions, que nous serions libres.

- L'illusion de la liberté procède de la méconnaissance de la nécessité encouragée par notre conscience. En réalité, les actions humaines obéissent aux mêmes chaînes de cause à effet que tous les autres phénomènes naturels. Comme l'écrit Spinoza, l'homme n'est pas « dans la nature comme un empire dans un empire ».

- Sa position philosophique est celle du déterminisme. Nos actions ont les mêmes déterminations causales que les phénomènes naturels. C'est une erreur d'appréciation quant à la causalité qui nous donne l'illusion que nous serions capables de nous autodéterminer par nous-mêmes.

2. La liberté et la loi morale (Kant)

- Pour Kant, dans leur dimension purement sensible, les actions humaines ne diffèrent pas des lois de la causalité qui gouvernent les phénomènes naturels. Cependant, en tant qu'être moral et rationnel, l'homme est capable d'autodétermination.
- Par ailleurs, Kant affirme que la liberté de l'homme relève de la loi morale. Or, n'y a-t-il pas contradiction à vouloir considérer la liberté comme obéissance à une loi ?
- Cette contradiction, répond-il, n'est qu'apparente. En effet, il convient de distinguer entre deux types de devoirs et de lois.
- Ma volonté peut obéir à des lois qui lui sont extérieures ou imposées. Dans ce cas de figure (par exemple, les lois édictées par le droit), on dira que le devoir relève de l'hétéronomie*, car la volonté ne puise pas le principe de son action en elle-même.
- La loi morale, en revanche, m'est propre en tant qu'être rationnel. Ici, la volonté du sujet puise le principe de son action en elle-même. Le devoir relève de l'autonomie* de l'homme en tant qu'être rationnel et moral.
- La loi morale correspond bien à une nécessité rationnelle. L'impératif catégorique est un devoir universel qui nous concerne nous-mêmes et autrui en tant qu'agents moraux. Il s'agit d'une obligation* dictée par la raison, qui ne concerne pas nos besoins ou désirs particuliers*.
- Dans le même temps, la raison humaine est l'auteur de la loi morale. Ou, dit différemment, l'homme est à la fois le créateur et le sujet de la loi à laquelle il se soumet. Ainsi, c'est dans son respect à la loi morale que l'homme devient conforme à sa nature d'être rationnel et libre.
- À travers l'autonomie du sujet moral, la liberté s'exprime sous la forme d'une nécessité rationnelle (et inversement). Qui plus est, on notera que, contrairement aux idées préconçues mentionnées dans notre introduction, la liberté et l'obéissance à la loi ne seraient pas nécessairement incompatibles.

Je révise

La liberté

1 Il est problématique de dire qu'être libre revient à faire ce que l'on veut parce que :

a. ○ les conséquences d'une telle définition seraient immorales.

b. ○ les hommes ne savent pas ce qu'ils veulent.

c. ○ la volonté est conditionnée par ce que l'individu est et de sa position au sein de la société.

2 Pour Épictète, la liberté :

a. ○ est l'absence d'obstacles vis-à-vis de la volonté de l'homme.

b. ○ est une capacité d'autodétermination intérieure à l'homme.

c. ○ dépend de conditions sociopolitiques précises.

d. ○ ne peut pas être contrainte par autrui.

3 Quelle doctrine philosophique soutient que les actions humaines obéissent aux mêmes chaînes de cause à effet que tous les autres phénomènes naturels ?

a. ○ le stoïcisme.

b. ○ le scepticisme.

c. ○ le déterminisme.

d. ○ le cartésianisme.

4 Pour Spinoza, l'illusion de notre liberté tient à l'expérience trompeuse que nous avons de notre conscience d'agir :

a. ○ Vrai.

b. ○ Faux.

5 Selon Kant, la liberté s'exprime à travers l'obéissance à la loi morale :

a. ○ car celle-ci stipule que « La liberté des uns s'arrête là où commence celle des autres. »

b. ○ car, en tant qu'être doué de raison, l'homme est à la fois l'auteur et le sujet de la loi morale à laquelle il se soumet.

Réponses :

1 c – 2 b et d – 3 c – 4 a – 5 b.

La liberté

Volonté libre (Épictète)

Raisonnement

La .... de la volonté ne dépend d'aucun obstacle ...., mais de la capacité d'autodétermination .... à l'être humain.

Conclusion

La .... libre de l'être humain ne peut jamais être contrainte et ne dépend nullement de son statut ou de sa position au sein de la ....

Déterminisme (Spinoza)

Raisonnement

L'expérience de notre .... d'agir est trompeuse, car elle n'englobe pas les causes qui conditionnent nos ....

Conclusion

Le .... est une illusion. Nos............ obéissent aux mêmes chaînes de cause à effet que tous les autres phénomènes............... .

Liberté et loi morale (Kant)

Raisonnement

Le sujet rationnel et .... est à la fois l'auteur et le .... de la loi morale à laquelle il se soumet.

Conclusion

La .... est compatible avec la nécessité rationnelle de la loi morale.

Élaboration de la problématique d'une dissertation

Les clés de l'exercice

Comment élaborer la problématique d'une dissertation ?

→ La problématique d'une dissertation **ne doit absolument pas être confondue avec un simple recopiage ou une simple reformulation (proche ou lointaine) de l'intitulé du sujet**. Par exemple, la problématique correspondant au sujet « L'art rend-il libre ? » ne saurait être « Est-ce que l'art rend libre ? » ou « L'art nous fait-il accéder à la liberté ? ».

→ La problématique d'une dissertation est un ensemble formé de trois éléments :

1. Le **questionnement**, qui consiste en une **suite de questions**. Il doit être bâti à partir des pistes initiales formulées à l'issue de l'analyse du sujet (➲ Méthode 8, p. 116-118).
2. Le **problème**, qui consiste soit en la **sélection, au sein du questionnement, de la question la plus globale** qui vous semble la plus propre à synthétiser toutes les questions retenues pour le questionnement, soit en **l'élaboration d'une telle question globale** si aucune question au sein du questionnement ne convient.
3. L'**idée directrice (ou thèse)** qui représente le **résumé de la réponse que vous allez apporter au sujet**.

→ Les éléments de la problématique doivent être **cohérents** entre eux et avec le plan.

I ➲ Élaborez la problématique du sujet de dissertation : *L'ignorant peut-il être libre ?*

Avant de commencer

▶ **Ne commencez pas à élaborer la problématique de la dissertation avant d'avoir analysé en détail l'intitulé du sujet.**
▶ **Ne négligez pas cette étape du travail au brouillon, car elle conditionne la réussite de la dissertation tout entière.**

Analyse des termes du sujet

Afin de mener l'exercice à bien, nous tiendrons comme acquises les analyses des termes du sujet.

→ Liberté :

- Absence de contrainte
- Indépendance
- Ce qui relève de l'exercice de la volonté individuelle
- Capacité d'autodétermination
- Obligation
- Pouvoir reconnu par la loi

→ Possibilité :

- Vraisemblance
- Éventualité
- Faisabilité
- Condition morale

→ Ignorance :

- Manque de savoir
- Incompétence
- Inconscience

Formulation des hypothèses d'interprétation

→ Si la liberté se comprend comme absence de contrainte, si la possibilité se comprend comme éventualité et si l'ignorance se comprend comme inconscience, alors le sujet peut être interprété de la manière suivante : ***être inconscient des lacunes de nos savoirs nous dispense de connaître les contraintes qui pèsent sur nous (et surtout de savoir que nous avons de telles lacunes), et ainsi nous maintient dans un état de naïveté assimilable à la liberté dans la mesure où rien, dans notre vie, ne semble nous contraindre ou s'opposer à nous.***

→ Si la liberté se comprend comme capacité d'autodétermination, si la possibilité se comprend comme faisabilité et si l'ignorance se comprend comme manque de savoir, alors le sujet peut être interprété de la manière suivante : ***ne pas disposer de tous les savoirs entraverait notre pouvoir d'agir dans la mesure où nous ne pourrions pas nous autodéterminer au mieux.***

→ Si la liberté se comprend comme obligation, si la possibilité se comprend comme condition morale et si l'ignorance se comprend comme un manque de savoir, alors le sujet peut être interprété de la manière suivante : ***manquer de savoir serait ne pas satisfaire à la condition nécessaire pour agir moralement par obligation.***

Formulation du questionnement

- Être inconscient des lacunes de nos savoirs, et ainsi des contraintes qui pèsent sur nous, nous maintient-il dans un état de naïveté assimilable à la liberté ?
- Pourquoi ne pas disposer de tous les savoirs entraverait notre pouvoir d'agir du fait que nous ne pourrions pas nous autodéterminer au mieux ?
- En quoi manquer de savoir serait-il ne pas satisfaire à la condition nécessaire pour agir moralement par obligation ?

Formulation du problème

En quoi l'ignorance peut-elle être à la fois la condition de possibilité d'une conception naïve de la liberté comme inconscience des contraintes, l'entrave à la liberté parce qu'ignorance des savoirs nous permettant de nous autodéterminer et l'impossibilité d'agir moralement par obligation ?

Formulation de l'idée directive (ou thèse)

L'ignorance, dans son rapport à la liberté, peut être comprise à la fois comme la condition de possibilité d'une conception naïve de la liberté, comme l'entrave à la liberté parce qu'ignorance des savoirs nous permettant de nous autodéterminer et comme l'impossibilité d'agir moralement par obligation.

1 * **À partir du texte suivant, indiquez ce qui, selon Épictète, caractérise l'homme faisant mauvais usage de sa liberté.**

▶ Corrigés p. 278

Il y a ce qui dépend de nous, il y a ce qui ne dépend pas de nous. Dépendent de nous l'opinion, la tendance, le désir, l'aversion, en un mot toutes nos œuvres propres ; ne dépendent pas de nous le corps, la richesse, les témoignages de considération, les hautes charges, en un mot toutes les choses qui ne sont pas nos œuvres propres. Les choses qui dépendent de nous sont naturellement libres, sans empêchement, sans entrave ; celles qui ne dépendent pas de nous sont fragiles, serves, facilement empêchées, propres à autrui. Rappelle-toi donc ceci : si tu prends pour libres les choses naturellement serves, pour propres à toi-même les choses propres à autrui, tu connaîtras l'entrave, l'affliction, le trouble, tu accuseras dieux et hommes ; mais si tu prends pour tien seulement ce qui est tien, pour propres à autrui ce qui est, de fait, propre à autrui, personne ne te contraindra jamais ni ne t'empêchera, tu n'adresseras à personne accusation ni reproche, tu ne feras absolument rien contre ton gré, personne ne te nuira ; tu n'auras pas d'ennemi ; car tu ne souffriras aucun dommage.

Épictète, *Manuel* recueilli dans *Les Stoïciens*, traduction d'Émile Bréhier, Bibliothèque de la Pléiade, © Éditions Gallimard.

2 ** **Commentez le texte suivant.**

Une pierre par exemple reçoit d'une cause extérieure qui la pousse une certaine quantité de mouvement, par laquelle elle continuera nécessairement de se mouvoir après l'arrêt de l'impulsion externe. Cette permanence de la pierre dans son mouvement est une contrainte, non parce qu'elle est nécessaire, mais parce qu'elle doit être définie par l'impulsion des causes externes ; et ce qui est vrai de la pierre, l'est aussi de tout objet singulier, quelle qu'en soit la complexité et le nombre de ses possibilités : tout objet singulier, en effet, est nécessairement déterminé par quelque cause extérieure à exister et à agir selon une loi (*modus*) précise et déterminée. Concevez maintenant, si vous voulez bien, que la pierre, tandis qu'elle continue de se mouvoir, sache et pense qu'elle fait tout l'effort possible pour continuer de se mouvoir. Cette pierre, assurément, puisqu'elle n'est consciente que de son effort, et qu'elle n'est pas indifférente, croira être libre et ne persévérer dans son mouvement que par la seule raison qu'elle le désire. Telle est cette liberté humaine que tous les hommes se vantent d'avoir et qui consiste en cela seul que les hommes sont conscients de leurs désirs et ignorants des causes qui les déterminent. C'est ainsi qu'un enfant croit librement appéter le lait, et un jeune garçon irrité vouloir se venger s'il est irrité, mais fuir s'il est craintif. Un ivrogne croit dire par une libre décision de son esprit ce qu'ensuite il aurait voulu taire. De même un dément, un bavard et de nombreux cas de ce genre croient agir par une libre décision de leur esprit, et non pas portés par une impulsion. Et comme ce préjugé est inné en tous les hommes, ils ne s'en libèrent pas facilement.

Baruch Spinoza, « Lettre à Schuller », recueilli dans *Correspondances*,
traduction de Robert Misrahi, in *Œuvres complètes*,
Bibliothèque de la Pléiade, © Éditions Gallimard.

Exercice Bac

3 Choisissez, puis faites la dissertation de l'un des trois sujets suivants.

➲ *Vous pouvez vous aider des Méthodes des pages 116-118 ; 128-130 ; 140-141 ; 154-156 ; 168-169 ; 182-183.*

a. Les lois de la nature déterminent-elles l'action humaine ?

b. La liberté est-elle compatible avec le devoir ?

c. Si tout est déterminé, l'homme est-il responsable de ses actions ?

La nature

Notion 10

Paysage champêtre, le matin, Caspar David Friedrich, 1822.

J'apprends

I Introduction

- La nature se définit comme l'ensemble formé par le règne minéral, le règne végétal, le règne animal et les lois qui régissent ces différents règnes.

Le Soir, Caspar David Friedrich, 1821-1822

- Le sujet humain appartient à la nature du fait de son inclusion dans le règne animal, mais cela ne dispense pas de se demander s'il est bien naturel.
- Pourtant, une telle appartenance fondée sur l'équivalence biologique entre humain, vivant et naturel ne paraît pas répondre de manière pleinement satisfaisante à la question.
- Assez souvent, nous ne nous satisfaisons pas pleinement d'être qualifiés comme naturels : bien qu'indiscutablement installé dans les ensembles inclus de l'animal, du vivant et de la nature d'un point de vue scientifique, le sujet humain présente aussi une tendance fondamentale à se distinguer et ainsi à s'extraire de la nature ou, du moins, à pouvoir se penser comme tel.

II Le sujet humain a-t-il une place particulière* au sein de la nature ?

1. En quoi le vivant est-il particulier au sein de la nature ?

- Observons comment la science, qui se donne le vivant comme objet d'étude – la biologie – s'est constituée.

- La biologie est apparue au début du XIXe siècle, elle cherche à décrire et à comprendre le fonctionnement des activités propres aux êtres vivants en essayant d'identifier des caractéristiques communes à tous les êtres vivants.
- Cette recherche s'est d'abord développée au niveau macroscopique*, mais elle s'est vite trouvée limitée, car les êtres vivants sont tellement divers qu'il est impossible d'identifier une structure commune.
- Les recherches biologiques se sont orientées alors vers le niveau de la microstructure, ce qui a permis notamment la découverte de la théorie cellulaire, selon laquelle tous les êtres vivants sont constitués d'une unité fondamentale – la cellule – et sont réductibles à elle.
- La biologie ne s'est pas contentée de cette découverte et a voulu découvrir le fonctionnement interne des cellules, par un passage au niveau moléculaire.
- Ce changement d'échelle pose problème, car il réduit les propriétés des cellules, et donc du vivant, aux propriétés physico-chimiques de la matière.
- Cet écueil du réductionnisme n'a pu être surmonté qu'avec l'émergence de la génétique, qui a mis en évidence un mécanisme propre au vivant : la transmission des caractères héréditaires.
- Les êtres vivants sont les seuls à pouvoir se renouveler en régénérant la matière qui les compose et se reproduire de manière autonome en perpétuant leur forme.
- Ainsi, la biologie est parvenue à identifier ce qui constitue le propre du vivant : une organisation complexe de la matière à l'intérieur de la cellule, qui a permis l'apparition de phénomènes complexes (subsistance, renouvellement et reproduction autonomes).

2. Quel rapport le sujet humain entretient-il avec le vivant ?

- L'interrogation sur la place du sujet humain au sein de l'ensemble des êtres vivants s'est développée principalement à partir du XIXe siècle.
- Plusieurs théories se sont principalement opposées pour répondre à ces questions : le fixisme, le transformisme et l'évolutionnisme.

Philosophe

Charles Darwin (1809-1882)

Scientifique, paléontologue et naturaliste anglais dont les recherches, portant principalement sur la théorie de l'évolution et la sélection naturelle, ont fait date dans le domaine de la biologie et de la philosophie en remettant en cause l'idée de la supériorité de l'espèce humaine au sein du vivant.

J'apprends

3 théories

Le fixisme (défendu par Cuvier)

L'univers et les espèces qui le peuplent n'ont jamais changé depuis leur apparition.

Le transformisme (défendu par Lamarck)

Les espèces évoluent en raison de causes extérieures. Les nécessités* du milieu demandent aux êtres vivants d'acquérir de nouvelles fonctions et donc de développer de nouveaux organes.

L'évolution des espèces (défendu par Darwin)

- Darwin s'oppose à Lamarck et à l'interprétation du transformisme (notamment dans son ouvrage *L'Origine des espèces*, 1859).
- L'évolution des espèces est le résultat de mutations hasardeuses propres aux êtres vivants.
- Le milieu n'intervient que pour sélectionner les êtres vivants dont les mutations sont les plus favorables et les mieux adaptées aux nécessités du contexte.
- La théorie darwinienne sera complétée, au cours du XXe siècle, par les découvertes de la génétique, qui rattachera les mutations aléatoires des caractères au brassage génétique, ce qui exclut ainsi toute perspective selon laquelle le sujet humain serait l'achèvement de l'évolution du vivant.

III Y a-t-il une exception de l'humanité face à la nature ?

- Le philosophe français Étienne Bimbenet souligne que le sujet humain est confronté à deux faits face à la nature : le fait de l'évolution et le fait que l'homme se rend nécessaire à lui-même.

Le fait de l'évolution

Le fait de l'évolution est lié au caractère sûr et certain des affirmations scientifiques qui nous rattachent au vivant et à la nature par le biais des théories de l'évolution (voir la théorie de « L'évolution des espèces » défendue par Darwin plus haut).

≠

Le fait que l'homme se rend nécessaire à lui-même

- Cependant, l'existence du sujet humain comme biologiquement contingente (aussi bien du point de vue individuel que du point de vue de l'espèce) ne fait jamais partie de l'image que le sujet humain a spontanément de lui-même.
- Au contraire, le sujet humain se représente comme nécessaire à lui-même, c'est-à-dire qu'il ne peut pas s'imaginer être autre chose qu'un être humain différent du reste de la nature.
- Cette représentation particulière qu'a le sujet humain de lui-même provient du fait que tout sujet humain peut faire l'expérience du respect et du sentiment de dignité*, c'est-à-dire que le sujet humain sait qu'il est tout autre chose qu'un simple être naturel quand il rencontre autrui, qui le considère comme un sujet humain existant doté d'une conscience et capable de savoir qu'il existe en tant que sujet libre et autonome, et non comme un objet quelconque.

IV Est-il possible de conjuguer la dimension naturelle avec la dimension non naturelle du sujet humain ?

- La conjugaison entre dimension naturelle et non naturelle du sujet humain s'opère par le biais de la notion de culture.
- Cette notion de culture est implicitement introduite par Hegel dans l'*Esthétique*, où il soutient que le sujet humain se définit notamment comme conscience de soi pratique reposant sur l'interaction qu'il entretient avec son environnement.
- Il y a chez le sujet humain une activité pratique qui consiste à transformer son environnement.

Cette transformation vise deux buts principaux.

1. Il s'agit de tirer de ce qui l'entoure de quoi satisfaire ses besoins* et ses désirs*.

2. Dans le processus de transformation de son environnement, l'homme cherche à prendre conscience de lui-même à travers sa capacité à mettre en œuvre ses idées dans un matériau.

- En somme, pour Hegel, le sujet humain n'est pas simplement un esprit capable de se rendre compte de lui-même et de ce qui l'entoure, mais il est aussi en lien avec son environnement, et ce lien est fondamental pour le développement de sa conscience de soi.
- Cette tendance de l'homme à se confronter à son environnement pour en tirer profit en fonction de ses projets et pour se reconnaître en tant que conscience capable de mettre en pratique ses idées dans le monde est qualifiée de culturelle.

La nature

1 La nature comprend :

a. ◯ le règne animal.
b. ◯ le règne aquatique.
c. ◯ le règne minéral.
d. ◯ le règne physique.
e. ◯ le règne végétal.

2 Selon le transformisme, le milieu n'intervient que pour sélectionner les êtres vivants dont les mutations sont les plus favorables et les mieux adaptées aux nécessités du contexte.

a. ◯ Vrai.
b. ◯ Faux.

3 D'après Étienne Bimbenet, le statut spécial de l'homme par rapport à la nature :

a. ◯ s'explique par le fait que l'homme domine les autres espèces animales.
b. ◯ s'explique par le fait que l'homme a été créé par Dieu.
c. ◯ tient à ce que le sujet humain rencontre l'évidence de son humanité quand il est l'objet de respect et fait l'expérience du sentiment de dignité.

4 La conjugaison entre dimension naturelle et non naturelle du sujet humain s'opère par le biais de la notion :

a. ◯ de l'évolution.
b. ◯ du désir.
c. ◯ de la culture.

5 Selon Hegel, en transformant son environnement, l'homme vise :

a. ◯ à détruire et à polluer la nature.
b. ◯ à la satisfaction de ses besoins et désirs.
c. ◯ au développement de sa conscience esthétique.
d. ◯ à prendre conscience de lui-même à travers sa capacité à mettre en œuvre ses idées dans un matériau.

Réponses :

1 a, c et e – 2 b – 3 c – 4 c – 5 b et d.

Nature

- **Définition**
  - **Énoncé :** la nature se définit comme l'ensemble formé par le règne ...., le règne ...., le règne .... et les ...., qui régissent ces différents règnes.
  - **Paradoxe :** bien que le sujet humain appartienne à la ...., il ne se satisfait pas pleinement d'être qualifié comme naturel.
- **La place particulière du sujet humain au sein de la nature**
  - Le vivant au sein de la nature
    - Approche ....
    - Approche microscopique
      - La .... comme unité du vivant.
      - Le matériau génétique comme support des ....
  - Le sujet humain au sein du vivant
    - Fixisme
    - Transformisme : les espèces évoluent en fonction des ....
    - .... : l'évolution est le résultat de mutations hasardeuses et d'une sélection par le milieu.
- **L'exception de l'humanité face à la nature**
  - Le sujet humain ne peut contester le fait de l'...............
  - Le sujet humain a une représentation spontanée de lui-même comme refusant cette simple origine .... contingente.
  - L'exception de l'humanité repose sur la capacité du sujet humain à se concevoir comme ....
- **La conjugaison entre dimension naturelle et non naturelle du sujet humain**
  - Le lien entre dimension naturelle et non naturelle du sujet humain repose sur la notion de ....
  - Culture
    - Tendance du sujet à se confronter à son environnement pour satisfaire ses .... et ses ....
    - Tendance du sujet à .... de lui-même à travers cette confrontation

Méthode

Élaboration du plan global d'une dissertation

Les clés de l'exercice

Comment élaborer le plan global d'une dissertation ?

→ Il est absolument obligatoire que le développement de votre dissertation soit exposé selon un **plan** : cela est le seul moyen de garantir que vos idées s'enchaînent **rationnellement** et non aléatoirement.

→ Il n'existe **pas de plan universel** qui s'appliquerait automatiquement et magiquement à tous les sujets de dissertation. Il existe toutefois **différents types de plans** que vous devez connaître et qui vont vous aider à structurer le développement de votre dissertation en fonction du sujet.

→ Il existe **quatre grandes formes de plans** :

1. **Plan dialectique** (thèse, antithèse, synthèse)
2. Plan progressif (élémentaire, rationnel, supra-rationnel)
3. Plan notionnel (nature, existence, valeur)
4. Plan par confrontation de concepts ou de notions

→ Toutefois, par commodité et par souci de cohérence avec la forme des sujets soumis au baccalauréat (qui sont théoriquement toujours des interrogations fermées invitant au débat), nous nous concentrerons sur un seul type de plan : le **plan dialectique**.

→ Attention, **élaborer un plan dialectique ne veut jamais dire adopter une progression stérile et éclectique « oui, non, oui et non »**, ce qui donnerait un développement sans véritable conclusion (vous ne défendez rien) ou, pire, contradictoire (vous dites tout et son contraire).

Élaborez le plan global de la dissertation répondant au sujet : *L'être humain est-il naturel ?*

Avant de commencer

- Le plan dialectique se compose usuellement de trois parties (**thèse, antithèse et synthèse**) et de deux transitions qui, toutes, participent à l'approfondissement de la justification de votre idée directrice.
- La première partie (**thèse**) doit **présenter l'idée directrice** que vous avez retenue au brouillon comme réponse au problème que vous vous êtes posé et justifier la pertinence de l'idée directrice à l'aide de constats (c'est-à-dire d'exemples suffisamment nombreux et crédibles) ou de références philosophiques.
- La **première transition** doit **indiquer le caractère discutable et limité de votre travail** de justification de la pertinence de la thèse opéré dans la première partie à l'aide d'un contre-exemple ou d'une objection logique. L'objectif, ici, est de montrer que vous ne pouvez pas vous contenter de ce que vous avez écrit dans la première partie pour défendre votre idée directrice.

▸ La deuxième partie (**antithèse**) doit **présenter et justifier la réfutation** (c'est-à-dire la critique organisée) de votre travail de justification de la pertinence de la thèse opéré dans la première partie à l'aide de constats opposés ou de nouvelles références philosophiques.
▸ La **deuxième transition** doit **indiquer une hypothèse argumentative** permettant de ne pas en rester à l'opposition stérile entre les deux premières parties. L'objectif, ici, est de montrer que vous êtes capable d'envisager un nouvel argument contre la réfutation de la deuxième partie afin de défendre votre idée directrice présentée lors de la première partie.
▸ La troisième partie (**synthèse**) doit **rapprocher, réunifier les points de vue opposés présentés dans les parties précédentes** à l'aide du nouvel argument envisagé précédemment dans la transition. Vous pouvez, là encore, avoir recours à des constats ou des références philosophiques.

Formulation de la thèse

L'être humain est **incontestablement naturel** dans la mesure où il est un **être vivant** et que le vivant fait partie de la **nature** (à savoir, l'ensemble formé par le règne minéral, le règne végétal et le règne animal).

Formulation de l'antithèse

Néanmoins, l'être humain n'est **pas seulement naturel** dans la mesure où il est capable d'avoir un **rapport culturel à son environnement** et ainsi de transformer ce dernier, notamment par le biais de techniques (outils et savoir-faire) afin de satisfaire ses besoins et ses désirs.

Formulation de la synthèse

L'être humain **demeure ultimement naturel malgré sa dimension culturelle,** car cette dernière s'enracine dans certaines réalités naturelles, comme l'acquisition d'un **langage complexe** qui a permis l'émergence et la conservation de savoirs ainsi que la mise en œuvre de techniques.

Je m'entraîne

► Corrigés p. 279

1 * Reliez les auteurs aux notions ou idées correspondantes.

Jean-Baptiste de Lamarck •	• Évolutionnisme
Georg Wilhelm Friedrich Hegel •	• Fixisme
Charles Darwin •	• Conscience de soi
Georges Cuvier •	• Transformisme

2 * Décrivez les différents aspects de l'activité pratique de l'homme chez Hegel.

3 ** Lisez le texte suivant puis répondez aux questions.

Posons donc que tout ce qui est universel, chez l'homme, relève de l'ordre de la nature et se caractérise par la spontanéité, que tout ce qui est astreint à une norme appartient à la culture et présente les attributs du relatif et du particulier. Nous nous trouvons alors confrontés avec un fait, ou plutôt un ensemble de faits, qui n'est pas loin [...] d'apparaître comme un scandale : nous voulons dire cet exemple complexe de croyances, de coutumes, de stipulations et d'institutions que l'on désigne sommairement sous le nom de prohibition de l'inceste. Car la prohibition de l'inceste présente, sans la moindre équivoque, et indissolublement réunis, les deux caractères où nous avons reconnu les attributs contradictoires de deux ordres exclusifs : elle constitue une règle, mais une règle qui, seule entre toutes les règles sociales, possède en même temps un caractère d'universalité.

Claude Lévi-Strauss, *Les Structures élémentaires de la parenté* [1947],

a. Quelles sont les distinctions entre la nature et la culture établies au début de ce texte ?

b. En quoi « la prohibition de l'inceste » constitue-t-elle un « scandale » ?

4 *** **Commentez le texte suivant.**

Même si l'obligation à l'égard de l'homme continue encore à avoir une valeur absolue, elle n'en inclut pas moins désormais la nature comme condition de sa propre survie et comme un des éléments de sa propre complétude existentielle. Nous allons encore plus loin et nous disons que la solidarité de destin entre l'homme et la nature, solidarité nouvellement découverte à travers le danger, nous fait également redécouvrir la dignité autonome de la nature et nous commande de respecter son intégrité par-delà l'aspect utilitaire. [...] Le fait que depuis peu la responsabilité s'étende jusqu'à l'état de la biosphère est simplement donné avec l'extension du pouvoir sur les choses qui est en premier lieu un pouvoir de destruction. Le pouvoir et le danger dévoilent une obligation qui, par la solidarité avec le reste, une solidarité soustraite au choix, s'étend de l'être propre à l'être général sans même un consentement particulier.

Hans Jonas, *Le Principe Responsabilités. Une éthique pour la civilisation technologique* [1979], traduction de J. Greisch, © Éditions du Cerf, 1990.

Exercice Bac

5 **Choisissez, puis faites la dissertation de l'un des trois sujets suivants.**

➲ *Vous pouvez vous aider des Méthodes des pages 116-118 ; 128-130 ; 140-141 ; 154-156 ; 168-169 ; 182-183.*

a. Devons-nous assimiler la culture à une négation de la nature ?

b. Est-il possible de considérer l'habitude comme une « seconde nature » ?

c. La « nature humaine » est-elle un mythe ?

La raison

Notion 11

Le Culte de la déesse Raison, Charles Louis Müller, 1881.

I Introduction

- La raison est une faculté propre à l'homme. Du point de vue théorique, elle permet de séparer le vrai du faux, la connaissance de la simple opinion*.
- Du point de vue pratique, elle est la faculté permettant de distinguer le bien du mal et d'agir selon des règles de conduite déterminées.
- Le présent cours attachera une importance particulière aux principes de base du raisonnement logique* ainsi qu'à la question des limites de la raison.

II Comment caractériser la raison ?

1. *Ratio*

- D'un point de vue étymologique, le mot « raison » vient du latin *ratio* qui désigne non seulement le calcul, mais aussi la capacité et le fait de mettre en ordre un domaine de connaissances et de pratiques données.
- Suivant cette première définition, les mathématiques sont l'illustration par excellence de la raison. Nous pouvons également songer au calcul des coûts et des profits relevant de l'économie.
- Un autre exemple est le phénomène de la technique (➔ Notion 14) que Jacques Ellul (1912-1994) assimile « à la préoccupation [...] de rechercher en toutes choses la méthode absolument la plus efficace. » Autrement dit, les performances des moyens mis en œuvre constituent ici le principal objet de la mise en ordre et du calcul.

2. *Logos*

- Il serait inexact de restreindre la définition de la raison à un simple calcul de type utilitaire. Dans l'histoire de la philosophie occidentale, *ratio* est peu à peu devenu l'équivalent du terme grec *logos* (que l'on peut traduire par « raison », « langage » ou « discours »).
- Chez Aristote, par exemple, l'homme est un « animal politique » en vertu du *logos*. Ce dernier ne désignant pas seulement le langage mais, plus généralement, la capacité des hommes à communiquer, à coopérer et à s'organiser autour de notions communes telles que l'avantageux et le nuisible, le juste et l'injuste, le bien et le mal (➔ Notion 5).
- La raison apparaît ici comme une faculté que Descartes caractérisera comme l'aptitude « de bien juger, et distinguer le vrai d'avec le faux » (*Discours de la méthode*, 1637). Intéressons-nous désormais à la question du bon usage de cette faculté.

III Quel est le bon usage de la raison ?

1. Raison et croyance

- Le *logos*, ou discours rationnel, vise à décrire les choses qui nous entourent indépendamment de nos désirs* ou penchants particuliers*. La raison vise l'objectivité* et ambitionne d'atteindre des vérités universelles.
- Le discours rationnel n'entend pas persuader*, mais convaincre*. Autrement dit, il ne s'agit pas d'amener autrui à croire en telle ou telle idée. Il s'agit, au contraire, de faire part à autrui d'une idée ou d'une théorie cohérente et susceptible d'être prouvée.
- De ce fait, la raison se distingue de la croyance*, que nous pouvons définir comme le fait d'adhérer à une idée ou à une théorie en l'absence d'une démonstration logique et/ou empirique*.
- Les croyances dépendent des cultures et des individus. Elles sont subjectives* et particulières, et non pas objectives et universelles.
- Il convient cependant de noter que la croyance n'est pas nécessairement fausse. Du point de vue de la raison, elle constitue une opinion qui n'a pas été prouvée ou justifiée (ce qui ne signifie pas qu'il serait impossible de la prouver ou de la justifier).
- Reste à savoir plus précisément comment l'art de bien raisonner entend se démarquer de la pure et simple croyance.

2. L'art du raisonnement

- C'est à Aristote qu'il revient d'avoir formulé les éléments de base de la syllogistique.

Philosophe

Aristote (vers 384 av. J-C. - -322 av. J.-C.)

Il est, avec Platon, l'un des penseurs les plus importants de l'Antiquité grecque et, plus généralement, de l'histoire de la philosophie occidentale. Ses *Premiers analytiques* définissent les principes cardinaux de l'art de bien raisonner.

- Le syllogisme pose les règles formelles de la déduction* logique. Il implique deux propositions (ou prémisses) de départ – à savoir, la majeure et la mineure – qui en entraînent logiquement une troisième – à savoir, la conclusion.
- L'illustration la plus connue du syllogisme est :

1. Tous les hommes sont mortels.
2. Or, Socrate est un homme.
3. Donc, Socrate est mortel.

- Soit, de manière formelle :

1. Tout A est B.
2. Or, C est A.
3. Donc, C est B.

- Néanmoins, il importe de relever qu'un syllogisme valide sur le plan formel peut contenir des prémisses qui sont fausses ou invérifiables.
- « Tous les extraterrestres sont verts. / Or, Yoda est un extraterrestre. / Donc, Yoda est vert » est un syllogisme formellement valide, mais la prémisse (c'est-à-dire l'existence des extraterrestres) est fausse ou invérifiable. Pour être rationnel, le discours cohérent doit donc aussi être démontrable sur le plan de l'expérience.
- Par exemple, le phénomène de la gravité peut s'exprimer sous la forme d'une loi cohérente (soit son expression mathématique par Newton) pouvant être prouvée. La loi de la gravitation est objective, mais également universelle : elle concerne tous les hommes sans exception.

3. Paralogismes et sophismes

- L'art de bien raisonner se démarque ainsi du paralogisme et du sophisme.

Le paralogisme

Désigne une **erreur de raisonnement involontaire**. Il est une contradiction directe avec les règles formelles de la déduction logique que nous venons d'exposer.

Exemple

« Tout homme est mortel. / Or, mon chat est mortel. / Donc, mon chat est un homme » est un paralogisme, car la relation « chat-homme » posée par la conclusion n'est pas contenue dans les prémisses.

Le sophisme

- Suppose l'usage volontaire d'un syllogisme erroné afin de persuader autrui.
- Il pourra soit tirer des conclusions formellement valides à partir de prémisses erronées, soit donner l'illusion que la conclusion dérive des prémisses. Ce cas de figure peut être illustré par l'argument ***ad hominem*** qui consiste à nous faire croire qu'un raisonnement est faux en se focalisant sur un défaut ou une caractéristique particulière de la personne l'ayant formulé plutôt que sur son raisonnement à proprement parler.

Exemple

« Cet homme n'a jamais fait preuve de bravoure. Donc, ses raisonnements sur le courage sont faux » est un argument *ad hominem*.

- Les sophistes, auxquels s'opposait Platon, utilisaient des raisonnements fallacieux qui, se parant des apparences de la logique, étaient destinés à tromper l'interlocuteur.

IV Quelles sont les limites de la raison ?

Devons-nous pour autant considérer qu'aucun obstacle ne saurait résister à la raison, que le pouvoir de cette faculté ne connaît aucune limite ?

1. Le difficile art d'avoir toujours raison

- Dans *L'Art d'avoir toujours raison* (1864), Arthur Schopenhauer soutient, et ce en dépit de son sincère attachement à la logique, que nous sommes fatalement conduits à nous intéresser aux raisonnements fallacieux, car ils font partie de l'art de la joute verbale.

Philosophe

Arthur Schopenhauer (1788-1860)

Philosophe allemand dont l'œuvre principale, *Le Monde comme volonté et représentation*, exerça une large influence sur la pensée philosophique du XIXe siècle et au-delà.

- En premier lieu, bien que les hommes partagent la faculté de la raison, la plupart sont loin d'en faire bon usage. Ainsi, même si tel ou tel individu a objectivement raison, sa victoire lors d'un débat public n'est pas assurée.
- En outre, « Chez la plupart des hommes, écrit Schopenhauer, la vanité va de pair avec un goût pour la palabre et une mauvaise foi tout aussi innée. ».
- Ceux qui ont le bon usage de la raison pour eux ne peuvent pas simplement s'en contenter, car s'ils sont amenés à débattre de leurs idées, ils devront aussi faire face à la « nature mauvaise du genre humain ».
- Enfin, le problème n'est pas simplement que la plupart des hommes n'acceptent pas d'avoir tort. Car il semble naturel de nourrir l'espoir que, même si notre thèse semble réfutée par l'adversaire, nous pourrions tout de même avoir raison.
- En effet, l'expérience nous enseigne que nous n'avons parfois pas su donner ou trouver les meilleurs arguments afin de défendre nos idées de la meilleure manière qui soit en temps voulu.
- Conjugué à la vanité, cet aspect encouragerait la plupart des hommes à croire que la réfutation de leurs idées n'est jamais décisive.

2. Rationalisme et empirisme

Le rationalisme

- Du point de vue épistémologique, le rationalisme soutient que notre connaissance du monde repose essentiellement sur la raison.
- D'un point de vue éthique, il défend la position suivant laquelle nos comportements moraux sont à la fois fondés et motivés par la raison.

≠

L'empirisme

Pour l'empirisme, en revanche, notre connaissance du monde repose avant tout sur l'expérience sensible. En outre, comme nous allons le voir, l'empirisme peut également s'opposer aux conceptions morales du rationalisme.

- Descartes, par exemple, appartient au courant dit rationaliste. D'une part, il soutient que la raison peut connaître l'ensemble des lois de la nature. D'autre part, il affirme que la raison a pour tâche de guider nos comportements et de limiter nos désirs afin qu'ils ne nous soient pas nuisibles.

3. Impuissance de la raison vis-à-vis des passions*

- Nous considérerons ici l'exemple de David Hume. Selon lui, de nombreuses idées que nous jugeons démontrées par la raison – comme la causalité (➔ Notion 13) ou l'identité personnelle (➔ Notion 3) – découleraient en vérité de l'habitude et de la croyance.
- En outre, il affirme que la raison n'a aucun pouvoir sur nos passions. D'après lui, les instincts* naturels et les passions (la joie, l'aversion, la peur, l'espoir) sont des impressions sensibles, alors que les idées sont des copies d'impressions.
- La raison, par contraste, appartient au domaine des idées. Nous pouvons établir si les idées sont contradictoires ou non. Nous pouvons examiner les relations logiques entre différentes idées ou bien déterminer de quelles impressions premières procèdent les idées.
- Les instincts naturels et les passions sont des impressions qui ne sont pas représentées et motivent nos actions.
- Dès lors, les idées, différentes des instincts et des passions, ne peuvent pas contredire, influencer ou bloquer ces dernières. La raison ne pourrait donc pas motiver nos actions.

La raison

1 La raison correspond essentiellement au calcul abstrait ou utilitaire.

a. ○ Vrai. b. ○ Faux.

2 La raison se distingue de la croyance, car cette dernière est nécessairement fausse.

a. ○ Vrai. b. ○ Faux.

3 Le paralogisme désigne :

a. ○ l'usage volontaire d'un syllogisme erroné afin de persuader autrui.

b. ○ un raisonnement logique n'ayant pas encore été démontré de manière empirique.

c. ○ une erreur involontaire vis-à-vis des règles formelles de la déduction logique.

4 Un syllogisme valide sur le plan formel peut contenir des prémisses qui sont fausses ou invérifiables.

a. ○ Vrai. b. ○ Faux.

5 Le rationalisme soutient que notre connaissance du monde repose avant tout sur l'expérience sensible.

a. ○ Vrai. b. ○ Faux.

6 Pour Schopenhauer, bien que les hommes partagent la faculté de la raison :

a. ○ la plupart n'en font pas bon usage.

b. ○ toute connaissance est néanmoins relative.

c. ○ ils sont également vaniteux et de mauvaise foi.

d. ○ seule la foi permet d'accéder à la vérité.

7 Selon Hume :

a. ○ nous pouvons contrôler nos passions par l'usage de la raison.

b. ○ les idées d'identité personnelle et de causalité peuvent être démontrées par la raison.

c. ○ notre raison ne saurait contredire, influencer ou bloquer nos instincts et passions.

Réponses :

1 b - 2 b - 3 c - 4 a - 5 b - 6 a et c - 7 c.

Raison

Art du raisonnement

Syllogisme

Établit les …… formelles de la déduction logique. Le syllogisme implique deux …… (ou prémisses) de départ – à savoir, la …… et la …… – qui en entraînent logiquement une troisième – à savoir, la …… .

Erreurs de raisonnement

Paralogisme

Erreur …… de raisonnement. Le paralogisme contredit les règles formelles de la déduction logique.

Exemple

« Tout A est …… / Or, …… est B/ Donc D est …… »

Sophisme

Usage volontaire d'un syllogisme erroné afin de …… autrui.

Exemple

Argument *ad hominem*

Limites

Schopenhauer

1. Mauvais usage de la …… .
2. Vanité et mauvaise foi de l'homme.
3. Espoir d'avoir …… .

Hume

1. Les idées telles que la …… ou l'…… personnelle découlent de l'habitude et de la croyance.
2. La …… ne saurait motiver nos actions.

Méthode

Élaboration de la structure détaillée de chaque partie d'une dissertation

Les clés de l'exercice

Comment élaborer la structure détaillée de chaque partie d'une dissertation ?

→ L'élaboration de la structure détaillée de chaque partie d'une dissertation doit constituer l'aboutissement du travail au brouillon.

→ Il ne faut donc pas chercher à produire un plan détaillé avant d'avoir fini tout le travail d'élaboration de la problématique (➔ Méthode 9, p. 128-130).

→ Chaque partie doit comporter au moins une référence philosophique qui devra être présentée et utilisée de façon suffisamment approfondie.

➔ Élaborez la structure détaillée de chaque partie de la dissertation répondant au sujet : *L'expérience est-elle un obstacle à la raison ?*

Avant de commencer

- **Relisez votre plan global (➔ Méthode 10, p. 140-141) afin de vous assurer de la solidité et de la cohérence de votre cheminement de pensée.**
- **Si vous êtes en temps libre, revoyez les parties de votre cours en lien avec le sujet de la dissertation afin de voir quelles références pourraient être exploitées (sur l'usage des références et des textes, ➔ Méthode 14, p. 194-196).**

Formulation des éléments d'analyse et de problématisation du sujet

1. Définition des termes

Expérience : vécu, expérimentation, conscience de l'existence de quelque chose.

Obstacle : borne (difficulté dépassable), limite (coup d'arrêt indépassable).

2. Questionnement

- L'expérience (comme vécu ou comme expérimentation) est-elle une limite indépassable et est-elle rigoureusement incompatible à l'établissement de savoirs nécessaires par la raison ?

- L'expérience courante (vécue) peut-elle être suffisamment profitable à la bonne conduite de notre vie ?
- L'expérience comme expérimentation peut-elle en général nous conduire à découvrir les lois de la nature afin d'en prévoir le comportement le plus probable ?

3. Problème

Est-ce que l'expérience peut à la fois être une limite indépassable à la connaissance nécessaire (ou purement rationnelle), être favorable à la conduite de notre vie afin de développer notre bon sens et participer au développement de la connaissance scientifique de la nature par le biais de l'expérimentation ?

4. Thèse (ou fil directeur)

L'expérience est d'abord favorable le plus souvent à la conduite de notre vie, mais elle demeure toutefois une limite indépassable à l'établissement de savoirs nécessaires. Cependant, l'expérience n'est pas à rejeter totalement dans la mesure où elle nous permet de connaître par expérimentation les lois de la nature.

▶ Élaboration du plan et de la structure détaillée des différentes parties

I. L'expérience courante comme vécu peut-elle être suffisamment profitable à la bonne conduite de notre vie ?

a. L'être humain doit pouvoir s'orienter dans son environnement.

b. À cette fin, prévision et anticipation sont nécessaires.

c. Pour ce faire, il faut avoir recours à l'expérience comme croyance courante (référence possible : Hume à propos des règles communes du raisonnement dans l'*Enquête sur l'entendement humain*).

II. L'expérience (comme vécu ou comme expérimentation) est-elle rigoureusement incompatible avec l'établissement de savoirs nécessaires par la raison ?

a. Le travail de la raison en tant que capacité à enchaîner nécessairement des idées (référence possible : le raisonnement démonstratif et la nécessité de la démonstration chez Descartes dans les *Règles pour la direction de l'esprit* ou dans le *Discours de la méthode*).

b. L'instabilité de la croyance et son impossible nécessité.

c. L'exclusion de l'expérience du champ de la raison dans la mesure où l'expérience fonde la croyance et que cette dernière est contingente.

III. L'expérience comme expérimentation peut-elle, en général, nous conduire à découvrir les lois de la nature afin d'en prévoir le comportement le plus probable ?

a. L'expérience ne peut pas, malgré ses défauts, être entièrement exclue, car elle est incontournable pour connaître et maîtriser la nature.

b. La découverte qualitative des lois de la nature repose sur la notion d'expérimentation (référence possible : Claude Bernard, *Introduction à l'étude de la médecine expérimentale*).

c. Cette approche qualitative est complétée quantitativement par la formalisation théorique (référence possible : Pierre Duhem, *La Théorie physique*).

1 * **Lisez le texte puis répondez aux questions.** ▶ Corrigés p. 280

En effet, puisqu'il n'est pas possible d'apporter les choses en questions elles-mêmes dans la discussion, mais qu'au lieu des choses nous utilisons des mots comme symboles, nous pensons que ce qui arrive aux mots arrive aussi aux choses, à la manière des cailloux dont on se sert pour les comptes. En fait, ce n'est pas la même chose, car il y a un nombre limité de mots, et aussi d'assertions, tandis que les choses sont infinies en nombre. Il est donc inévitable qu'une seule et même assertion, un seul et même mot signifie plusieurs choses. En conséquence, de même que dans le cas des comptes, ceux qui ne sont pas habiles à manipuler les cailloux sont dupés par ceux qui savent s'en servir, de même pour le discours : ceux qui n'ont aucune expérience de la force des mots sont les victimes de raisonnements faux lorsqu'ils prennent eux-mêmes part à une discussion ou encore lorsqu'ils écoutent d'autres.

Aristote, *Réfutations sophistiques*, traduction de J. Montenot, D.R.

a. Quel est le point commun entre les mots et les « cailloux dont on se sert pour les comptes » ?
b. Quelle est la différence entre les mots et les « cailloux dont on se sert pour les comptes » ?
c. Pourquoi « ceux qui n'ont aucune expérience de la force des mots sont les victimes de raisonnements faux » ?

2 ** **Commentez le texte suivant.**

Nous ne parlons pas rigoureusement ni philosophiquement lorsque nous discourons du combat de la passion et de la raison. La raison est et ne doit être que l'esclave des passions ; elle ne peut jamais prétendre remplir un autre office que celui de les servir et de leur obéir. Comme cette opinion peut apparaître quelque peu extraordinaire, il ne sera pas déplacé de la confirmer par quelques autres considérations.

Une passion est une existence originelle, ou, si l'on veut, une modification originelle de l'existence ; elle ne contient aucune qualité représentative qui en fasse une copie d'une autre existence ou d'une autre modification. Quand j'ai faim, je suis réellement sous l'emprise de la passion et, dans cette passion, je ne me réfère pas davantage à un autre objet que lorsque j'ai soif, suis malade, ou mesure plus de cinq pieds de haut. Il est donc impossible que la vérité et la raison puissent s'opposer à cette passion ou que celle-ci puisse contredire celles-là, puisque cette contradiction consiste dans le désaccord des idées, considérées comme des copies, avec les objets qu'elles représentent.

Ce qui peut se présenter sur ce chapitre, c'est que, comme, d'une part, rien ne peut être contraire à la vérité ou à la raison sauf ce qui s'y réfère et comme, d'autre part, seuls les jugements de notre entendement ont cette référence, il s'ensuit que les passions peuvent être contraires à la raison dans la seule mesure où elles s'accompagnent de quelque jugement ou de quelque opinion. Selon ce principe, qui est si évident et si naturel, c'est seulement en deux sens qu'une affection peut être dite déraisonnable. D'abord, quand une passion telle que l'espoir ou la crainte, le chagrin ou la joie, le désespoir ou la sérénité, se fonde sur l'existence d'objets qui en réalité n'existent pas. En second lieu, quand, pour satisfaire une passion, nous choisissons des moyens inappropriés à la fin visée et jugeons faussement des causes et des effets. Lorsqu'une passion ne se fonde pas sur des suppositions fausses et qu'elle ne recourt pas à des moyens inappropriés à la fin, l'entendement ne peut ni la justifier, ni la condamner.

David Hume, *Traité de la nature humaine* [1739], traduction de P. Folliot, ©Aubier, Flammarion.

Exercice Bac

3 Choisissez, puis faites la dissertation de l'un des trois sujets suivants.

➔ *Vous pouvez vous aider des Méthodes des pages 116-118 ; 128-130 ; 140-141 ; 154-156 ; 168-169 ; 182-183.*

a. La raison peut-elle lutter contre les passions ?

b. Est-il nécessairement irrationnel de croire en ce que nous ne sommes pas capables de démontrer ?

La religion

Notion 12

La Prière au Caire, Jean-Léon Gérôme, 1865.

I Introduction

- Le phénomène religieux remonte aux premiers stades de l'histoire humaine.
- La naissance de la culture et de la religion apparaît comme indissociable.
- Après quelques éclaircissements quant à la définition de la religion, notre cours s'intéressera aux questions de la compatibilité ou non entre la foi et la raison, de la religion comme facteur d'aliénation*, et de la possibilité d'une vie (tant individuelle que sociale) sans religion.

Saint François en prière devant le crucifix, El Greco, vers 1595.

II Comment définir la religion ?

1. Position du problème

- Dans le contexte actuel de nos sociétés laïques, nous avons souvent tendance à assimiler la religion à une croyance* d'ordre privé. Bien que le phénomène religieux englobe la foi, il semble néanmoins contestable de le réduire à cette dernière.

- Tout d'abord, il ne faut pas oublier que la séparation des Églises et de l'État a été le fruit d'une longue évolution historique. Certes, au cours des siècles, la religion est devenue un facteur de moins en moins déterminant quant à l'organisation de la vie sociale, mais cet aspect devrait justement prévenir de trop limiter la définition à nos conceptions modernes.

- En second lieu, nous pouvons noter que l'étymologie du mot « religion » renvoie à d'autres notions que celle de la foi. Bien que l'étymologie exacte du terme fasse encore l'objet de nombreux débats, il est toutefois souvent admis qu'il comprendrait une double racine : le mot « religion » viendrait du latin *relegere* (rassembler) et de *religare* (relier).

- Enfin, bien que la foi se manifeste par des comportements observables, le fait qu'elle se rapporte à une dimension particulièrement intime de la vie de l'individu la rend difficile à étudier par les sciences humaines.

- Par exemple, l'historien peut convenir qu'une société donnée se référait à certains mythes et observait des rituels particuliers*, mais le crédit et l'adhésion que les individus pouvaient accorder à ces mythes et à ces rites échappe souvent à ses capacités d'observation.

2. Dimension sociale de la religion

- Ces considérations nous incitent à examiner la religion dans sa dimension sociale. En premier lieu, nous remarquerons que la religion lie, d'une part, verticalement l'homme au divin et, d'autre part, horizontalement les hommes entre eux au sein de la communauté religieuse. Autrement dit, la religion serait ce qui rassemble les hommes en les reliant à ce qui les transcende.

- Émile Durkheim s'est consacré à une analyse sociologique du phénomène religieux.

Philosophe

Émile Durkheim (1858-1917)

Philosophe de formation, ses travaux posent les premiers jalons de la sociologie moderne. Dans *Les Formes élémentaires de la vie religieuse*, il étudie la religion en tant que « fait social ».

- Selon lui, « Une religion est un système solidaire de croyances et de pratiques relatives à des choses sacrées, c'est-à-dire séparées, interdites, croyances et pratiques qui unissent en une même communauté morale, appelée Église, tous ceux qui y adhèrent. »
- Le sacré se définit par les rites et les interdits réglant les rapports des hommes aux divinités. Selon Mircea Eliade, il détermine des « portions d'espace qualitativement différentes des autres » au sein de la vie de la communauté (voir *Le Sacré et le Profane*, 1965).
- Le sacré s'oppose au profane (à savoir ce qui diffère ou est extérieur au domaine religieux). D'après Roger Caillois, le profane serait au sacré ce que l'impur est au pur, l'impie au pie, la souillure à la sainteté.
- Le sacré désigne également l'expérience ambivalente* des hommes par rapport à ce qui les transcende. Dans *Crainte et Tremblement*, le philosophe danois Kierkegaard (1813-1855) affirme que les sentiments liés au sacré relèvent de l'*horror religiosus*, où terreur, fascination et vénération sont étroitement liées. Dans un même ordre d'idée, Rudolf Otto assimilera l'expérience du sacré au *mysterium tremendum*.

III La religion est-elle compatible avec la raison ?

1. Deux voies d'accès légitimes à la vérité

- La religion et la raison ont en commun la volonté d'éclaircir le sens des phénomènes qui nous entourent de notre existence. Par exemple, au même titre que certaines hypothèses* scientifiques, les récits originels des mythes tentent de fournir une explication quant à l'émergence de l'univers ou de la vie humaine.

- Cependant, il va de soi que les récits religieux ne sont pas vérifiables, testables, ou démontrables à travers un raisonnement logique*. Faut-il pour autant affirmer que la religion et la raison s'excluraient mutuellement ?
- On peut répondre par la négative si l'on considère la foi et la raison comme deux voies parfaitement légitimes, mais néanmoins différentes, d'accès à la vérité.
- Une excellente illustration de cette approche est l'« Épitre dédicatoire » aux *Méditations métaphysiques*, dans laquelle Descartes entend montrer que l'on peut parvenir aux mêmes vérités soit par la foi, soit par l'exercice de la raison :

> [...] bien qu'il nous suffise, à nous autres qui sommes fidèles, de croire par la foi qu'il y a un Dieu, et que l'âme humaine ne meurt pas avec le corps ; certainement il ne semble pas possible de pouvoir jamais persuader* aux infidèles aucune religion, ni quasi même aucune vertu morale, si premièrement on ne leur prouve ces deux choses par la raison naturelle.
>
> Descartes, « À Messieurs les Doyens et Docteurs de la sacrée faculté de théologie de Paris », in *Œuvres philosophiques*, 1641, © Flammarion.

2. Religion et aliénation

- À l'extrême opposé de cette position, certains considèrent que la religion détourne l'homme de la vérité et de ce qu'il est en lui-même.
- C'est notamment le cas du philosophe allemand Ludwig Andreas Feuerbach (1804-1872), qui estime que l'homme projette ses propres espérances et qualités dans le divin. Par la religion, l'homme extériorise et se dépossède de ce qui le caractérise. En d'autres termes, le phénomène religieux est inséparable de l'aliénation de l'homme.
- Ainsi, selon Feuerbach, le christianisme représenterait le dernier stade avant la fin de l'aliénation. Le Christ était perçu comme Dieu se faisant homme. Désormais, il incombe aux hommes de se réapproprier les qualités qu'ils avaient attribuées à Dieu.

Philosophe

Ludwig Andreas Feuerbach (1804-1872)

Philosophe allemand. Dans son œuvre majeure, l'*Essence du christianisme*, il défend la thèse de l'aliénation de l'homme par la religion qui exercera une certaine influence sur les écrits de Marx et Engels.

- Lecteur de Feuerbach, Marx soutenait quant à lui que « la religion est l'opium du peuple ». Ce qui signifie que la religion endormirait la conscience sociale des hommes en leur offrant le refuge d'un arrière-monde illusoire.
- Enfin, nous pouvons mentionner l'exemple de Freud, pour qui les idées religieuses sont des « illusions » générées par « la réalisation des désirs* les plus anciens, les plus forts, les plus pressants de l'humanité [...] » (*L'Avenir d'une illusion*, 1927).
- La puissance aliénante du religieux reposerait ici sur le fait qu'elle tient lieu de compensation pour la « détresse infantile » (qui encouragerait le besoin* d'un père tout-puissant ainsi que la croyance en la providence* divine) et les désirs narcissiques* dont les hommes refusent de se défaire.

IV Une vie sans religion est-elle concevable ?

Tous ces penseurs ont en commun de juger raisonnable et souhaitable que l'homme soit enfin délivré de toute religion. Leurs vœux sont-ils réalistes et fondés ?

1. Le besoin religieux d'un point de vue social

- Rousseau affirme que :

> Sitôt que les hommes vivent en société, il leur faut une religion qui les y maintienne. Jamais peuple n'a subsisté ni ne subsistera sans religion et si on ne lui en donnait point, de lui-même il s'en ferait une ou serait bientôt détruit.
>
> *Du contrat social*, 1758.

- Cela signifie que la religion, au même titre que la politique et le droit, serait un facteur déterminant quant à l'organisation et à la pérennité des sociétés humaines.
- Rousseau en appelle à une religion de l'homme et du citoyen. Ses écrits inspireront la Révolution française qui, quoiqu'hostile au christianisme, n'entreprendra pas, *in fine*, une sortie de la religion (l'adoration du Dieu chrétien se voyant remplacée par le culte de l'Être suprême).
- Dans un autre ordre d'idée, nous pouvons nous demander si le sacré ne persisterait pas sous des formes différentes au sein de nos sociétés contemporaines.
- Par exemple, Roger Caillois soutient que les guerres contemporaines ont remplacé les rites sacrificiels des sociétés dites « archaïques ». Dans *Les Nouveaux possédés*, Jacques Ellul défend l'hypothèse selon laquelle la technique serait le nouveau sacré des sociétés occidentales.

Le peuple français reconnaît l'être suprême et l'immortalité de l'âme, estampe anonyme publiée chez Basset, Paris, 1794.

2. La raison et le cœur

- Finalement, nous pouvons envisager la problématique sous l'angle de la raison et de la foi en tant que modes de connaissance. Selon Pascal, la foi et la raison permettent d'accéder à des vérités. En revanche, contrairement à Descartes, il estime qu'elles ne permettent pas de parvenir aux mêmes vérités.
- Certaines vérités ne peuvent être senties que par le cœur (l'existence de Dieu, mais aussi le temps, l'espace et le mouvement) et d'autres uniquement connues par la raison. Ces deux modes de connaissance sont incommensurables.
- Du point de vue du cœur, il serait absurde d'exiger des sentiments de la part de la raison. Et, du point de vue de la raison, il serait absurde d'exiger des preuves logiquement démontrées de la part du cœur.
- Lorsque la raison critique la foi, elle ne ferait rien d'autre que de tenter d'outrepasser ses propres limites.
- Par pur déni, la raison tendrait alors à se conforter dans l'illusion de sa propre puissance. Elle attaquerait la foi au lieu d'admettre ses propres faiblesses. Elle refuserait de concéder qu'elle est incapable de démontrer les vérités connues par le cœur. Autrement dit, la raison s'avérerait incapable d'admettre que « le cœur a ses raisons que la raison ne connaît point ».

La religion

1 La religion est :

a. ○ réductible à la croyance privée.

b. ○ essentiellement un ensemble de règles suivies par une communauté.

c. ○ à la fois une affaire de foi et d'organisation de la vie sociale.

2 Le sacré se définit par les rites et les interdits réglant les rapports des hommes aux divinités.

a. ○ Vrai.

b. ○ Faux.

3 Selon Kierkegaard, l'expérience du sacré est ambivalente, car en elle s'entremêlent les sentiments de terreur et d'indifférence.

a. ○ Vrai.

b. ○ Faux.

4 Dans son « Épitre dédicatoire » aux *Méditations métaphysiques*, Descartes présente la foi et la raison comme :

a. ○ deux modes de connaissance inconciliables.

b. ○ deux voies parfaitement légitimes, mais néanmoins différentes, d'accès à la vérité.

c. ○ deux perspectives limitées et incertaines sur notre monde.

5 Pour Feuerbach, la religion est synonyme :

a. ○ d'aliénation.

b. ○ de libération.

c. ○ de manipulation.

6 Selon Pascal, étant donné que toutes les connaissances acquises par la raison sont incertaines, celle-ci doit se garder de critiquer la foi.

a. ○ Vrai.

b. ○ Faux.

7 D'après Rousseau, une société sans religion serait parfaitement viable.

a. ○ Vrai.

b. ○ Faux.

Réponses :

1 a - 2 a - 3 b - 4 b - 5 a - 6 b - 7 b.

Je mémorise

Caractéristiques générales du phénomène religieux

- Croyance ....
- Au sein de la communauté religieuse, la religion lie .... l'être humain au divin et .... les êtres humains entre eux.
- Le .... et le profane.
- Expérience ambivalente du sacré (*horror religiosus* ou *mysterium tremendum*)

Religion et aliénation

La religion .... l'homme de la vérité et le dépossède de ses qualités.

Exemples :

→ Selon ...., l'homme projette ses espérances et ses qualités dans le divin, dont il devient ensuite esclave.

→ .... qualifie la religion d'« .... du peuple ».

Persistance de la religion

- Nécessité de la religion quant à l'organisation, la viabilité et la pérennité des .... humaines (Rousseau).
- Les nouveaux visages du sacré à l'époque contemporaine : technique, ..., *star system*, etc.
- La .... ne saurait critiquer les vérités de la foi. « Le cœur a ses raisons que la raison .... » (Pascal).

Vers la rédaction de la dissertation : l'introduction

Les clés de l'exercice

Comment rédiger l'introduction d'une dissertation ?

→ L'introduction présente, le plus souvent, deux parties : l'**introduction générale** et l'**introduction spéciale**.

→ L'**introduction générale** n'est pas obligatoire, mais souhaitable. Son but est de **justifier**, en s'appuyant sur des exemples de la vie courante, des références culturelles ou des exemples tirés de l'actualité, **la pertinence qu'il y a à se poser la question exprimée par le sujet**.

→ L'**introduction spéciale** doit **rendre compte**, dans la mesure du possible, **des étapes du travail d'analyse du sujet et de problématisation** :

- Présentation et définition des termes importants du sujet.
- Présentation des différents éléments de la problématique.
- Le questionnement (➔ Méthode 8, p. 116-118).
- Le problème (➔ Méthode 9, p. 128-130).
- L'idée directrice ou thèse (➔ Méthode 9, p. 128-130).
- Annonce du plan (➔ Méthode 10, p. 140-141), cette étape pouvant être passée si le questionnement est déjà suffisamment explicite dans sa formulation.

➔ Rédigez l'introduction de la dissertation répondant au sujet suivant : *La nature humaine peut-elle se définir sans la religion ?*

Avant de commencer

▶ **La préparation du brouillon de l'introduction se fait après l'analyse au brouillon du texte.**

▶ **Si vous ne parvenez pas, surtout en temps limité, à bâtir l'introduction générale, contentez-vous de l'introduction spéciale.**

Élaboration de l'introduction générale

Exemple

Nous baignons dans le fait religieux, peu importe que nous soyons croyants ou non. Par exemple, le dimanche est légalement institué comme jour de repos en France, mais est aussi le jour de l'office pour les religions chrétiennes. Ou encore, les paysages urbains où l'on peut trouver des églises, temples, mosquées ou synagogues matérialisent la présence du fait religieux. En somme, tout laisserait à penser que ce que nous sommes, à entendre comme « nature humaine », devrait prendre en compte dans sa définition le fait religieux et la religion. Toutefois, le fait religieux et la religion ne sont pas de simples éléments de notre environnement culturel, mais aussi des objets de débats véhéments comme en témoignent, en France, les régulières polémiques sur la laïcité, et ces débats laisseraient au contraire penser que la nature humaine pourrait, et même devrait, se définir en dehors de toute considération du fait religieux et de la religion. Nous sommes donc confrontés à un constat paradoxal qui demande à ce que nous nous interrogions sur la possibilité, pour la nature humaine, d'être définie sans la religion.

Élaboration de l'introduction spéciale

Exemple

Afin de saisir les enjeux du présent sujet, analysons ses termes constitutifs : « nature humaine », « définir » et « religion ». Le terme « définir » fait référence à l'identification de l'ensemble des caractéristiques nécessaires d'une chose donnée. De là, définir la « nature humaine » revient à mettre en évidence ce qui relève nécessairement de l'humain au sein de la réalité, l'humain étant ici, de manière liminaire, à comprendre comme ce qui appartient à la fois à une dimension naturelle et culturelle. La religion désigne l'ensemble des croyances et des pratiques reposant sur la distinction entre profane et sacré. Ces définitions nous conduisent à nous questionner sur plusieurs points. Pourquoi une distinction entre le profane et le sacré est-elle incontournable pour rendre compte de la nature humaine ? Dans quelle mesure l'impossibilité de fonder nécessairement la religion nous conduit-elle à exclure cette dernière du champ des caractéristiques nécessaires de l'humain ? En quoi l'omniprésence des débats religieux fait-elle de la religion une caractéristique nécessaire de l'humain même quand aucune adhésion n'est manifestée à son encontre ? Ce questionnement peut se résumer au problème suivant : « Est-il envisageable, malgré l'impossibilité de fonder nécessairement la religion, de la tenir malgré tout comme une caractéristique indispensable dans la définition de ce que nous sommes ? Nous y répondrons en soutenant la thèse selon laquelle la religion, en tant que distinction entre profane et sacré, est indispensable pour saisir l'essence de l'humain malgré l'existence ou l'inexistence, chez chacun, de la foi.

Je m'entraîne

1 * Lisez le texte puis répondez aux questions. ► Corrigés p. 280

De là, trois sortes de philosophies, ou de systèmes généraux de conceptions sur l'ensemble des phénomènes, qui s'excluent mutuellement ; la première est le point de départ nécessaire de l'intelligence humaine ; la troisième, son état fixe et définitif ; la seconde est uniquement destinée à servir de transition.

Dans l'état théologique, l'esprit humain dirigeant essentiellement ses recherches vers la nature intime des êtres, les causes premières et finales de tous les effets qui le frappent, en un mot, vers les connaissances absolues, se représente les phénomènes comme produits par l'action directe et continue d'agents surnaturels plus ou moins nombreux, dont l'intervention arbitraire explique toutes les anomalies apparentes de l'univers.

Dans l'état métaphysique, qui n'est au fond qu'une simple modification générale du premier, les agents surnaturels sont remplacés par des forces abstraites, véritables entités (abstractions personnifiées) inhérentes aux divers êtres du monde, et conçues comme capables d'engendrer par elles-mêmes tous les phénomènes observés, dont l'explication consiste alors à assigner pour chacun l'entité correspondante.

Enfin, dans l'état positif, l'esprit humain, reconnaissant l'impossibilité d'obtenir des notions absolues, renonce à chercher l'origine et la destination de l'univers, et à connaître les causes intimes des phénomènes, pour s'attacher uniquement à découvrir, par l'usage bien combiné du raisonnement et de l'observation, leurs lois effectives, c'est-à-dire leurs relations invariables de succession et de similitude.

Auguste Comte, *Cours de philosophie positive*, 1re leçon, Hachette, 1929.

a. En quoi « l'état théologique » correspond-il à une étape initiale et « nécessaire de l'intelligence humaine » ?

b. Pourquoi « l'état métaphysique » est-il essentiellement destiné « à servir de transition » entre l'état théologique et l'état positif ?

c. Qu'est-ce qui distingue l'état positif des deux états antérieurs ?

2 ** **Commentez le texte suivant.**

J'ai toujours estimé que ces deux questions, de Dieu et de l'âme, étaient les principales de celles qui doivent plutôt être démontrées par les raisons de la philosophie que de la théologie : car bien qu'il nous suffise, à nous autres qui sommes fidèles, de croire par la foi qu'il y a un Dieu, et que l'âme humaine ne meurt pas avec le corps ; certainement il ne semble pas possible de pouvoir jamais persuader aux infidèles aucune religion, ni quasi même aucune vertu morale, si premièrement on ne leur prouve ces deux choses par raison naturelle. Et d'autant qu'on propose souvent en cette vie de plus grandes récompenses pour les vices que pour les vertus, peu de personnes préféreraient le juste à l'utile, si elles n'étaient retenues, ni par la crainte de Dieu, ni par l'attente d'une autre vie. Et quoiqu'il soit absolument vrai, qu'il faut croire qu'il y a un Dieu, parce qu'il est ainsi enseigné dans les Saintes Écritures, et d'autre part qu'il faut croire les Saintes Écritures, parce qu'elles viennent de Dieu ; et cela parce que, la foi étant un don de Dieu, celui-là même qui donne la grâce pour faire croire les autres choses, la peut aussi donner pour nous faire croire qu'il existe : on ne saurait néanmoins proposer cela aux infidèles, qui pourraient s'imaginer que l'on commettrait en ceci la faute que les logiciens nomment Cercle.

René Descartes, « À Messieurs les Doyens et Docteurs de la sacrée faculté de théologie de Paris », in *Œuvres philosophiques*, éd. F. Alquié, Garnier, 1973, tome II.

Exercice Bac

3 **Choisissez, puis faites la dissertation de l'un des trois sujets suivants.**

Vous pouvez vous aider des Méthodes des pages 116-118 ; 128-130 ; 140-141 ; 154-156 ; 168-169 ; 182-183.

a. La religion est-elle incompatible avec la raison ?

b. L'homme peut-il se passer de religion ?

La science

Notion 13

Un médecin examinant une fiole d'urine, Cornelis de Bie, XVIIe siècle.

J'apprends

I Introduction

- La science désigne un ensemble cohérent de connaissances ayant trait à l'étude d'un ensemble d'objets ou de phénomènes donnés.
- On admet communément que le trait distinctif des connaissances scientifiques est leur caractère démontrable.

II Qu'est-ce que l'expérience ?

1. Définitions

- Les sciences logico-mathématiques reposent sur des axiomes (à savoir des propositions considérées comme évidentes en soi) à partir desquels sont inférés des principes ou des lois ayant valeur universelle.
- Les connaissances acquises sont ainsi démontrables du fait de la déduction* logique*. Elles relèvent de la pure pensée et peuvent être qualifiées d'*a priori** dans la mesure où elles ne dépendent pas d'un appel préalable aux données de notre expérience. Ainsi, les connaissances des sciences logico-mathématiques ne conduisent pas nécessairement à des applications concrètes et peuvent concerner des objets semblant éloignés de notre connaissance habituelle ou ordinaire du monde.
- Les sciences de la nature, en revanche, ne peuvent pas faire l'économie de l'expérience. Elles formulent des théories (c'est-à-dire un ensemble d'hypothèses* ayant des visées explicatives) qui impliquent des prédictions quant à des phénomènes observables déterminés (la chute des corps, la fonction de tel ou tel organe du corps humain, l'orbite des planètes, etc.).

2. Problématiques

- Dans les sciences de la nature, le rapport entre la théorie et l'expérience apparaît comme un enjeu déterminant de la démonstration scientifique.
- Cet enjeu nous conduit à considérer deux problèmes. D'une part, la notion même d'expérience recouvre plusieurs significations. Il convient donc d'en élucider le sens strictement scientifique.
- D'autre part, les rapports entre la théorie et l'expérience demandent à être précisés. Peut-on affirmer qu'il existe une expérience pure qui serait indépendante de toute théorie ? Quel est le statut précis de l'expérience par rapport à la démonstration de la théorie ?

- La philosophie des sciences, ou épistémologie, s'intéresse directement à ce genre de questions.

3. Éclaircissements sur la notion d'expérience

- L'expérience peut désigner le simple vécu subjectif* de quelque chose (faire l'expérience de la douleur, de la joie, de la mort, etc.). Sous cette acception du mot, l'expérience n'est en aucun cas scientifique. Par exemple, le fait que, d'après sa propre expérience, Paul considère les prédictions de son horoscope comme vraies n'est pas une démonstration scientifique.
- Dans le domaine scientifique, l'expérience doit contribuer à la détermination de lois universelles et objectives (autrement dit, des lois valables indépendamment de mes opinions*, désirs* ou intérêts particuliers*).
- De ce fait, l'expérience doit être considérée comme l'observation méthodique des phénomènes.

4. L'induction et la méthode expérimentale

- Le philosophe anglais Francis Bacon (1561-1626) est généralement considéré comme l'un des principaux pères fondateurs de ce qui sera plus tard nommé la méthode expérimentale en science.
- Selon Bacon, la connaissance empirique* repose sur l'induction. La pensée passe d'une collection particulière de faits constatés à une généralisation d'ordre rationnel. Autrement dit, on infère une loi à partir d'un ensemble donné d'observations.

Francis Bacon

- Ainsi, Paul Janet (1832-1899) résume la méthode expérimentale de Claude Bernard (1813-1878) de la manière suivante : « En un mot, le fait suggère l'idée, l'idée suggère l'expérience, et l'expérience juge l'idée : voilà l'ordre logique et naturel des opérations scientifiques. »

III Quel est le statut de l'expérience par rapport à la théorie ?

1. Position du problème

- Dès lors, faut-il considérer qu'une hypothèse invalidée par l'expérience doit nécessairement être abandonnée ?
- Nous aurions spontanément tendance à répondre par l'affirmative. Cependant, le philosophe des sciences Pierre Duhem (1861-1916) a cherché à montrer que le statut de l'expérience vis-à-vis de la théorie est plus complexe et ambigu qu'il n'y paraît.
- Le principal problème, selon Duhem, est que, dans les faits, la science ne soumet quasiment jamais une hypothèse isolée à l'expérience, mais plutôt une théorie constituée par un ensemble complexe d'hypothèses.

2. L'holisme épistémologique

- Certes, une expérience non concluante pourra indiquer que quelque chose dans la théorie fait défaut. Néanmoins, elle n'indiquera pas précisément quelles sont les hypothèses à remettre en cause.
- Il est notamment possible que l'hypothèse centrale que l'on souhaitait tester ne soit pas à remettre en cause. Moyennant une révision de nos hypothèses auxiliaires, la théorie pourrait finalement se trouver être vérifiée par l'expérience.
- Ainsi, comme l'observe Dominique Lecourt, un astronome dont la prédiction quant à la position précise d'un astre serait infirmée par l'expérience « ne doit pas en conclure immédiatement que sa théorie est réfutée ». Car, par exemple, il se pourrait « que ce soit la théorie du télescope qui soit en cause » et non pas l'hypothèse ayant directement trait à la position de l'astre.
- La thèse défendue par Duhem est communément appelée holisme épistémologique (holisme se rapportant au *tout* des hypothèses soumises à l'épreuve de l'expérience).

- L'holisme épistémologique entraîne une conséquence importante concernant l'histoire des sciences. En effet, contrairement à Francis Bacon, Duhem rejette l'idée d'une expérience cruciale (*experimentum crucis*) qui serait susceptible de trancher entre deux théories scientifiques rivales.

IV L'induction est-elle vraiment l'élément central de la démarche scientifique ?

1. Le problème de l'induction

- Par ailleurs, nous pouvons nous interroger sur l'idée même de la « vérification par l'expérience ».
- Selon le philosophe Karl Popper (1902-1994), cette idée ne va pas de soi. De la même manière que David Hume (1711-1776) avant lui, il admet le problème de l'induction.
- D'après les principes de la déduction logique, les conclusions d'un raisonnement sont universelles si et seulement si ses prémisses le sont également.
- Or, l'inductivisme (du moins sous sa forme dite naïve) part de prémisses particulières afin d'aboutir à des conclusions universelles. Même répétée à de multiples reprises, l'observation d'un seul et même phénomène n'est qu'une collection de faits particuliers ne pouvant logiquement donner lieu à une généralisation d'ordre rationnel.
- En résumé, toute preuve inductive est nécessairement limitée, car nous ne pouvons observer notre univers en tout temps et tout lieu.
- De surcroît, nos observations ne sont jamais pures de toute idée préconçue. Elles sont toujours plus ou moins implicitement sous-tendues par nos conjectures ou nos théories.

2. Le critère de démarcation

- En second lieu, la question qui préoccupe Popper est celle du critère de démarcation. En d'autres termes, il cherche à définir ce qui distingue la science de la non-science et des pseudosciences*.
- Il faut prendre garde à ne pas confondre le critère de démarcation avec la distinction entre vrai et faux. Bien que non-scientifiques, la littérature et les mythes peuvent exprimer des vérités. Plutôt que de prouver la supériorité de la science sur les autres modes

de connaissance, Popper cherche avant tout à déterminer le trait distinctif de la démarche scientifique.

- Quoi qu'il en soit, la question posée par Popper n'est autre que la suivante : compte tenu des difficultés ayant trait à l'induction, est-il possible de définir le critère de démarcation sans cette dernière ?

3. La falsifiabilité

- Cela est possible à condition de faire dépendre le critère de démarcation de la déduction. Une théorie est scientifique dès lors que l'on peut déduire de celle-ci un phénomène ou cas de figure qui la réfuterait.
- La falsifiabilité est donc ce qui distinguerait la science de la non-science et des pseudosciences.
- La loi de Galilée est scientifique, car on peut logiquement déduire qu'elle serait fausse si (comme le soutenait Aristote) la vitesse de chute des corps lourds était supérieure à celle des corps légers.
- La psychanalyse ne serait pas scientifique, car toute forme de critique à son endroit peut s'interpréter en termes de résistance ou de refoulement* de la part de ses détracteurs. Selon Popper, les théories de Freud ne sont pas scientifiques, car non falsifiables.
- De ce fait, la vérification par l'expérience n'apparaît plus comme le critère déterminant. Par exemple, un énoncé du type « Demain il pleuvra ou ne pleuvra pas » est vérifiable, mais non pas falsifiable.
- Une théorie qui passe le test de la réfutabilité n'est non pas vérifiée, mais corroborée* par l'expérience.
- L'histoire des sciences pourrait alors se décrire comme une quête sans fin, mais légitime, de la vérité à travers une série de conjectures et de réfutations.

4. Révolutions scientifiques et paradigmes*

- Or, objecte Thomas Kuhn (1922-1996), la conception de Popper pose problème, car elle tend à faire passer les phases les plus exceptionnelles de l'histoire des sciences comme étant la norme.
- D'après Kuhn, la majeure partie de l'histoire des sciences se caractérise par la pratique de la « science normale », à savoir la recherche ayant trait aux implications et applications particulières du modèle épistémique, ou paradigme, partagé par la communauté scientifique.

- Exceptionnelles, cependant, sont les périodes de crise durant lesquelles une série de réfutations remettent les paradigmes en question. La communauté scientifique tend alors à demeurer attachée à son modèle épistémique, quitte à sacrifier quelque peu la rigueur de ses démarches.
- Seule une révolution scientifique, c'est-à-dire un changement de paradigme (par exemple, le passage du géocentrisme à l'héliocentrisme), vient mettre fin à cette période de crise.
- Ainsi, bien que sa critique de l'inductivisme soit fondée, le falsificationnisme de Popper reposerait sur une généralisation abusive des épisodes les plus singuliers de l'histoire des sciences.

Je révise

La science

1 Les sciences logico-mathématiques se caractérisent par :

a. ○ l'observation des phénomènes.

b. ○ le raisonnement déductif.

c. ○ les prédictions empiriques.

2 L'induction est :

a. ○ la déduction de principes ou de lois à partir d'axiomes.

b. ○ la découverte de principes *a priori*.

c. ○ l'inférence de principes ou de lois à partir d'un ensemble donné d'observations.

3 Quelles sont les trois étapes de la méthode expérimentale selon Claude Bernard ?

a. ○ Hypothèse – Expérimentation – Adoption ou correction de l'hypothèse.

b. ○ Observation – Hypothèse – Vérification.

c. ○ Observation – Généralisation – Hypothèse.

4 L'holisme épistémologique de Duhem défend l'idée que :

a. ○ les sciences forment un tout.

b. ○ c'est toujours un ensemble d'hypothèses qui est soumis à l'épreuve de l'expérience.

c. ○ une expérience non concluante réfute l'intégralité de la théorie.

5 Le critère de démarcation vise à distinguer :

a. ○ le vrai du faux.

b. ○ l'*a priori* de l'*a posteriori*.

c. ○ la science de la non-science et des pseudosciences.

6 La théorie de la science de Karl Popper est :

a. ○ le positivisme.

b. ○ l'empirisme.

c. ○ le falsificationnisme.

7 Pour Kuhn, les crises scientifiques s'achèvent par :

a. ○ une expérience cruciale.

b. ○ un changement de paradigme.

c. ○ une révolution empirique.

Réponses :

1b - 2c - 3b - 4b - 5c - 6c - 7b.

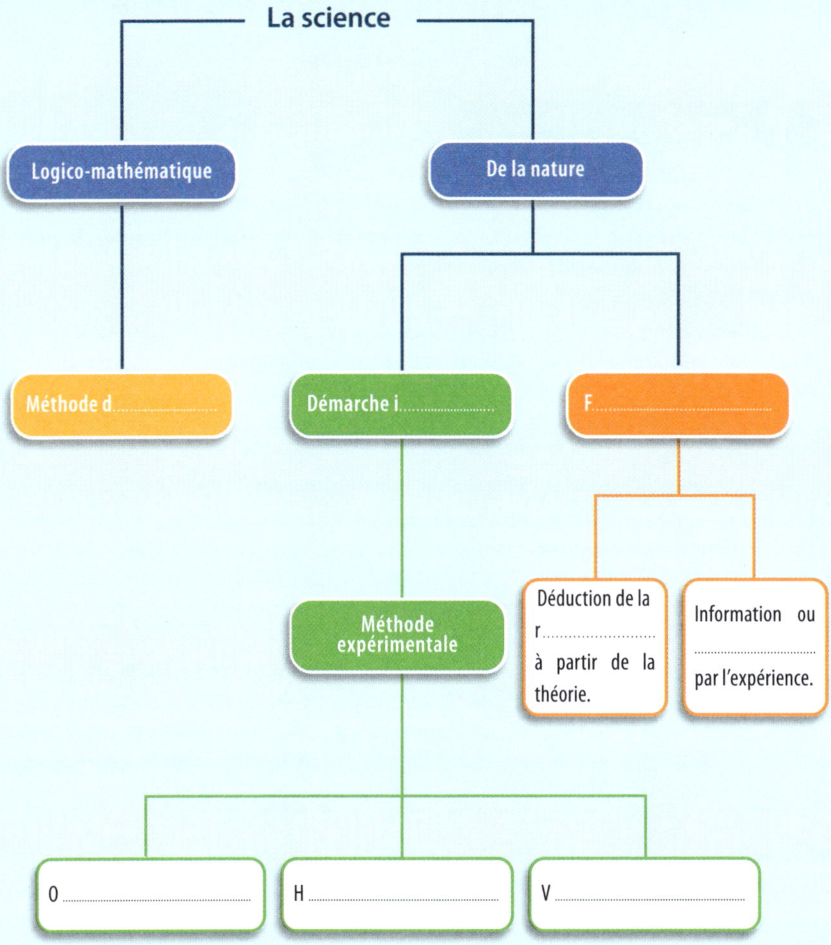
La science
Logico-mathématique
De la nature
Méthode d……………
Démarche i……………
F……………
Méthode expérimentale
Déduction de la r…………… à partir de la théorie.
Information ou …………… par l'expérience.
O……………
H……………
V……………

Méthode

Vers la rédaction de la dissertation : la conclusion

Les clés de l'exercice

Comment rédiger la conclusion d'une dissertation ?

→ La conclusion d'une dissertation doit répondre à l'introduction.

→ La conclusion d'une dissertation doit **rappeler sommairement le sujet, la problématique (problème, idée directrice aussi appelée « thèse ») et les principales étapes de votre argumentation.**

→ Inutile de finir par une ouverture, car vous prenez le risque, malheureusement, d'achever votre travail de façon, bien trop souvent, maladroite. Ne laissez pas une mauvaise impression finale au correcteur, qui gâcherait largement vos efforts accomplis auparavant (surtout quand on sait, répétons-le, que l'ouverture demeure superflue).

→ Il existe plusieurs méthodes pour choisir le moment de rédiger la conclusion.

- Soit vous préparez au brouillon la conclusion (typiquement à l'issue de la phase préparatoire de votre dissertation) et vous la recopiez au propre à l'issue de votre développement. Cette méthode a le mérite de vous prémunir, dans le cadre d'un travail en temps limité notamment, du manque du temps qui vous pousserait à bâcler votre conclusion.
- Soit vous rédigez votre conclusion en dernier. Cette méthode a pour avantage de vous permettre de rédiger une conclusion au plus près de votre développement (alors qu'une conclusion rédigée à l'avance avant le développement pourrait présenter des éléments décalés au regard de celui-ci). Attention toutefois à disposer d'assez de temps afin de ne pas bâcler votre conclusion.

➲ Rédiger la conclusion du sujet de dissertation suivant : *Les progrès de la science n'ont-ils d'autre fin que la recherche de la vérité ?*

Avant de commencer

▸ Quelle que soit la méthode retenue pour rédiger une conclusion, relisez d'abord attentivement, si le temps vous le permet, votre introduction et votre développement afin de vérifier leur cohérence.

▸ Faites très attention à ce que les éléments clés de la conclusion (sujet, problématique et principales étapes de votre argumentation) soient homogènes avec le reste de votre travail. Il n'y a rien de pire qu'une conclusion qui ne reprenne pas ou contredise des éléments pourtant mentionnés auparavant dans la dissertation.

Rappel du sujet et de la problématique de la dissertation

Il s'agissait de s'interroger, au cours de cette dissertation, à propos du sujet suivant : « Les progrès de la science n'ont-ils d'autre fin que la recherche de la vérité ? ». À cet égard, nous nous sommes demandé si l'objectif d'élaboration des savoirs, inhérent à la science, pouvait se résumer à un simple succès démonstratif ou hypothético-déductif.

Réponse à votre introduction

En réponse à cette interrogation, nous avons soutenu la thèse selon laquelle la fin de la science, même si elle pouvait englober la recherche d'exigence de cohérence dans les sciences exactes ou de succès prédictif dans les sciences expérimentales, est surtout de pouvoir être falsifiable. Plus précisément, nous avons d'abord analysé l'idéal de nécessité et d'universalité dans les sciences exactes, visant à établir un savoir vrai en tant que savoir logique et cohérent. Par la suite, nous avons porté notre attention sur le fait que, la recherche de la vérité ne se résumant pas au champ des sciences exactes, il est impossible d'affirmer unilatéralement que les progrès de la science n'ont d'autre fin que la recherche de la vérité. Au contraire, il y a aussi, notamment dans le cadre des sciences expérimentales, une perfectibilité de la connaissance qui fait que les progrès de la science ne visent pas nécessairement la vérité en tant que nécessité, universalité, logique et cohérence, mais plutôt la plus forte probabilité qui permettra de prévoir avec le plus de chances possible le comportement de notre environnement afin de le maîtriser. Toutefois, ce travail d'induction ne peut prétendre à un savoir parfaitement adéquat de notre environnement. Enfin, nous avons analysé l'idée selon laquelle la fin de la science n'est pas la vérité, qu'elle soit synonyme de cohérence ou d'adéquation parfaite. Cet idéal étant inatteignable, la fin de la science doit donc être recherchée ailleurs, notamment dans l'idée de falsifiabilité, selon laquelle la science se définit non par ses succès hypothético-déductifs ou inductifs, mais par sa capacité à voir ses thèses discutées et, parfois, contredites.

Je m'entraîne

1 * **Remettez les étapes-clés de la démarche scientifique selon Karl Popper dans le bon ordre.** ► Corrigés p. 281

Expérience – Hypothèse – Théorie – Réfutation/Corroboration

1. ....
2. ....
3. ....
4. ....

2 ** **Faites correspondre les auteurs et les notions.**

Falsification •	• Thomas Kuhn
Holisme épistémologique •	• Claude Bernard
Méthode expérimentale •	• Karl Popper
Paradigme •	• Pierre Duhem

3 ** **Dans le texte suivant, analysez les caractéristiques de la méthode expérimentale.**

On voit donc que tous les termes de la méthode expérimentale sont solidaires les uns des autres. Les faits sont les matériaux nécessaires ; mais c'est leur mise en œuvre par le raisonnement expérimental, c'est-à-dire la théorie, qui constitue et édifie véritablement la science. L'idée formulée par les faits représente la science. L'hypothèse expérimentale n'est que l'idée scientifique, préconçue ou anticipée. La théorie n'est que l'idée scientifique contrôlée par l'expérience. Le raisonnement ne sert qu'à donner une forme à nos idées [...].

Claude Bernard, *Introduction à l'étude de la médecine expérimentale*, 1865.

4 ** **À partir de ce texte, identifiez les éléments-clés de ce qui, d'après Popper, différencie la science des pseudosciences.**

Les théories de Freud et d'Adler étaient simplement non testables, irréfutables. Il n'y avait pas de comportement humain concevable qui pût les contredire. Cela ne signifie pas que Freud et Adler ne voyaient pas certaines choses correctement : je ne doute pas, pour ma part, qu'une bonne partie de ce qu'ils disent soit d'une importance considérable, et puisse très bien jouer son rôle un jour dans une science psychologique qui soit testable. Mais cela signifie que les « observations cliniques » dont les analystes croient naïvement qu'elles confirment leur théorie ne peuvent en aucune façon le faire plus que les confirmations quotidiennes que les astrologues trouvent dans leur pratique. […] Les « observations cliniques », comme toutes les autres observations, sont des interprétations à la lumière de théories et pour cette simple raison elles donnent l'impression de confirmer les théories à la lumière desquelles elles ont été interprétées. Mais la confirmation réelle ne peut être obtenue qu'à partir d'observations entreprises comme des tests (par des « essais de réfutation ») ; et, pour ce faire, des critères de réfutation doivent être établis à l'avance : on doit s'être mis d'accord sur la question de savoir quelles sont les situations observables qui, si elles sont effectivement observées, signifient que la théorie est réfutée. Mais quel genre de réponses cliniques réfuterait à la satisfaction de l'analyste non pas seulement un diagnostic analytique particulier, mais la psychanalyse elle-même ? Et des critères de ce genre ont-ils jamais fait l'objet d'une discussion ou d'un accord chez les analystes ?

Karl Popper, *Conjectures et réfutations* [1963], trad. de l'anglais par Michelle-Irène et Marc B. de Launay, © Éditions Payot, Paris, 1985 ; © Éditions Payot & Rivages, 1998.

Exercice Bac

5 Choisissez, puis faites la dissertation de l'un des trois sujets suivants.

➔ *Vous pouvez vous aider des Méthodes des pages 116-118 ; 128-130 ; 140-141 ; 154-156 ; 168-169 ; 182-183.*

a. Peut-on résumer la science à l'observation impartiale des faits ?

b. Existe-t-il un critère permettant de distinguer science et pseudoscience ?

c. L'expérience permet-elle de départager les théories scientifiques rivales ?

La technique

Notion 14

Usine de Piombino, Ludwig Mactarian, 1944.

I Introduction

- La technique renvoie à plusieurs aspects :

– elle désigne un savoir-faire dont la mise en œuvre permettra d'obtenir un résultat déterminé (ce savoir-faire pouvant être acquis par expérience, par imitation ou encore à l'aide de savoirs scientifiques) ;

– elle renvoie aussi aux outils comme procédés servant à améliorer les facultés humaines ou ajoutant des propriétés au corps humain en recourant à des objets ou à des forces naturelles.

- Dans sa dimension de savoir-faire aussi bien que d'outil, la technique vise la réalisation du travail, voire l'amélioration du résultat escompté.
- En cela, la technique participe pleinement à la dimension culturelle du sujet humain.

II La technique est-elle un prolongement de la nature ?

- Sans technique, le travail et le projet qui lui est attaché demeureraient à l'état purement virtuel (ou « en puissance » ou encore « potentiel ») : le projet serait possible, car il serait présent dans l'esprit de l'homme, mais il n'existerait pas dans la matière.
- La technique est donc ce qui permet d'actualiser le projet dans la matière.

1. Aristote et la dimension naturelle de la technique

- Pour Aristote, dans son ouvrage *Les Parties des animaux*, cette actualisation se situe dans le domaine naturel, le sujet humain trouvant dans la nature les outils lui permettant directement de la modifier et ainsi d'actualiser son projet.
- Selon lui, l'homme est le plus intelligent (et donc le meilleur) des êtres vivants grâce à l'outil naturel qu'est la main, cette thèse s'établissant selon le syllogisme suivant :

1. Tous les êtres les plus intelligents (c'est-à-dire les humains) sont capables d'utiliser ce qui tient lieu du plus grand nombre d'outils.
2. La main est ce qui tient lieu du plus grand nombre d'outils.
3. Donc tous les êtres les plus intelligents (c'est-à-dire les humains) sont capables d'utiliser la main.

• Pour Aristote, l'intelligence préexiste à l'anatomie : l'homme est bien dans une position dominante par rapport au reste des êtres vivants, car son intelligence se prolonge dans ses mains, qui lui permettent de tout saisir, d'inventer et de créer de nouveaux outils.

• En somme, la technique serait le prolongement de la nature dans la mesure où le corps humain, et plus précisément la main, lui permettrait de créer tous les autres outils (et d'acquérir par la pratique tous les savoir-faire nécessaires) dont il a besoin* pour tirer parti de cette même nature.

2. La remise en cause de la dimension naturelle de la technique par Bachelard

• La continuité entre nature et technique a été remise en cause, notamment par Gaston Bachelard (1884-1962) dans *Le Rationalisme appliqué* (1949) à partir de l'exemple de l'éclairage.

• On constate, dans l'histoire des techniques, une rupture entre le feu comme source d'éclairage naturel, et les artifices qui en reproduisent le phénomène de combustion (lampe, bougie, etc.), et la lampe à incandescence, qui est une technique d'éclairage ne reproduisant pas ce phénomène de combustion.

• Pour comprendre cette rupture et ainsi voir en quoi une technique peut être radicalement différente de l'imitation de la nature, il faut distinguer la science de l'examen empirique* de la nature.

La science, par le biais de l'expérimentation et de la modélisation mathématico-géométrique, tente de mettre au jour et d'exprimer des lois de la nature qui ne sont pas immédiatement évidentes ni même constatables.

≠

Au contraire, l'examen empirique* de la nature se contente d'identifier les phénomènes naturels les plus évidents et de les maîtriser, puis de les perfectionner.

• Ainsi, au-delà d'un certain degré de développement technique (en d'autres termes, quand la technique ne se contente plus d'imiter simplement la nature, la rupture avec la nature n'est pas une rupture totale car même les techniques les plus évoluées s'appuient sur des phénomènes naturels), mais une rupture avec ce que le sujet humain peut constater immédiatement dans la nature, c'est-à-dire avec nos opinions* et nos croyances* immédiates et souvent naïves quant à la nature.

III La technique éloigne-t-elle le sujet humain de la nature ?

- L'idée selon laquelle la technique éloigne le sujet humain de la nature a été notamment défendue par Martin Heidegger (1889-1976) dans *Être et Temps* (1927).
- Selon l'auteur : « La particularité de ce qui est immédiatement utilisable est de s'effacer pour ainsi dire derrière son utilisabilité pour être justement, au sens propre du mot, utilisable ».
- Il y a un paradoxe de la technique et, plus précisément, de l'outil :

– L'outil est ce qui permet d'exploiter ou, au moins, de maîtriser notre environnement naturel : l'outil s'oppose donc à la nature.

– L'outil provient pourtant de la nature : sans la nature, aucun outil ne pourrait exister.

- Chaque fois que nous avons recours à des outils et à des techniques, nous pensons que cet acte nous éloigne de la nature, mais en réalité, il ne fait que réaffirmer notre dépendance à celle-ci.
- Cependant, le sujet humain ne voit la nature que comme ce qu'il peut consommer pour satisfaire ses besoins et ses désirs*, il n'est pas immédiatement capable de comprendre qu'outil, technique et nature sont interdépendants, et que le propre de la nature n'est pas d'être seulement consommée, mais aussi de nous fournir les outils qui vont nous permettre de l'exploiter.

IV La technique éloigne-t-elle le sujet humain de sa nature ?

- Ce problème se trouve décrit avec précision par Georges Friedmann (1902-1977) dans son ouvrage *Problèmes humains du machinisme industriel* (1946).
- L'auteur distingue la valeur de droit de la valeur de fait de la technique.

Valeur de droit/valeur de fait de la technique

La valeur **de droit** de la technique est la valeur que la technique devrait avoir **dans l'idéal ou en principe**, c'est-à-dire qu'elle devrait participer au développement et à l'amélioration des facultés humaines.

En fait, c'est-à-dire **en pratique**, la technique ne permet plus au sujet humain **d'actualiser son projet**, de mettre en forme la matière à partir de ce qu'il a préalablement et consciemment imaginé, mais exige toujours de lui qu'il dépense sa **force physique, sans retour à la hauteur de l'investissement dans la tâche**.

- Le sujet humain est donc dépendant de la technique ainsi que de la structure industrielle et économique qui lui a attribué sa tâche.
- Étant incapable de trouver du sens aux tâches accomplies, notamment dans le cadre de la mécanisation et de la division du travail, et limité à un simple rôle d'exécutant, le sujet humain se voit réduit à une simple machine qui n'aurait pour fonction que de déployer sa force, et non de concevoir et de mettre en œuvre un projet.
- En somme, du fait de la technique, le sujet humain devient un instrument au sein d'un système qui le dépasse et qu'il ne contrôle plus.

Ligne d'assemblage dans une usine d'automobiles Ford, 1913.

La technique

1 La technique :

a. ○ peut désigner un savoir-faire.
b. ○ est un don de Dieu.
c. ○ peut désigner les outils.
d. ○ résulte des désirs inconscients des hommes.
e. ○ permet l'actualisation d'un projet dans le monde matériel.

2 Selon Aristote, l'homme est le plus intelligent des êtres vivants du fait de :

a. ○ ses instincts de prédation.
b. ○ l'outil naturel que sont ses mains.
c. ○ sa position verticale et l'acuité de son regard.

3 Par ailleurs, Aristote soutient que l'intelligence est la simple résultante de la conformation anatomique de l'homme.

a. ○ Vrai. b. ○ Faux.

4 Pour Bachelard, la technique se résume à une pure et simple imitation de la nature.

a. ○ Vrai. b. ○ Faux.

5 L'idée selon laquelle la technique éloigne le sujet humain de la nature a notamment été défendue par :

a. ○ Descartes.
b. ○ Aristote.
c. ○ Sextus Empiricus.
d. ○ Martin Heidegger.

6 Georges Friedmann distingue :

a. ○ la dimension utopique de la dimension dystopique de la technique.
b. ○ la valeur de droit de la valeur de fait de la technique.
c. ○ la dimension pratique de la dimension morale de la technique.

7 La mécanisation et la division du travail peut également être considérée comme une forme d'aliénation par la technique.

a. ○ Vrai. b. ○ Faux.

Réponses :

1 a, b et e - 2 b - 3 b - 4 b - 5 d - 6 b - 7 a.

Je mémorise

TECHNIQUE

- **Prolonge de manière ambigüe la nature**
  - La technique permet d'actualiser le .... dans la ....
  - Pour Aristote : la technique est le prolongement de la ....
  - Pour Bachelard : la technique .... avec la nature passé un certain degré de développement.
- **Éloigne le sujet humain de la nature**
  - **Paradoxe de l'outil**
    - Permet d' .... la nature.
    - Provient de la ....
  - Le recours à la technique ne nous éloigne pas de la nature, mais réaffirme notre .... avec elle.
  - Le « .... » consiste en cette compréhension de l'interdépendance entre technique et nature.
  - Envisager ce dévoilement est difficile pour le sujet humain, car il tend à ne voir la nature que comme ce qui est .... et ....
- **Éloigne le sujet humain de sa nature**
  - **La technique a une double valeur**
    - Valeur de .... : participer au développement et à l'amélioration des facultés humaines.
    - Valeur de fait : ne plus permettre au sujet humain d'............................... son projet dans la matière.
  - Le sujet humain, dans le cadre d'un travail divisé et mécanisé, perd toute .... du projet à actualiser.
  - Le sujet humain devient un instrument au sein d'une structure qui le ....

Méthode

Ficher et mobiliser un texte philosophique pour optimiser ses révisions

Les clés de l'exercice

Comment ficher et mobiliser un texte philosophique pour optimiser ses révisions ?

→ Ficher un texte philosophique consiste à **synthétiser**, en un document unique (papier ou numérique), **toutes les informations importantes de ce texte** afin de pouvoir les réutiliser facilement par la suite.

→ Le fichage de textes poursuit plusieurs buts :

– revoir la méthodologie de l'explication de texte ;

– constituer une base de références solides et précises utilisables pour étayer votre réflexion lors des dissertations ;

– faciliter vos révisions en abordant chaque notion du programme par un ou plusieurs extraits importants à son propos.

→ Attention, le fichage d'un texte philosophique n'est pas à confondre avec le fichage d'un cours.

L'être le plus intelligent est celui qui est capable de bien utiliser le plus grand nombre d'outils : or, la main semble bien être non pas un outil, mais plusieurs. Car elle est pour ainsi dire un outil qui tient lieu des autres. C'est donc à l'être capable d'acquérir le plus grand nombre de techniques que la nature a donné l'outil de loin le plus utile, la main.

Aussi, ceux qui disent que l'homme n'est pas bien constitué et qu'il est le moins bien partagé des animaux (parce que, dit-on, il est sans chaussures, il est nu et n'a pas d'armes pour combattre) sont dans l'erreur. Car les autres animaux n'ont chacun qu'un seul moyen de défense et il ne leur est pas possible de le changer pour un autre. L'homme, au contraire, possède de nombreux moyens de défense, et il lui est toujours loisible d'en changer et même d'avoir l'arme qu'il veut et quand il le veut. Car la main devient griffe, serre, corne, ou lance ou épée ou toute autre arme ou outil. Elle peut être tout cela, parce qu'elle est capable de tout saisir et de tout tenir.

Aristote, *Les Parties des animaux,* traduction de P. Louis, CUF Série grecque, © Les Belles Lettres, Paris, 1956.

I ➲ Fichez le texte d'Aristote.

Avant de commencer

▶ Identifiez les textes les plus importants vus en cours ou dans votre manuel pour chaque notion du programme.
▶ Redécoupez, si nécessaire, ces textes afin que l'extrait ne soit pas trop long (pas plus long qu'une page imprimée).
▶ Rédigez la fiche selon les rubriques suivantes :
– la référence (auteur, œuvre) ;
– le thème ;
– la problématique ;
– la thèse ;
– la synthèse (en allant à l'essentiel) du raisonnement au sein du texte (n'oubliez pas de faire ressortir le plan) ;
– les notions du programme auxquelles ce texte peut se rapporter.

▶ Références

Les Parties des animaux d'Aristote.

▶ Thème

Le lien entre intelligence et technique, et son impact sur le statut de l'homme au sein de la nature.

▶ Problème

Quel est le lien entre intelligence et technique, et quel est son impact sur le statut de l'homme au sein de la nature ?

▶ Thèse du texte

L'homme dispose de techniques parce qu'il est intelligent, et jouit ainsi d'un statut privilégié au sein de la nature.

▶ Synthèse du raisonnement

Premier paragraphe

- Aristote établit la thèse, à l'aide d'un **syllogisme** (opération de raisonnement par laquelle on déduit une affirmation à partir de deux affirmations précédemment posées), selon lequel l'homme est le plus intelligent et donc le meilleur des êtres vivants grâce à l'outil naturel qu'est la main.

- Dans ce texte, le syllogisme peut s'exprimer de la manière suivante :

1. Tous les êtres les plus intelligents (c'est-à-dire les humains) sont capables d'utiliser ce qui tient lieu du plus grand nombre d'outils.
2. La main est ce qui tient lieu du plus grand nombre d'outils.
3. Donc tous les êtres les plus intelligents (c'est-à-dire les humains) sont capables d'utiliser la main.

Second paragraphe

Aristote réfute la position adverse selon laquelle l'homme serait inférieur aux autres êtres vivants.

- Il existe une finalité dans la nature, un but que la nature cherche à atteindre, qui a donné à l'homme des mains, parce qu'il est le plus intelligent des êtres vivants. C'est parce qu'il est intelligent qu'il a des mains, et non pas parce qu'il a des mains qu'il a pu devenir intelligent.
- L'homme est bien dans une position dominante par rapport au reste des êtres vivants, car son intelligence se prolonge dans ses mains qui lui permettent de tout saisir, c'est-à-dire de tout utiliser et d'inventer et de créer de nouveaux outils.
- Cette capacité créative lui permet donc de pallier ses déficiences naturelles et de s'inscrire à la fois dans la nature, d'où il vient, et dans l'artifice, c'est-à-dire dans le domaine de l'imitation de la nature et de la substitution à celle-ci.

Rapprochement de l'extrait de texte avec les notions du programme

Les notions du programme auxquelles cet extrait de texte peut se rapporter sont :

- l'art ;
- la nature ;
- la technique ;
- le travail.

1 * Lisez le texte puis répondez aux questions. ▶ Corrigés p. 282

Quand l'attention d'un homme est toute dirigée vers un objet, il est bien plus propre à découvrir les méthodes les plus promptes et les plus aisées pour l'atteindre, que lorsque cette attention embrasse une grande variété de choses. Or, en conséquence de la *division du travail*, l'attention de chaque homme est naturellement fixée tout entière sur un objet très simple. On doit donc naturellement attendre que quelqu'un de ceux qui sont employés à une branche séparée d'un ouvrage, trouvera bientôt la méthode la plus courte et la plus facile de remplir sa tâche particulière, si la nature de cette tâche permet de l'espérer. Une grande partie des machines employées dans ces manufactures où le travail est le plus subdivisé, ont été originairement inventées par de simples ouvriers qui, naturellement, appliquaient toutes leurs pensées à trouver les moyens les plus courts et les plus aisés de remplir la tâche particulière qui faisait leur seule occupation. […]

Cependant il s'en faut de beaucoup que toutes les découvertes tendant à perfectionner les machines et les outils aient été faites par les hommes destinés à s'en servir personnellement. Un grand nombre est dû à l'industrie des constructeurs de machines, depuis que cette industrie est devenue l'objet d'une profession particulière, et quelques-unes à l'habileté de ceux qu'on nomme *savants* ou *théoriciens*, dont la profession est de ne rien faire, mais de tout observer, et qui, par cette raison, se trouvent souvent en état de combiner les forces des choses les plus éloignées et les plus dissemblables. Dans une société avancée, les fonctions philosophiques ou spéculatives deviennent, comme tout autre emploi, la principale ou la seule occupation d'une classe particulière de citoyens. Cette occupation, comme tout autre, est aussi subdivisée en un grand nombre de branches différentes, dont chacune occupe une classe particulière de savants, et cette subdivision du travail, dans les sciences comme en toute autre chose, tend à accroître l'habileté et à épargner du temps.

Adam Smith, *Recherches sur la nature et les causes de la richesse des nations*, traduction par Germain Garnier et Adolphe Blanqui, Guillaumin, réédition de 1843.

a. Quelle est la principale conséquence de la division du travail selon Smith ?

b. Quelles sont les deux sources de l'innovation technologique mises en avant dans ce texte ?

Je m'entraîne

2 ** **Commentez le texte suivant.**

L'on cherche à séparer de plus en plus l'organe de décision que serait le politique, et l'organe de préparation que serait le technicien. L'expert doit fournir les éléments d'appréciation en fonction desquels il y a une décision à prendre. À cette division des fonctions répond évidemment une différence dans la responsabilité : l'expert n'est pas responsable. On cherche surtout à maintenir l'indépendance du technicien : celui-ci, nous dit-on (*cf.* Bryson), doit éviter de s'engager personnellement dans les luttes d'influence, les conflits personnels des membres des administrations, il doit échapper aux pressions, etc. Lorsqu'il a terminé sa tâche, il indique aux politiques les diverses solutions possibles et leurs conséquences probables. Puis, il se retire.
[…] lorsque l'expert a bien fait son travail, qu'il a mis en œuvre les voies et les moyens nécessaires, il ne reste plus souvent qu'une seule solution logique et admissible. Le politicien se trouvera, dès lors, obligé de choisir entre la solution du technicien, seule raisonnable, et d'autres qu'il peut toujours tenter à ses risques et périls, mais qui ne sont pas raisonnables.

Jacques Ellul, *La Technique ou l'Enjeu du siècle*, © Éditions Economica, 1990.

Exercice Bac

3 **Choisissez, puis faites la dissertation de l'un des trois sujets suivants.**

➲ *Vous pouvez vous aider des Méthodes des pages 116-118 ; 128-129 ; 140-141 ; 154-156 ; 168-169 ; 182-183.*

a. La technique est-elle un moyen de libération de l'homme ?

b. Y-a-t-il une rationalité au-delà de la technique ?

c. L'homme peut-il contrôler la technique ?

Le temps

Notion 15

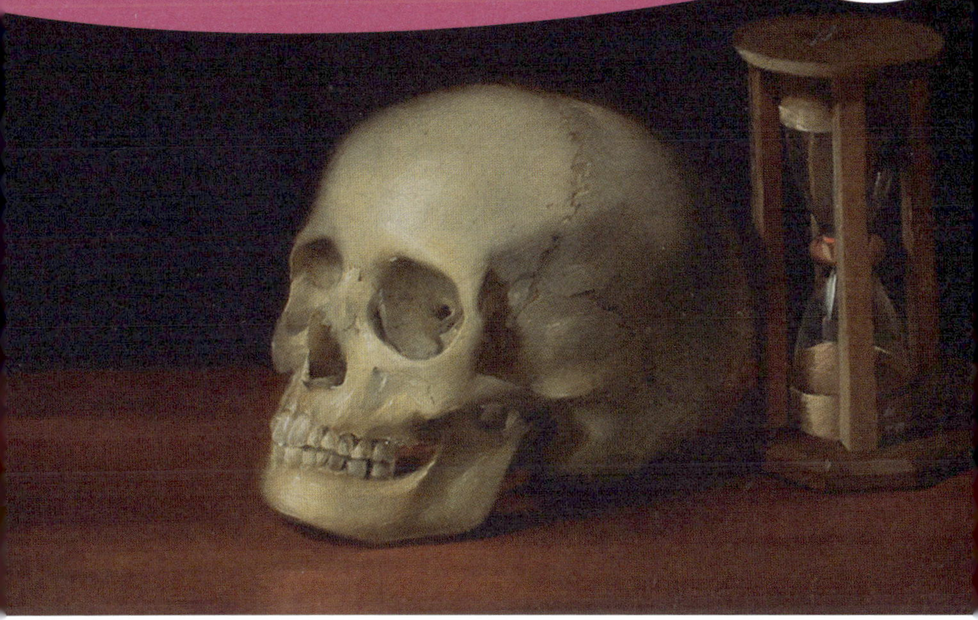

Crâne et sablier, C. A. Jensen.

J'apprends

I Introduction

- La mémoire et l'anticipation permettent à la conscience de créer une unité à partir de toutes les pensées qui la constituent, c'est-à-dire d'organiser de façon cohérente et chronologique nos pensées.
- L'unité de la conscience est liée à la notion de temps puisqu'elle semble résister à l'écoulement du temps en restant une et indivisible malgré les changements qui peuvent l'affecter, c'est-à-dire que nous avons toujours conscience d'être le même individu même si nous pensons, au fil du temps, à une grande diversité et variété de choses.
- Cela nous conduit donc à nous interroger sur la définition du temps pour mieux en comprendre le lien avec la conscience.

II Le temps comme expérience du changement

1. La thèse d'Aristote

- Selon Aristote dans la *Physique*, le temps dépend du changement, c'est-à-dire de l'expérience du constat de la différence entre situations.
- Cette thèse soutient donc que l'idée du temps nous est fournie par les données de l'expérience.
- Afin d'appuyer une telle position, Aristote a recours à l'exemple de malades plongés dans un profond sommeil afin de guérir et qui, quand ils se réveillent, ont perdu la notion du temps faute d'avoir pu faire l'expérience du changement.
- Cet exemple met en évidence le fait que nous n'avons pas d'idée du temps si nous ne pouvons pas faire l'expérience des choses qui changent autour de nous. En d'autres termes, pas d'idée du temps sans possibilité de constater une différence ou une variation de perception.

2. Les limites de la thèse d'Aristote

- Cette explication du temps comme expérience du changement demeure problématique.
- En effet, dire que le constat d'une succession d'instants nous donne l'idée du temps relève d'un paradoxe, car pour avoir conscience de cette succession à l'origine de l'idée de temps, ne faut-il pas déjà posséder cette idée du temps sans laquelle toute idée de succession est impossible ?

III Le temps comme forme du sens interne

1. L'objection de Kant à Aristote

- Selon Kant dans la *Critique de la raison pure* (1781), « le temps n'est pas un concept empirique* qui dérive d'une expérience quelconque ».
- En clair, l'idée du temps n'est pas tirée d'un grand nombre d'expériences de changements constatés autour de nous : **nous ne pouvons donc plus tenir la source de notre idée du temps comme extérieure à nous**.
- En effet, sans idée du temps *a priori**, c'est-à-dire étrangère et antérieure à toute expérience sensible, nous serions incapables d'identifier ce qui dans notre expérience sensible relève du temps (par exemple, nous ne pourrions pas dire que deux événements surviennent simultanément ou successivement).
- Au contraire, il faut un fondement, c'est-à-dire une connaissance préalable à toute expérience du temps.
- Ainsi, le temps est donné *a priori* comme condition de possibilité de compréhension et d'organisation du monde dont nous faisons l'expérience, car sans cela, nous ne ferions que l'expérience de données sensibles désorganisées et donc notre environnement deviendrait incompréhensible et invivable : on dit alors que le temps est une forme du sens interne.
- En somme, le temps est inhérent au sujet humain, il est subjectif*, il est en nous et n'a de sens que pour nous afin de nous permettre de mettre mentalement l'ordre nécessaire à la bonne compréhension de ce qui nous entoure.

2. Les difficultés de la conception de Kant

- Cette conception reste **problématique** quand il s'agit de la rapporter au problème de l'unité de la conscience.
- Si nous considérons le temps comme forme du sens interne nous permettant de penser l'enchaînement des phénomènes et des instants qui y correspondent, nous sommes confrontés à une **difficulté du point de vue de notre vécu** : nous faisons l'expérience du temps plutôt sous la forme d'un **écoulement** que d'une juxtaposition d'instants.
- Il suffit de considérer l'exemple de la compréhension d'une conversation pour s'en convaincre* : nous comprenons ce que dit autrui parce que nous saisissons son discours comme une **continuité** et non comme une suite d'instants juxtaposés, même si nous avons une forme du temps *a priori*.

• De même, nous saisissons notre identité personnelle sur ce même mode de la continuité temporelle, et non de la juxtaposition d'instants.

• Dès lors, ne faudrait-il pas reconsidérer notre conception du temps pour répondre à ces difficultés ?

IV Durée et conscience

1. L'hypothèse* du temps comme durée chez Bergson

Philosophe

Henri Bergson (1859-1941)

Philosophe français dont les travaux sur le temps, les relations entre corps et esprit et, plus largement, sur l'art et la morale, firent de lui un penseur majeur de la première moitié du XXe siècle.

• Pour Bergson, il ne faut pas considérer le temps, et plus particulièrement le temps qui donne son unité à la conscience, comme une succession d'instants ou comme une forme du sens interne, mais comme durée, comme « forme que prend la succession de nos états de conscience quand notre moi se laisse vivre, quand il s'abstient d'établir une séparation entre l'état présent et les états antérieurs ».

• La durée est liée à la conscience et à la connaissance que nous avons de nous-même quand nous nous connaissons à travers ce que nous sentons de nous-même (mémoire, anticipation).

• Pour comprendre cette dimension du temps qu'est la durée, Bergson s'appuie sur l'analogie* de la mélodie et de l'être vivant :

– Les notes sont à la mélodie ce que les instants sont à la durée et ce que les parties sont à l'être vivant.
– Certes, nous pouvons isoler un instant dans la durée comme nous pouvons isoler une note dans la mélodie ou distinguer un organe d'un être vivant, mais nous perdrions alors une bonne partie du sens de la note (par rapport au reste de la mélodie) ou de l'organe (par rapport au reste du corps).

• Nous devenons ainsi sensibles à la durée quand nous suspendons notre attitude face au temps consistant à le séparer en unités isolées (comme isoler les notes d'une mélodie nous empêcherait d'appréhender cette dernière) et que nous sommes capables de comprendre que les instants ont plus de sens considérés dans l'enchaînement qu'ils forment qu'isolément.

2. Les raisons de notre réticence face à l'approche de Bergson

- Il nous est difficile d'envisager une telle conception du temps, car nous avons tendance à spatialiser le temps, c'est-à-dire à le représenter comme analogue* à une ligne droite.
- Certes, cette image permet de rendre compte de son écoulement comme si on ajoutait des points sur une droite, mais elle induit aussi en erreur, car nous pensons que nous pouvons le diviser comme nous pouvons diviser une droite.
- En effet, la conscience ne trouve pas son unité dans une conception du temps qui se heurte toujours au problème de la décomposition et de la recomposition (liaison) de ses moments constitutifs, mais au contraire dans la durée qui doit se comprendre comme pure succession (et jamais comme juxtapositions d'instants distincts) créant une unité.

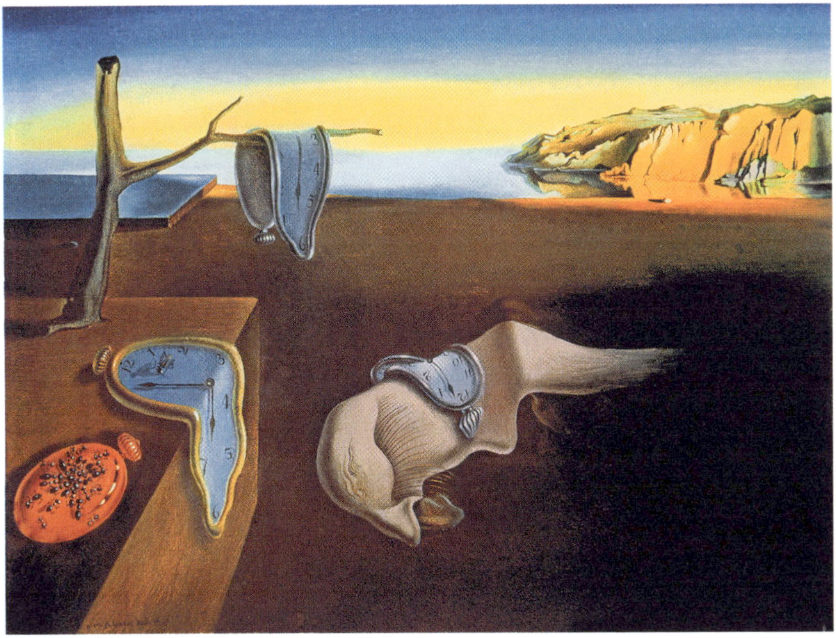

La Persistance de la mémoire, Salvador Dalí, 1931.

Je révise

Le temps

1 La notion de temps est liée :

a. ○ à la matière.

b. ○ à l'unité de la conscience.

c. ○ à la géographie.

2 Aristote soutient que l'idée du temps nous est fournie par une déduction logico-mathématique abstraite.

a. ○ Vrai.

b. ○ Faux.

3 Selon Kant, le temps :

a. ○ possède une réalité objective en dehors du sujet humain pensant et conscient.

b. ○ est un concept empirique.

c. ○ est donné *a priori* et nous permet de rendre possible l'organisation de la multitude des données sensibles pour leur donner du sens.

4 Pour Bergson, la durée est :

a. ○ le temps considéré comme séparable en unités isolées.

b. ○ aux instants ce que la mélodie est aux notes.

c. ○ une pure succession, différente de la simple juxtaposition d'instants distincts, créant une unité.

5 Bergson s'oppose à notre tendance à toujours vouloir spatialiser le temps.

a. ○ Vrai.

b. ○ Faux.

Réponses :

1 b – 2 b – 3 c – 4 b et c – 5 a.

Je mémorise

Temps

- **Expérience du changement**
  - L'idée du temps provient de l'expérience du .... autour de nous.
  - Le changement est l'expérience du constat de la .... entre ....
  - L'idée du temps comme changement repose sur la notion d'................. .
    - Instant .... : toujours identique, permet de quantifier le temps dans le cadre de sa continuité.
    - Instant nombré : toujours différent, la prise de conscience de cette différence permet de constater le .... et le .... du temps.
- **Forme du sens interne**
  - L'idée du temps n'est pas dérivée d'un concept empirique dont la source est .... à nous.
  - L'idée du temps est ....
  - L'idée du temps est le .... à toute expérience du temps.
  - L'idée de temps est inhérente au sujet humain et n'existe pas ....
- **Durée**
  - La durée est la forme que prend la succession de nos états de conscience quand on cesse de séparer l'état .... et les états ....
  - La durée s'oppose à une approche .... du temps consistant à le séparer en unités isolées.
  - La durée est une pure .... créant une unité.

Mobiliser et exploiter un exemple de la vie quotidienne

Les clés de l'exercice

Comment mobiliser et exploiter un exemple de la vie quotidienne ?

→ L'exemple a une double fonction :

- **illustrative** (ou pédagogique) : il permet de faire comprendre au lecteur, à l'aide d'un cas particulier, l'idée générale dont il est question.
- **heuristique** : il permet, si et seulement s'il peut être observé en grand nombre, d'établir un constat empirique à partir duquel il sera possible, par induction, de découvrir et de formuler une idée générale.

→ Ces deux fonctions sont symétriques (soit l'exemple est unique et illustre l'idée générale, soit il est pluriel et permet de bâtir l'idée générale) et ne doivent pas être confondues.

→ Les exemples tirés de la vie quotidienne sont à la fois les plus faciles à mobiliser (car il s'agit d'un matériau immédiatement disponible), mais paradoxalement les plus délicats à exploiter, car il est nécessaire de trouver le bon équilibre entre la particularité d'une expérience vécue (il ne faut donc pas verser dans l'anecdote qui ne serait compréhensible que pour vous, voire vos proches) et la généralité de l'idée.

→ Les exemples doivent être crédibles pour être véritablement illustratifs ou heuristiques. Il ne faut donc pas inventer des exemples que tout un chacun ne pourrait pas s'imaginer pouvoir vivre.

Mobilisez et exploitez un exemple en lien avec les idées ci-dessous :

1. Exemple ayant une fonction pédagogique (ou illustrative) : « la conscience trouve son unité dans la mémoire et l'anticipation ».

2. Exemple ayant une fonction heuristique : « il est impossible, à première vue, de s'accorder avec évidence sur une seule conception du temps ».

Avant de commencer

▸ Assurez-vous d'avoir bien compris l'idée générale que vous voulez illustrer ou établir. Il n'y a rien de pire qu'un exemple qui ne serait pas cohérent avec ce à quoi vous cherchez à le rapporter.

▸ Pour les exemples ayant une fonction pédagogique (ou illustrative), choisissez un cas particulier, le plus explicite possible, et décrivez-le en détail (un exemple ne peut se réduire à une simple allusion en quelques mots).

▶ Pour les exemples ayant une fonction heuristique, deux cas de figure sont possibles quant à la stratégie à adopter :
– soit vous voulez affirmer une idée générale : il vous faudra donc présenter plusieurs constats afin d'identifier l'élément récurrent (attention toutefois à ne pas vous perdre dans une énumération sans fin) ;
– soit vous voulez réfuter une idée générale : il vous faudra alors mettre en évidence un contre-exemple.
▶ En ce qui concerne la rédaction de l'exemple, vous pouvez utiliser le « on » à la place du « nous » pour signaler clairement au lecteur que vous présentez un exemple.

▶ Présentations possibles des exemples

1. L'affirmation selon laquelle la conscience trouve son unité dans la mémoire et l'anticipation peut être éclaircie à l'aide d'un exemple. En effet, s'il n'y avait pas d'unité de la conscience, nous serions à chaque instant confrontés à une sorte de découverte radicale de nous-mêmes et de ce qui nous entoure. Le souvenir que l'on peut se remémorer nous permet de créer un lien entre notre état présent et un état passé comme quand, par exemple, nous savons que nous nous sommes dirigés vers telle pièce de notre logement pour aller chercher un objet donné, ou quand nous décidons de nous munir de notre permis de conduire parce que nous anticipons que nous allons devoir conduire notre voiture plus tard dans la journée.

2. Prenons un exemple et, par la suite, un contre-exemple afin de montrer qu'il est impossible, à première vue, de s'accorder avec évidence sur une seule conception du temps. L'on imagine souvent que le temps est synonyme de développement et que cette idée de développement est à tenir pour un bien à l'instar des arbres qui, croissant au fur et à mesure que le temps s'écoule, portent leurs fruits, ou de l'être humain qui, de nourrisson fragile et démuni, va grandir et devenir capable de subvenir lui-même à ses besoins. Toutefois, on peut facilement constater aussi que le temps, dans son écoulement, nous atteint et nous diminue : aux fruits mûrs sur l'arbre répondent l'arbre nu durant l'hiver et, à l'homme plein de vie, le vieillard au crépuscule de la sienne. Ainsi, nous sommes bien en peine, à première vue, de nous accorder de façon indubitable sur une seule conception du temps.

Je m'entraîne

1 * **Complétez les phrases ci-dessous.** ▶ Corrigés p. 283

a. Pour Aristote, un instant est ....

b. Selon Kant, sans idée du temps, ...

c. D'après Bergson, nous devenons sensibles à la durée ....

2 ** **Lisez le texte puis répondez aux questions.**

Le présent est court, l'avenir incertain ; le passé seul est assuré : car sur lui la fortune a perdu ses droits ; et il n'est au pouvoir de personne d'en disposer de nouveau.

Les hommes occupés d'affaires n'en tirent aucun parti, car ils n'ont pas le loisir de porter un regard en arrière ; et quand ils l'auraient, des souvenirs mêlés de regrets ne leur sont point agréables. C'est malgré eux qu'ils se rappellent le temps mal employé ; ils n'osent se retracer des vices dont la laideur s'effaçait devant la séduction du plaisir présent, mais qui, au souvenir, se montrent à découvert. Nul homme ne se reporte volontiers dans le passé, si ce n'est celui qui a toujours soumis ses actions à la censure de sa conscience, qui jamais ne s'égare.

Mais celui qui fut dévoré d'ambition, celui qui se montrait insolemment dédaigneux, qui abusa sans mesure de la victoire, celui qui fut un fourbe, un déprédateur avare, un dissipateur insensé, doit nécessairement craindre ses souvenirs. Et cependant cette portion de notre vie est sacrée, irrévocable : elle se trouve hors de la puissance des évènements humains et affranchie de l'empire de la fortune. Ni la pauvreté, ni la crainte, ni l'atteinte des maladies ne peuvent la troubler : elle ne saurait être ni agitée, ni ravie ; nous en jouirons à jamais et à l'abri des alarmes. C'est seulement l'un après l'autre que chaque jour devient présent, et encore n'est-ce que par instants qui se succèdent ; mais tous les instants du passé se représenteront à vous, quand vous l'ordonnerez : vous pourrez à votre gré les passer en revue, les retenir. C'est ce que les hommes occupés n'ont pas le loisir de faire.

Une âme paisible et calme est toujours à même de revenir sur toutes les époques de sa vie ; mais l'esprit des hommes affairés est sous le joug : ils ne peuvent se détourner ni reporter leurs regards en arrière. Leur vie s'est engloutie dans un abîme ; et comme une liqueur, quelque abondamment que vous la versiez, se perd si un vase ne la reçoit et ne la conserve ; de même que sert le temps, quelque long qu'il vous soit donné, s'il n'est aucun fond qui le contienne ? Il s'évapore au travers de ces âmes sans consistance et percées à jour.

Sénèque, *De la brièveté de la vie,* chap. X (§ 2-5), traduction de M. Charpentier (1860).

a. Quels sont les traits distinctifs du passé selon Sénèque ?

b. Pourquoi l'existence « des hommes affairés [...] s'est engloutie dans un abîme » ?

3 *** **Résumez la thèse défendue par Saint Augustin dans le texte suivant.**

Ce qui me paraît maintenant avec certitude, et que je connais très clairement, c'est que les choses futures et les passées ne sont point, et qu'à proprement parler on ne saurait dire qu'il y a trois temps, le passé, le présent, et le futur : mais peut-être pourrait-on dire avec vérité, qu'il y a trois temps, le présent des choses passées, le présent des choses présentes, et le présent des choses futures. Car je trouve dans l'esprit ces trois choses que je ne trouve nulle part ailleurs : un souvenir présent des choses passées, une attention présente des choses présentes, et une attente présente des choses futures. Si c'est ainsi qu'on l'entend, je vois trois temps, et je confesse qu'il y en a trois.

Saint Augustin, *Les Confessions*, livre XI, chapitre XX,
traduction de Robert Arnauld d'Andilly. Édition d'Odette Barenne
et Philippe Selliers, © Éditions Gallimard.

Exercice Bac

4 **Choisissez, puis faites la dissertation de l'un des trois sujets suivants.**

➲ *Vous pouvez vous aider des Méthodes des pages 116-118 ; 128-129 ; 140-141 ; 154-156 ; 168-169 ; 182-183.*

a. Est-il possible de faire l'expérience du temps ?

b. Le temps n'existe-t-il que pour un être humain doué de conscience ?

c. Le présent est-il insaisissable ?

Le travail

Notion 16

Udarnitzi (Record Breaking Workers) at the Factory Krasnaya Zaria, Pavel Filonov, 1931.

I Introduction

- Le travail fait usuellement référence à toute activité humaine spécifique (c'est-à-dire limitée à un domaine d'application) consciente et volontaire (c'est-à-dire fruit d'une délibération et d'un choix préférentiel).
- Cette activité vise un but utile au sujet humain.
- Le travail participe au développement de la dimension culturelle du sujet humain : il lui permet d'obtenir ce qui lui est nécessaire et utile pour vivre et bien vivre (satisfaction des besoins* et des désirs*) par la maîtrise de son environnement, et de manifester sa spécificité proprement humaine (conscience, lien avec le temps et maîtrise de son corps).
- Toutefois, le travail peut aussi faire référence à une contrainte* et même à une souffrance (travail de force, travail à la chaîne, etc.) aggravée par les usages modernes et contemporains de la technique (mécanisation, automatisation, division des tâches, etc.).
- Ainsi, le travail n'aurait plus rien à voir avec le développement et l'édification du sujet humain : il serait au contraire synonyme d'aliénation.

Les Raboteurs de parquet, Gustave Caillebotte, 1875.

II Est-il possible de définir la nature du travail ?

- Précisons notre définition de départ du travail à travers la notion de production.
- Tous les êtres vivants recourent à des moyens d'existence pour satisfaire leurs besoins vitaux.
- Les êtres vivants consomment ce que leur offre leur environnement et le sujet humain ne fait pas exception à cette loi naturelle.
- Toutefois, comme le décrivent Marx et Engels dans *L'Idéologie allemande*, à la différence de l'animal, le sujet humain peut produire ses moyens d'existence.

La production des moyens d'existence

D'une part, l'animal est soumis à la fois à la nécessité* des lois de la nature (par exemple, ne pas trouver de l'herbe en hiver) et à la contingence propre à chaque situation (par exemple, trouver ou ne pas trouver de la nourriture dans son environnement proche).

D'autre part, le sujet humain est capable de ne plus dépendre des lois de la nature et d'échapper à la contingence de la découverte de moyens d'existence, car la production lui permet d'exploiter la nature en la transformant et en transformant ses règles (par exemple, la culture en serre).

- La production est donc l'ensemble des actions délibérées qui vont faire exister les moyens de satisfaire les besoins humains indépendamment d'un strict déterminisme naturel.
- En somme, selon Marx et Engels, même si le sujet humain partage avec les autres êtres vivants le besoin de consommer des moyens d'existence pour survivre, lui seul serait capable de les produire et ainsi de travailler.

III Le travail est-il édifiant* ?

- Dire que le travail est productif n'implique pas nécessairement, sous prétexte qu'il nous permet d'exploiter la nature, qu'il soit édifiant, c'est-à-dire qu'il participe à notre amélioration, qu'il nous révèle à nous-mêmes et nous instruise sur nous et ce qui nous entoure.
- En effet, nous pouvons observer chez certains animaux (corbeaux, singes) des comportements en apparence productifs mais, pour autant, nous ne constatons pas chez eux de phénomène proprement édifiant où une conscience de soi et du monde se développerait et donnerait lieu à une culture se transmettant à travers le temps et les générations.

• Ainsi, poser l'équivalence entre production et travail ne permet pas de cerner entièrement la nature de ce dernier et sa dimension édifiante.

1. Le travail comme condition de possibilité de la conscience de soi

• Selon Hegel dans la *Phénoménologie de l'esprit* (1807), le travail est la condition nécessaire pour rendre possible la conscience de soi, c'est-à-dire le fait pour une conscience de savoir qu'elle existe.

• Le travail rend possible l'émergence d'une conscience de soi, c'est-à-dire la représentation de soi comme existant et distinct des autres choses qui existent.

• Tout l'enjeu du travail dans la formation de la conscience de soi est de nous montrer que ce que nous concevons dans notre esprit est matérialisable dans ce qui nous entoure et qu'ainsi nous avons un pouvoir causal différent de celui de la nature.

IV Le travail est-il aliénant ?

1. La double dépossession de l'aliénation

Philosophe

Karl Marx (1818-1883)

Philosophe, mais aussi historien, sociologue et économiste allemand dont la pensée, fondée sur une analyse matérialiste des rapports de classe et de production, a eu une influence politique majeure au XXe siècle. Son ouvrage majeur est *Le Capital*.

Dans les *Manuscrits de 1844* de Karl Marx, l'aliénation par le travail est définie selon une double perspective : le travailleur est dépossédé de lui-même et de sa production.

La dépossession

1 **En premier lieu, le travail dépossède celui qui l'accomplit de lui-même.**

• Le travail aliénant ne permet pas la **matérialisation du contenu de la conscience du travailleur dans son environnement** et, pire encore, lui manifeste ce manque.

• À cela, s'ajoute la douleur physique qui est le signe de **l'épuisement sans retour et sans finalité** de la force de travail.

2 **En second lieu, s'ajoute la dépossession de la production**

- **Le travail n'appartient pas au travailleur.**
- Ce phénomène est lié à la question de la **propriété privée des moyens de production** : dans la mesure où le travailleur ne possède en propre ni les matériaux, ni les outils pour les transformer, **il ne peut revendiquer la propriété du produit fini.**
- Le travailleur **ne peut qu'échanger sa force contre un salaire**, devenant ainsi matériellement dépendant de son employeur.

2. L'actualité de l'aliénation

- Nous pourrions croire que l'aliénation serait liée au contexte de la production industrielle du XIXe siècle et de la première moitié du XXe siècle et que, ce mode de production ayant quasiment disparu dans les sociétés occidentales, elle ne serait plus d'actualité.
- Toutefois, l'aliénation est toujours présente dans nos sociétés contemporaines, et ce à un degré peut-être encore plus élevé.
- Ce phénomène persiste à travers le management taylorien, c'est-à-dire la simplification du travail en tâches basiques où le travailleur devient incapable de concevoir la finalité de sa tâche :

Le manager possède une vision globale sur la tâche à accomplir, qui va être simplifiée en tâches élémentaires facilement réalisables.

≠

Les travailleurs ne se voient attribués que des tâches basiques et n'ont plus accès à une vision d'ensemble du travail.

- Cette redéfinition de l'organisation du travail séparant la conception du projet de son exécution eut pour conséquence une pression à la baisse sur les salaires due au fait que le travail, devenant de plus en plus simple, ne nécessitait plus de travailleurs qualifiés, mais seulement des travailleurs génériques et facilement interchangeables.
- Le taylorisme entraîna ainsi une peur de la perte d'emploi et suscita chez les travailleurs une certaine docilité et flexibilité afin de ne pas perdre leur source de revenus.

Le travail

1 Le travail aliéné vise au développement et à l'édification du sujet humain.

a. ○ Vrai. b. ○ Faux.

2 À la différence de l'animal, le sujet humain :

a. ○ peut s'adapter à son environnement.

b. ○ est capable de se défaire de sa dépendance absolue vis-à-vis des lois de la nature.

c. ○ peut produire ses moyens d'existence.

3 Le travail est édifiant pour la seule raison qu'il est un comportement productif.

a. ○ Vrai. b. ○ Faux.

4 Selon Hegel, le travail rend possible l'émergence d'une conscience de soi, à savoir :

a. ○ une conscience impliquant la représentation de soi comme existant et distinct des autres choses qui existent.

b. ○ une conscience faisant face à des objets.

c. ○ une conscience des lois de la nature.

5 Selon Marx, le travail aliéné :

a. ○ signifie un effort épuisant et sans finalité précise.

b. ○ dépossède les individus de la production.

c. ○ caractérise toute forme de travail où l'homme doit obéir aux ordres d'autrui.

d. ○ ne permet pas la matérialisation du contenu de la conscience du travailleur dans son environnement.

6 Le phénomène de l'aliénation se limite au contexte de la production industrielle (XIXe siècle et première moitié du XXe siècle).

a. ○ Vrai. b. ○ Faux.

Réponses :

1 b – 2 b et c – 3 b – 4 a – 5 a, b et d – 6 b.

- **Travail**
  - **Définition**
    - Activité humaine ....,............................... et ....
    - Vise un but utile au sujet humain par le biais de la notion de .... des moyens d'existence.
    - Participe au développement de la dimension .... du sujet humain.
  - **Portée édifiante**
    - Le travail ne saurait se résumer à une simple ....
    - Le travail permet l'émergence de la ....
    - Le travail nous montre que nous avons un .... différent de celui de la nature.
  - **Portée aliénante**
    - Le travail implique une double .... pour le travailleur.
      - Le travail dépossède celui qui l'accomplit de ....
      - Le travail dépossède le travailleur de sa ....
    - Le phénomène d'aliénation .... à notre époque.

Mobiliser et exploiter une référence culturelle

Les clés de l'exercice

Comment mobiliser et exploiter une référence culturelle ?

→ Une référence culturelle consiste à mentionner, dans une dissertation, une production de l'esprit humain susceptible de nous éclairer sur le sujet dont il est question et d'étoffer la compréhension de celui-ci.

→ Les références culturelles peuvent donc être de plusieurs types : artistiques (littérature, peinture, musique, cinéma, etc.), scientifiques, historiques, politiques, économiques, techniques, etc.

→ Les références culturelles sont à mobiliser avec prudence afin d'éviter, principalement, deux écueils :

– **L'imprécision qui conduit, bien trop souvent, à la maladresse :** une référence mal comprise et ainsi mal maîtrisée n'illustrera pas votre propos correctement ou, pire, le rendra incompréhensible.

– **L'inadéquation** (ou, en d'autres termes, le décalage) entre la référence et l'idée que vous voulez illustrer qui peut, si la référence est mal choisie, discréditer tout ou partie de votre travail en montrant que ni la référence ni l'idée ne sont véritablement comprises.

→ Les références culturelles doivent être, dans la mesure du possible, universelles, c'est-à-dire qu'elles doivent pouvoir être comprises par le plus grand nombre de personnes indépendamment de leur statut, de leur âge, de leur milieu, etc.

→ Si vous souhaitez que votre travail se démarque et soit valorisé, il est préférable d'éviter des références incontournables susceptibles d'être très souvent citées (par exemple, *la Joconde* de Leonard de Vinci ou *Guernica* de Picasso en peinture). Attention toutefois de ne pas tomber dans l'excès inverse consistant à mentionner une référence très peu connue et donc incompréhensible pour la majorité des lecteurs.

→ Les références culturelles enfin, ne doivent surtout pas être une fin en soi, c'est-à-dire être l'occasion de l'étalage gratuit de votre culture (réellement maîtrisée ou non par ailleurs). Elles doivent donc toujours être employées à propos et avec discernement.

➲ Mobilisez et exploitez une référence culturelle en lien avec l'idée suivante : *Le travail présente une dimension aliénante qui broie l'être humain comme une bête sauvage et effrayante.*

Avant de commencer

- **Tout comme pour les exemples tirés de la vie quotidienne, assurez-vous d'avoir bien compris l'idée générale que vous voulez illustrer. Ici encore, rien de pire qu'une référence sans lien véritable avec ce dont il est question.**
- **En parallèle, assurez-vous de maîtriser de façon indiscutable la référence culturelle que vous souhaitez introduire. Soyez sûr de la source (auteur, œuvre) et de l'exactitude de la citation s'il s'agit d'une référence littéraire, ou de la description de la référence en général.**
- **Enfin, et surtout si vous rédigez un travail en temps limité et qu'il vous est donc impossible de vérifier l'exactitude de la référence que vous souhaitez employer, abstenez-vous de toute référence hasardeuse.**

Exemple de mobilisation d'une référence culturelle

L'aliénation dans et par le travail se trouve notamment mise en scène au cinéma par Fritz Lang dans son film *Metropolis* (1927). Ce film dépeint une cité futuriste séparée entre une ville haute où vivent les familles aisées et n'ayant qu'à consacrer leur temps aux plaisirs et aux loisirs, et une ville basse où s'entassent dans des conditions misérables les ouvriers, prolétaires, dont le travail, inaperçu des habitants de la ville haute, est pourtant bien indispensable. Cet ordre établi est bouleversé le jour où Maria, une femme de la ville basse, parvient à conduire un groupe d'enfants à la ville haute, où ils rencontrent le fils du dirigeant de Metropolis. Ce dernier, bouleversé par cette vision et charmé par Maria, se décide alors à s'aventurer dans la ville basse afin de la retrouver. Il y voit alors des files interrompues d'ouvriers qui se relayent au service d'une immense machine jusqu'à l'épuisement, et même la mort. En effet, déréglée et entraînée par une cadence bien trop haute, la machine principale explose en tuant de nombreux ouvriers. Sous le choc, en proie au délire, le fils du dirigeant de Metropolis voit alors la vaste machine meurtrière se transformer en Moloch, divinité monstrueuse décrite dans la Bible, à laquelle étaient sacrifiés des enfants. Le parallèle est limpide : la machine et le travail aliènent et épuisent les hommes comme le monstre Moloch les tue. Pis encore, tout comme on sacrifie des êtres humains à ce dernier, on en sacrifie au travail.

Je m'entraîne

1 * Lisez le texte puis répondez aux questions. ▶ Corrigés p. 283

Or, en quoi consiste l'aliénation du travail ? D'abord, dans le fait que le travail est extérieur à l'ouvrier, c'est-à-dire qu'il n'appartient pas à son essence, que donc, dans son travail, celui-ci ne s'affirme pas mais se nie, ne se sent pas à l'aise, mais malheureux, ne déploie pas une libre activité physique et intellectuelle, mais mortifie son corps et ruine son esprit. En conséquence, l'ouvrier n'a le sentiment d'être auprès de lui-même qu'en dehors du travail et, dans le travail, il se sent en dehors de soi. Il est comme chez lui quand il ne travaille pas et, quand il travaille, il ne se sent pas chez lui. Son travail n'est donc pas volontaire, mais contraint, c'est du travail forcé. Il n'est donc pas la satisfaction d'un besoin, mais seulement un moyen de satisfaire des besoins en dehors du travail. Le caractère étranger du travail apparaît nettement dans le fait que, dès qu'il n'existe pas de contrainte physique ou autre, le travail est fui comme la peste. Le travail extérieur, le travail dans lequel l'homme s'aliène, est un travail de sacrifice de soi, de mortification. Enfin, le caractère extérieur à l'ouvrier du travail apparaît dans le fait qu'il n'est pas son bien propre, mais celui d'un autre, qu'il ne lui appartient pas, que dans le travail l'ouvrier ne s'appartient pas lui-même, mais appartient à un autre. [...]

On en vient donc à ce résultat que l'homme (l'ouvrier) ne se sent plus librement actif que dans ses fonctions animales, manger, boire et procréer, tout au plus encore dans l'habitation, la parure, etc., et que, dans ses fonctions d'homme, il ne se sent plus qu'animal. Le bestial devient l'humain et l'humain devient le bestial.

Manger, boire et procréer, etc., sont certes aussi des fonctions authentiquement humaines. Mais, séparées abstraitement du reste du champ des activités humaines et devenues ainsi la fin dernière et unique, elles sont bestiales.

Manuscrits de 1844, Karl Marx, trad. E. Bottigelli,

a. Quels sont les symptômes identifiables de « l'aliénation du travail » ?

b. Pourquoi, selon Marx, « Le bestial devient l'humain et l'humain devient le bestial » ?

2 *** **Commentez le texte suivant.**

Tandis que l'esclave travaille pour le maître, par suite non dans l'intérêt exclusif de sa propre singularité, son désir reçoit cette *ampleur* consistant en ce qu'il n'est pas seulement le désir d'un *celui-ci* mais, en même temps, contient en lui le désir d'un *autre*. L'esclave s'élève donc au-dessus de la singularité, rivée au Soi, de sa volonté naturelle, et se tient, dans cette mesure, suivant sa valeur, plus haut que le maître pris dans son égoïsme, intuitionnant dans l'esclave seulement sa volonté immédiate, reconnue de manière formelle par une conscience sans liberté. L'assujettissement – dont il a été parlé – de l'égoïsme de l'esclave forme le *commencement* de la liberté véritable de l'homme. Le tremblement de la singularité de la volonté – le sentiment du néant de l'égoïsme –, l'habitude de l'obéissance, cela est un moment nécessaire dans la formation de chaque homme. Faute d'avoir fait l'expérience de cette discipline qui brise le vouloir capricieux, personne ne devient libre, raisonnable et apte à commander.

Georg Wilhelm Friedrich Hegel, « Philosophie de l'esprit »
in *Encyclopédie des sciences philosophiques*, tome III, traduction de B. Bourgeois,
© Librairie philosophique Jean Vrin, 1988.

Exercice Bac

3 **Choisissez, puis faites la dissertation de l'un des trois sujets suivants.**

➲ *Vous pouvez vous aider des Méthodes des pages 116-118 ; 128-129 ; 140-141 ; 154-156 ; 168-169 ; 182-183.*

a. Qu'est-ce qui distingue le travail des autres activités humaines ?

b. En quoi le travail peut-il être source d'aliénation ?

La vérité

Notion 17

Saint Augustin, Philippe de Champaigne, vers 1645-1650.

I Introduction

- On entend d'ordinaire par vérité ce qui est conforme à la réalité* (contrairement à l'erreur et à l'illusion, qui ne correspondent pas à « ce qui est »).
- Cependant, comme nous allons le voir, quantité de problèmes se posent dès lors que l'on tente d'approfondir cette première définition de la vérité.

II La vérité est-elle « l'adéquation de la chose et de l'intellect » ?

1. Premiers éléments de définition

- Saint Thomas d'Aquin affirme que la vérité se rapporte à l'« adéquation de l'intellect et de la chose ».

Philosophe

Saint Thomas d'Aquin (vers 1224-1274)

Philosophe et théologien chrétien. Il est l'auteur d'une œuvre monumentale dont l'une des principales ambitions était de concilier le christianisme et l'aristotélisme.

- La vérité implique la description appropriée de la chose. Autrement dit, la vérité exige que l'idée corresponde à son objet ou que notre discours corresponde à la réalité.

2. Approfondissement et problématisation

- Une description est susceptible d'être vraie ou fausse en fonction de ce que nous affirmons au sujet de la chose (par exemple : « Ce chat est noir »). En d'autres termes, le critère du vrai s'applique en premier lieu à nos jugements prédicatifs.
- Il convient ici d'écarter une possible source de confusion. Certes, Thomas d'Aquin affirme que « la chose précède […] la notion de vérité ». Néanmoins, il ne soutient nullement que la vérité serait dans la chose.
- La vérité n'a de sens que pour l'homme doué de pensée et de langage. D'un point de vue négatif, elle est le mouvement qui annule l'écart entre l'intellect et la chose.

- D'un point de vue positif, elle est le mouvement qui révèle, qui montre ce qu'est la chose. Ainsi, la vérité est une connaissance ferme et assurée qui vient s'ajouter à ce qui est.

- Toutefois, un premier problème se pose quant à cette conception de la vérité (que nous désignerons désormais sous l'expression de vérité-adéquation). D'un point de vue sceptique, nous pouvons nous demander si cette conception ne reviendrait pas à admettre ce qui devrait être démontré, ou si, dit différemment, elle ne reposerait pas sur une pétition de principe.

III Le critère de la vérité est-il une pétition de principe ?

- Selon les philosophes sceptiques, à l'instar de Pyrrhon d'Élis et de Sextus Empiricus, plusieurs autres cas de figure quant à la nature de la vérité seraient à envisager :

1. Elle n'a aucune existence.
2. Elle existe, mais les hommes ne peuvent pas la connaître.
3. La vérité peut être connue, mais elle demeure indicible.

- Ils observent en outre que la vérité présuppose elle-même un critère de la vérité (par exemple, l'adéquation comme élément de base nous permettant de juger que telle ou telle idée est vraie). De ce fait, l'idée de vérité reposerait sur un argument circulaire, à savoir un argument consistant à présupposer ce que l'on entend démontrer ou, plus précisément, à poser dans les prémisses du raisonnement (➔ Notion 11) ce que l'on souhaite prouver. En résumé, nous présupposerions ce qu'est le vrai afin de démontrer le vrai.

- Pour sortir du cercle vicieux de l'argument circulaire, nous devrions donner un nouvel élément visant à montrer que ce que nous considérons comme étant le trait distinctif de la vérité n'est pas un simple présupposé. Il faudrait, autrement dit, pouvoir fournir le critère du critère de la vérité. Or, comme tout critère en implique légitimement un autre, la définition du vrai nous conduirait au problème de la recherche d'un critère ou principe premier.

- En effet, pour les philosophes sceptiques, nos raisonnements partent inévitablement de prémisses que nous considérons comme allant de soi. Afin de démontrer la validité de nos prémisses, nous sommes conduits à un autre raisonnement admettant lui-même certaines prémisses comme allant de soi. Cette tâche s'avère ainsi sans fin ; elle mène inévitablement à une régression à l'infini dont même la notion de vérité ne saurait se prémunir.
- D'un point de vue sceptique, il s'avère donc impossible d'enfermer la vérité dans des énoncés ou critères précis. Au lieu d'adhérer à des thèses jugées définitives, il conviendrait de pratiquer la suspension du jugement (ou *époché*).

IV Peut-on dépasser le point de vue sceptique sur la vérité ?

1. Clarté et distinction (Descartes)

- L'originalité de Descartes réside dans sa recherche d'un critère de la vérité qui, d'une part, montrerait que la position sceptique est intenable et, d'autre part, n'aurait pas à préalablement supposer (contrairement à la vérité-adéquation) l'existence de faits ou de choses indépendamment de notre langage et de notre pensée.
- En effet, comme nous l'avons vu (➔ Notion 3), le doute méthodique n'épargne rien – y compris la certitude en l'existence de choses ou faits qui me seraient extérieurs – excepté ce qui conditionne le fait même de douter : *Je pense, donc je suis.*
- Le *cogito* correspond à une idée claire et distincte.

– La clarté désigne le fait que l'idée se manifeste directement à notre esprit par une seule et unique opération de la pensée.

– La distinction indique que l'idée est concevable sans qu'aucune confusion avec une autre idée ne soit possible (en d'autres termes, l'idée en question peut être séparée de toutes les autres).

- Par les critères de la clarté et de la distinction, Descartes rattache la vérité à ce que l'esprit perçoit directement, c'est-à-dire au mode immédiat de la connaissance, que la philosophie désigne communément sous le terme d'intuition*.
- Plus précisément, l'évidence devient ici une notion quasi-synonyme de la vérité.
- Dans un même ordre d'idée, Spinoza écrit que « pour avoir la certitude de la vérité, nulle marque n'est nécessaire en dehors de la possession de l'idée vraie. »

- Selon Leibniz, ce critère de l'évidence n'irait pas de soi. Étant donné que notre volonté a « le pouvoir de commander à l'attention et à l'intérêt », celle-ci est susceptible d'« exercer une influence indirecte » sur nos jugements.

- Il en résulte que :

> [...] les hommes finissent par croire ce qu'ils voudraient être la vérité, ayant accoutumé leur esprit à considérer avec le plus d'attention les choses qu'ils aiment ; de cette façon ils arrivent à contenter non seulement leur volonté mais encore leur conscience
>
> Leibniz, *Remarques sur la partie générale des Principes de Descartes*, 1692.

- Autrement dit, la question se pose de savoir si les critères cartésiens ne seraient pas trop subjectifs* et psychologisants eu égard à la vérité, dont les principaux attributs sont l'objectivité et l'universalité.

2. Conception nominaliste* de la vérité (Hobbes)

- Hobbes s'oppose à la fois à la théorie de la vérité-adéquation et à la conception cartésienne de la vérité.

- Dans son *Léviathan*, il écrit : « Là où il n'est point de parole, il n'y a ni vérité ni fausseté. [...] la vérité consiste à ordonner correctement les dénominations employées dans nos affirmations [...]. »

- De ce fait, il défend une conception nominaliste de la vérité. La vérité ne se mesure ni à partir de la correspondance de l'idée à la chose, ni à partir d'une idée qui serait immédiatement appréhendée par l'esprit. Pour Hobbes, le critère de la vérité n'est autre que la cohérence du discours écrit ou parlé.

- La question se pose alors de savoir si une telle cohérence pourrait à la fois être une condition à la fois nécessaire et suffisante de l'accès à la vérité. Si tel n'est pas le cas, nous pourrions alors en venir à suspecter une contradiction entre la cohérence et la réalité – ce qui nous reconduirait possiblement à notre hypothèse* de départ, à savoir la vérité-adéquation.

La vérité

1 Selon Saint Thomas d'Aquin, l'unique critère de la vérité est l'enchaînement cohérent de nos idées.

a. ○ Vrai.

b. ○ Faux.

2 L'hypothèse de la vérité-adéquation soutient que la vérité se trouve dans les choses.

a. ○ Vrai.

b. ○ Faux.

3 Pour les sceptiques, définir la vérité est problématique parce que :

a. ○ la seule certitude que nous puissions avoir est que la vérité est inatteignable.

b. ○ les hommes sont constamment en désaccord à ce sujet.

c. ○ toute tentative de définition nous conduit au problème de la régression à l'infini.

d. ○ toute définition de la vérité est un sophisme.

4 La clarté et la distinction de nos idées correspondent au critère de la vérité selon Descartes.

a. ○ Vrai.

b. ○ Faux.

5 Leibniz affirme que l'évidence entendue comme critère de la vérité ne va pas de soi, car :

a. ○ aucune vérité n'est évidente.

b. ○ toute vérité est relative.

c. ○ notre attention et notre intérêt (qui dépendent de notre volonté) peuvent exercer une certaine influence sur nos jugements.

d. ○ la vérité est indéfinissable.

6 Hobbes défend une conception de la vérité que l'on peut qualifier de :

a. ○ matérialiste.

b. ○ nominaliste.

c. ○ empiriste.

d. ○ spiritualiste.

Réponses :

1 b - 2 b - 3 c - 4 a - 5 c - 6 b.

Les conceptions de la vérité

Vérité-adéquation

- Vérité = « adéquation de l'.................... et de la chose ».
- Elle n'a de sens que pour l'homme doué de .... et de ....
- D'une part, la vérité .... l'écart entre la pensée et la chose.
- D'autre part, la vérité montre ce qu'est la ....

Scepticisme

- Plusieurs conceptions de la vérité sont envisageables (y compris l'hypothèse suivant laquelle la vérité serait .... ou n'existerait pas).
- Aucune de ces conceptions ne peut faire l'objet d'une .... logique en bonne et due forme.
- La raison en est que toute conception de la vérité présuppose en elle-même un critère de la ....
- La démonstration de la validité de telle ou telle définition du vrai conduirait à une régression à l'infini.

Clarté et distinction

- Conception de la vérité notamment illustrée par le .... de Descartes.
- La .... désigne le fait que l'idée se manifeste directement à notre esprit par une seule et unique opération de la pensée.
- La .... indique que l'idée est concevable sans qu'aucune confusion avec une autre idée ne soit possible (en d'autres termes, l'idée en question peut être séparée de toutes les autres).
- La .... se rattache ici fortement à l'intuition.

Se préparer à l'oral de contrôle

Les clés de l'exercice

Quels sont les grands principes du déroulement de l'oral de contrôle ?

→ L'épreuve d'oral de contrôle intervient lors du second groupe d'épreuves (aussi appelé « rattrapage »), c'est-à-dire quand la moyenne pondérée du candidat à l'issue des épreuves de contrôle continu et finales est supérieure ou égale à 8/20 et strictement inférieure à 10/20.

→ Cette épreuve porte sur une œuvre (ou un extrait d'œuvre) étudiée en classe durant l'année.

→ L'épreuve dure 20 minutes : 10 minutes maximum de prise de parole par le candidat, 10 minutes maximum d'entretien et de questions de l'examinateur.

→ Le candidat dispose de 20 minutes de préparation.

→ Le candidat doit présenter à l'examinateur un document signé par le chef d'établissement du lycée d'origine mentionnant au moins l'œuvre (ou l'extrait d'œuvre) étudiée en cours d'année. Si vous ne présentez pas cette liste, l'examinateur est libre de vous soumettre n'importe quel passage d'une œuvre de l'un des auteurs de la liste officielle.

→ Le candidat doit apporter au moins un exemplaire de l'œuvre (ou extrait d'œuvre) vierge de toute annotation.

→ Au début de l'épreuve, l'examinateur détermine, au sein de l'œuvre étudiée (ou de l'extrait d'œuvre), un bref passage qui devra être expliqué (20 à 25 lignes environ).

→ Le candidat est responsable de la gestion du temps.

→ Les objectifs principaux de l'oral de contrôle sont identiques à ceux de l'explication de texte à l'écrit.

Les sens, quoique nécessaires pour toutes nos connaissances actuelles, ne sont point suffisants pour nous les donner toutes, puisque les sens ne donnent jamais que des exemples, c'est-à-dire des vérités particulières ou individuelles. Or tous les exemples qui confirment une vérité générale, de quelque nombre qu'ils soient, ne suffisent pas pour établir la nécessité universelle de cette même vérité, car il ne suit pas que ce qui est arrivé arrivera toujours de même. Par exemple, les Grecs et Romains et tous les autres peuples de la terre connue des anciens ont toujours remarqué qu'avant le décours de 24 heures, le jour se change en nuit, et la nuit en jour. Mais on se serait trompé, si l'on avait cru que la même règle s'observe partout ailleurs, puisque depuis on a expérimenté le contraire dans le séjour de Nova Zembla. Et celui-là se tromperait encore, qui croirait que, dans nos climats au moins, c'est une vérité nécessaire et éternelle qui durera toujours, puisqu'on doit juger que la Terre et le Soleil même n'existent pas nécessairement, et qu'il y aura peut-être un temps où ce bel astre ne sera plus, au moins dans sa présente forme, ni tout son système. D'où il paraît que les vérités nécessaires, telles qu'on les trouve dans les mathématiques [...], doivent avoir des principes dont la preuve ne dépende point des exemples, ni par conséquence du témoignage des sens.

Gottfried Wilhelm Leibniz, *Nouveaux essais sur l'entendement humain*, 1765.

Avant de commencer

Au brouillon :
– Distinguez les principaux moments de l'extrait.
– Repérez, définissez et analysez, au sein de chaque moment, les termes et les idées les plus importants.
– Formulez le thème, le problème et la thèse soutenue de l'auteur.
– Replacez le passage à analyser dans l'œuvre (ou l'extrait de l'œuvre).

Lors de l'oral :
– Mentionnez le titre de l'œuvre et l'auteur.
– Exposez le thème, le problème, la thèse soutenue par l'auteur et le plan du passage.
– Expliquez linéairement le passage.
– Rappelez simplement en conclusion le problème auquel ce passage se rapporte et la thèse formulée par l'auteur.

À l'issue de votre présentation, l'examinateur pourra vous poser deux types de questions, soit pour vous demander de préciser certains points de votre explication, soit pour vous demander d'étendre votre analyse par rapport aux notions du programme auxquelles le passage fait référence.

Analysez ce texte de Leibniz en vue de l'épreuve de l'oral de contrôle.

Thème de l'extrait

L'insuffisance de l'expérience sensible pour conduire nécessairement, contrairement aux mathématiques, à la vérité.

Méthode

Problème de l'extrait

Pourquoi l'expérience sensible est-elle insuffisante pour conduire nécessairement, contrairement aux mathématiques, à la vérité ?

Thèse et principaux moments de l'extrait

L'expérience sensible est insuffisante pour conduire nécessairement à la vérité, car elle ne rend compte que de cas particuliers qui, au mieux, ne peuvent conduire qu'à des généralités. Les mathématiques conduisent nécessairement à la vérité parce qu'elles sont purement théoriques et ne s'appuient jamais sur l'expérience sensible particulière.

1 * **Faites correspondre les auteurs aux idées.** ▶ Corrigés p. 284

1. Saint Thomas d'Aquin
2. Sextus Empiricus
3. René Descartes
4. Thomas Hobbes

a. La vérité « consiste à ordonner correctement les dénominations employées dans nos affirmations ».
b. La clarté et la distinction de nos idées sont les critères du vrai.
c. La définitioxn et la recherche de la vérité conduisent à une régression à l'infini.
d. La vérité se rapporte à l'« adéquation de l'intellect et de la chose ».

2 ** **Commentez le texte suivant.**

Règle deuxième.
Il ne faut nous occuper que des objets dont notre esprit paraît capable d'acquérir une connaissance certaine et indubitable.

Toute science est une connaissance certaine et évidente ; et celui qui doute de beaucoup de choses n'est pas plus savant que celui qui n'y a jamais songé, mais il est moins savant que lui, si sur quelques-unes de ces choses il s'est formé des idées fausses. Aussi vaut-il mieux ne jamais étudier que de s'occuper d'objets tellement difficiles, que dans l'impossibilité de distinguer le vrai du faux, on soit obligé d'admettre comme certain ce qui est douteux ; on court en effet plus de risques de perdre la science qu'on a, que de l'augmenter. C'est pourquoi nous rejetons par cette règle toutes ces connaissances qui ne sont que probables ; et nous pensons qu'on ne peut se fier qu'à celles qui sont parfaitement vérifiées, et sur lesquelles on ne peut élever aucun doute. Et quoique les savants se persuadent peut-être que les connaissances de cette espèce sont en bien petit nombre, parce que sans doute, par un vice naturel à l'esprit humain, ils ont négligé de porter leur attention sur ces objets, comme trop faciles et à la portée de tous, je ne crains pas cependant de leur déclarer qu'elles sont plus nombreuses qu'ils ne pensent, et qu'elles suffisent pour démontrer avec évidence un nombre infini de propositions, sur lesquelles ils n'ont pu émettre jusqu'ici que des opinions probables, opinions que bientôt, pensant qu'il était indigne d'un savant d'avouer qu'il ignore quelque chose, ils se sont habitués à parer de fausses raisons, de telle sorte qu'ils ont fini par se les persuader à eux-mêmes, et les ont débitées comme choses avérées.

Mais si nous observons rigoureusement notre règle, il restera peu de choses à l'étude desquelles nous puissions nous livrer. Il existe à peine dans les sciences une seule question sur laquelle des hommes d'esprit n'aient pas été d'avis différents. Or, toutes les fois que deux hommes portent sur la même chose un jugement contraire, il est certain que l'un des deux se trompe. Il y a plus, aucun d'eux ne possède la vérité ; car s'il en avait une vue claire et nette, il pourrait l'exposer à son adversaire, de telle sorte qu'elle finirait par forcer sa conviction. Nous ne pouvons donc pas espérer d'obtenir la connaissance complète de toutes les choses sur lesquelles on n'a que des opinions probables, parce que nous ne pouvons sans présomption espérer de nous plus que les autres n'ont pu faire. Il suit de là que si nous comptons bien, il ne reste parmi les sciences faites que la géométrie et l'arithmétique, auxquelles l'observation de notre règle nous ramène. »

René Descartes, *Règles pour la direction de l'esprit*, 1684.

Exercice Bac

3 Choisissez, puis faites la dissertation de l'un des trois sujets suivants.

➔ *Vous pouvez vous aider des Méthodes des pages 116-118 ; 128-129 ; 140-141 ; 154-156 ; 168-169 ; 182-183.*

a. L'évidence peut-elle être considérée comme l'unique critère du vrai ?

b. Est-il possible de définir la vérité ?

c. Devons-nous nécessairement considérer nos opinions comme fausses ?

L'existence humaine et la culture

Perspective 1

Fermier avec une fourche, Winslow Homer, vers 1874.

I Introduction

- Comme l'écrit Hannah Arendt, « la culture, mot et concept*, est d'origine romaine. Le mot "culture" dérive de *colere* – cultiver, demeurer, prendre soin, entretenir, préserver – et renvoie au commerce de l'homme avec la nature, au sens de culture et d'entretien de la nature en vue de la rendre propre à l'habitation humaine » (*La Crise de la culture*, 1961).

Prière du soir d'un fermier, Artur Grottger, 1865.

II Comment caractériser la culture ?

- Autrement dit, la culture se rapporte aux capacités humaines de connaissance, d'appropriation et de modification de la nature. Elle désigne également l'aptitude de l'homme à se modifier lui-même à travers ce « commerce » avec la nature.
- La culture implique ainsi indiscutablement la faculté du langage (➔ Notion 8) qui, comme nous l'avons vu, permet aux hommes de généraliser leurs connaissances les plus utiles et d'acquérir une meilleure maîtrise sur leur environnement à travers un système de signes.
- En outre, la connaissance et la maîtrise de la nature impliquent incontestablement l'usage de la raison (➔ Notion 11).
- De surcroît, nous observerons que la culture englobe un grand ensemble d'activités et de productions humaines que nous avons eu l'occasion d'étudier, tels que l'art (➔ Notion 1), la justice (➔ Notion 7), la religion (➔ Notion 12), la science (➔ Notion 13), la technique (➔ Notion 14), et le travail (➔ Notion 16).
- Enfin, nous noterons qu'il est également possible de définir la culture comme la formation, le développement, l'épanouissement intellectuel et moral de l'homme. Ainsi, Cicéron affirme que « de même qu'un champ, si fertile soit-il, ne peut être fructueux sans culture ; de même l'esprit ne peut l'être sans enseignement [...]. »
- Il poursuit en précisant que « la culture de l'esprit, c'est la philosophie. Elle extirpe radicalement les vices et met les esprits à recevoir les semences, leur confie et, je le dis ainsi, sème ce qui, avec le temps, produira la plus abondante des récoltes » (*Tusculanes*).
- Reste à éclaircir le sens de la notion d'« existence humaine » et la manière dont celle-ci se rattache à la culture.

III Comment définir l'existence humaine ?

1. Position du problème

- L'existence désigne le fait qu'une chose *est*.
- Dans le langage courant, ce terme s'applique à la fois à des choses inanimées (*cette table existe*), à des événements historiques (*les goulags ont existé*), et à des êtres vivants (*j'existe*).
- Par ailleurs, le mot « existence » est aussi souvent employé comme un synonyme du mot « vie ». Ces remarques apportent-elles un éclairage suffisant quant à la notion d'« existence humaine » ?

- Il est permis d'en douter, car la vie admet une pluralité de significations qui sont soit trop vastes, soit ne rendent pas toutes justice à la complexité et à la richesse de l'existence humaine.
- Le philosophe Giorgio Agamben (né en 1942) entend par « vie nue » le « simple fait de vivre » ou, pour le dire autrement, la vie considérée sous sa dimension biologique la plus élémentaire. Or, il va de soi que, pour ne citer que quelques exemples, la vie vertueuse, la vie de l'artiste, ou la vie du religieux ne sont nullement réductibles à la « vie nue ».
- Qui plus est, il est aisé de constater que les modes de vie varient selon les individus, les sociétés ou les époques. Dans cette seconde acception, la notion de vie s'avère trop générale pour établir une définition plus précise de l'existence humaine.

IV Statut de l'homme par rapport aux autres êtres vivants

- Dès lors, il semble judicieux de se demander si un critère plus précis serait susceptible de distinguer les hommes des autres êtres vivants. Tournons-nous vers la philosophie d'Aristote.
- Par « âme », le philosophe grec désigne la faculté distinguant les êtres vivants des choses inanimées. Selon lui, on peut distinguer trois catégories d'êtres vivants : les végétaux, les animaux, et les êtres humains. Chaque nouvelle classe d'êtres inclut les facultés des précédentes (nous allons du simple au complexe).

Les trois catégories d'êtres vivants

Les végétaux

Ils se caractérisent par la faculté de se nourrir et d'engendrer. Il s'agit de l'âme en son type le plus élémentaire : l'**âme végétative ou nutritive.**

Les animaux

Tout comme les végétaux, les animaux se nourrissent, croissent et se reproduisent. Ce sont également des êtres doués de sensations. Les animaux ont une **âme sensitive**.

Les êtres humains

Les hommes ont une âme végétative et sensitive, mais également une **âme intellective**.

• D'une part, nous constatons que la nature du vivant présuppose toujours l'âme végétative. À son niveau le plus élémentaire, le vivant se caractérise par un principe inné de perpétuation de l'individu et de l'espèce.

• D'autre part, nous observons que ce qui distingue l'homme des autres animaux est sa faculté de connaître.

1. La « double existence » de l'homme

• Précisons désormais ce statut singulier de l'homme par rapport à la nature en nous intéressant à la pensée hégélienne.

Philosophe

Georg Wilhelm Friedrich Hegel (1770-1831)

Philosophe allemand auteur d'un ambitieux système couvrant la quasi-intégralité des aspects de l'existence humaine (art, religion, histoire, droit, morale, etc.). Son ouvrage le plus connu est *Phénoménologie de l'esprit* (1807).

• Dans son *Esthétique* (1835), Hegel défend la thèse de la « double existence » de l'homme :

> Les choses de la nature n'existent qu'immédiatement et d'une seule façon, tandis que l'homme, parce qu'il est esprit, a une double existence ; il existe d'une part au même titre que les choses de la nature, mais d'autre part il existe aussi pour soi, il se contemple, se représente à lui-même, se pense [...].

• Au même titre que les autres êtres vivants, l'existence humaine comporte une dimension « immédiate » correspondant au simple fait d'être.

• Chez l'homme, cette immédiateté se double d'une dimension subjective par laquelle il sait qu'il existe et peut se connaître.

• Pour Hegel, l'être humain se distingue comme un être capable de conscience de soi et de se représenter comme différent des autres choses du monde.

• L'émergence d'une conscience de soi, comme nous l'avons vu dans un précédent cours, est rendue possible par le travail (➔ Notion 16).

• D'autre part, la conscience de soi va de pair avec le temps (➔ Notion 15) et l'historicité. L'être humain est à la fois tributaire et dépendant d'un passé qui le détermine, mais aussi capable de se distinguer de cet héritage et de se projeter librement dans l'avenir.

V Dans quelle mesure l'existence humaine se rattache-t-elle à la culture ?

1. La culture comme réalisation de la nature de l'homme

- Dans le prolongement de sa thèse sur la « double existence » de l'homme, Hegel observe qu'il existe une certaine confusion lorsqu'il est question de définir la nature de l'homme, ce que l'homme est.

- D'après lui, ces malentendus proviennent du double sens du mot « nature ». D'une part, la nature peut désigner l'origine, c'est-à-dire le mode d'être immédiat de l'homme. D'autre part, la nature peut désigner le fondement, c'est-à-dire ce par quoi l'homme se justifie d'un point de vue rationnel (l'homme selon son « concept »).

- Or, selon Hegel, ce fondement n'est pas une simple donnée de départ immédiate, mais se révèle au cours de l'Histoire.

- Par conséquent, il ne faudrait pas réduire la nature de l'homme à un stade originaire. Car nous devons également prendre en compte que c'est par la culture que l'homme réalise sa nature d'être rationnel et libre.

- Pour comprendre l'existence humaine, il conviendrait ainsi de voir comment les hommes se sont formés à travers la culture et ont mis en forme leur propre liberté ainsi que développé leurs capacités rationnelles au cours de l'Histoire.

2. La dimension sociale de l'existence humaine

- Nous devons également garder à l'esprit que l'existence humaine comprend une dimension sociale, et qu'elle ne saurait donc être purement et simplement réduite à une existence strictement individuelle.

- Durkheim, par exemple, observe que la société n'est pas « une simple somme d'individus ». Le tout formé par la société obéit à des principes propres et n'est pas réductible à la somme de ses parties.

- Comme le précise le sociologue :

> […] en s'agrégeant, en se pénétrant, en se fusionnant, les âmes individuelles donnent naissance à un être, psychique si l'on veut, mais qui constitue une individualité psychique d'un genre nouveau.

Les Règles de la méthode sociologique, 1895.

- De sorte que nous ne pouvons pas abstraire l'existence humaine du déterminisme social qui la constitue. Car « le groupe pense, sent, agit tout autrement que ne feraient ses membres, s'ils étaient isolés. »
- Ces remarques nous incitent à conclure que l'existence humaine s'inscrit dans un ensemble de valeurs, d'idées, de croyances*, et d'habitudes, autrement dit, dans une culture.

L'existence et la culture

1 Pour Hannah Arendt, l'une des caractéristiques essentielles de la culture est de rendre la nature habitable par l'homme.

a. ○ Vrai.

b. ○ Faux.

2 Par « vie nue », le philosophe Giorgio Agamben entend :

a. ○ la vie telle qu'elle est réellement.

b. ○ la vie du pauvre par opposition à celle du riche.

c. ○ la vie considérée sous sa dimension biologique la plus élémentaire.

3 Aristote distingue l'âme minérale de l'âme spirituelle et imaginative.

a. ○ Vrai.

b. ○ Faux.

4 Pour Hegel, l'homme a une « double existence » parce qu'il a non seulement :

a. ○ la faculté de se nourrir et d'engendrer, mais est aussi doué de sensibilité.

b. ○ une existence immédiate, mais aussi une conscience de soi.

c. ○ un corps, mais aussi une âme immatérielle.

5 Hegel soutient que la notion de nature a un double sens, car elle peut à la fois désigner la nature des êtres vivants et des choses inanimées.

a. ○ Vrai.

b. ○ Faux.

6 Émile Durkheim affirme que la société « constitue une individualité psychique » réductible à la somme de ses parties.

a. ○ Vrai.

b. ○ Faux.

Réponses :

1 a - 2 c - 3 b - 4 b - 5 b - 6 b.

Existence humaine

L'existence humaine n'est pas réductible à la « vie nue ». Elle comporte à la fois une dimension .... qui se rapporte au simple fait d'être, et une dimension .... par laquelle l'être humain sait qu'il existe et peut se connaître.

Culture

- La culture implique les capacités humaines de c.................., d'a........................ et de m..................... de la nature.
- Elle se rapporte également à l'a.................. de l'homme à se modifier lui-même.
- Enfin, elle peut désigner la f.................., le d................ et l'é.......................... intellectuel et moral de l'être humain.

Existence humaine et culture

- Selon ...., l'homme ne réalise sa nature d'être libre et rationnel qu'à travers la culture.
- Selon ...., l'existence humaine est socialement déterminée. La société n'est pas .... à la somme des individus qui la composent : « Le groupe pense, sens, agit tout autrement que ne feraient ses membres, s'ils étaient isolées ».

Je m'entraîne

1 * **Reliez les auteurs aux idées correspondantes.**

▶ Corrigés p. 284

Hannah Arendt •	• Double existence de l'homme
Giorgio Agamben •	• Âme intellective
Aristote •	• La société est « une individualité psychique d'un genre nouveau »
Georg Wilhelm Friedrich Hegel •	• Vie nue
Émile Durkheim •	• La notion de culture « renvoie au commerce de l'homme avec la nature »

2 ** **Lisez le texte puis, répondez aux questions.**

De tout temps ont surgi des hommes exceptionnels en lesquels cette morale s'incarnait. Avant les saints du christianisme, l'humanité avait connu les sages de la Grèce, les prophètes d'Israël, les Arahants du bouddhisme et d'autres encore. C'est à eux que l'on s'est toujours reporté pour avoir cette moralité complète, qu'on ferait mieux d'appeler absolue. Et ceci même est déjà caractéristique et instructif. Et ceci même nous fait pressentir une différence de nature, et non pas seulement de degré, entre la morale dont il a été question jusqu'à présent et celle dont nous abordons l'étude, entre le minimum et le maximum, entre les deux limites. Tandis que la première est d'autant plus pure et parfaite qu'elle se ramène mieux à des formules impersonnelles, la seconde, pour être pleinement elle-même, doit s'incarner dans une personnalité privilégiée qui devient un exemple. La généralité de l'une tient à l'universelle acceptation d'une loi, celle de l'autre la commune imitation d'un modèle. Pourquoi les saints ont-ils ainsi des imitateurs, et pourquoi les grands hommes de bien ont-ils entraîné derrière eux les foules ? Ils ne demandent rien, et pourtant ils obtiennent. Ils n'ont pas besoin d'exhorter ; ils n'ont qu'à exister ; leur existence est un appel. Car tel est bien le caractère de cette autre morale. Tandis que l'obligation naturelle est pression ou poussée, dans la morale complète et parfaite il y a un appel.

[…] si la première morale avait d'autant plus de force qu'elle se dissociait plus nettement en obligations impersonnelles, celle-ci au contraire, d'abord éparpillée en préceptes généraux auxquels adhérait notre intelligence mais qui n'allaient pas jusqu'à ébranler notre volonté, devient d'autant plus entraînante que la multiplicité et la généralité des maximes vient mieux se fondre dans l'unité et l'individualité d'un homme.

Henri Bergson, *Les Deux sources de la morale et de la religion*, 1932.

a. Pourquoi Bergson évoque-t-il une « différence de nature » entre les deux morales étudiées dans ce texte ?
b. Pourquoi, de prime abord, ne semble-t-il pas évident que les saints aient des « imitateurs » ?
c. Quels éléments permettraient d'expliquer la volonté d'imiter les saints ?

3 *** **Commentez le texte suivant.**

On peut distinguer les hommes des animaux par la conscience, par la religion et par tout ce que l'on voudra. Eux-mêmes commencent à se distinguer des animaux dès qu'ils commencent à produire leurs moyens d'existence, pas en avant qui est la conséquence même de leur organisation corporelle. En produisant leurs moyens d'existence, les hommes produisent indirectement leur vie matérielle elle-même.

La façon dont les hommes produisent leurs moyens d'existence dépend d'abord de la nature des moyens d'existence déjà donnés et qu'il leur faut reproduire. Il ne faut pas considérer ce mode de production de ce seul point de vue, à savoir qu'il est la reproduction de l'existence physique des individus. Il représente au contraire déjà un mode déterminé de l'activité de ces individus, une façon déterminée de manifester leur vie, un mode de vie déterminé.

Karl Marx et Friedrich Engels, *L'Idéologie allemande*, [1845-1846]
traduction de Renée Cartelle et Gilbert Badia, © Les Éditions sociales.

Exercice Bac

4 **Choisissez, puis faites la dissertation de l'un des trois sujets suivants.**

➲ *Vous pouvez vous aider des Méthodes des pages 116-118 ; 128-130 ; 140-141 ; 154-156 ; 168-169 ; 182-183.*

a. Doit-on considérer la culture comme une pure et simple négation de la nature ?

b. L'existence humaine a-t-elle un but ?

La morale et la politique

Perspective 2

Le Parlement hellénique

J'apprends

I Introduction

- La morale étudie la manière dont nous établissons et nous représentons les valeurs qui nous permettent d'évaluer, tant du point de vue collectif qu'individuel, nos actions selon le bien et le mal.
- L'organisation politique (➔ Notion 5) relève de l'artifice, de la mise en place, par les êtres humains, d'institutions (telles que la justice ou l'armée, cette liste n'étant pas exhaustive) qui vont limiter leur pouvoir d'agir – et donc potentiellement de se nuire.

II Pourquoi étudier les rapports entre la morale et la politique ?

1. Similitudes et affinités entre les deux domaines

- La morale a une dimension normative et restrictive. Elle approuve les comportements qui se conforment à son système de valeurs et condamne ceux qui y dérogent.
- De ce fait, elle tend à établir une distinction concrète et nette entre, d'une part, les actes louables et permis, et d'autre part, les actes répréhensibles.
- Tout comme la morale, la politique est dotée d'une composante restrictive. Par exemple, à l'instar de Hobbes, nous pouvons considérer l'État comme le produit d'une convention* par laquelle les sujets se séparent de leur droit naturel à « user » de leur « propre puissance » pour préserver leur « vie » afin de se soumettre au garant de la paix civile qu'est le souverain (➔ Notion 5).
- Dans le meilleurs des cas, nous pourrions même dire que la politique et la morale poursuivent, par des voies et des moyens différents, des objectifs* similaires, à savoir la coexistence pacifique des hommes et le bien.

2. Position du problème

- « [Tous] ceux qui voudront traiter séparément la politique et la morale n'entendront jamais rien à aucune des deux » (Jean-Jacques Rousseau, *Émile ou De l'éducation*). Ce qui ne signifie pas que la politique et la morale seraient deux domaines entièrement superposables. Cette phrase de Rousseau nous incite plutôt à nous intéresser aux problèmes essentiels touchant à la morale et à la politique.
- Car, tout d'abord, une organisation politique agissant au mépris de la morale ou au nom d'une morale dévoyée encourt le risque de se muer en tyrannie.

- Par ailleurs, la morale s'avère, à bien des égards, impuissante sans l'appui de la politique garantissant le respect des lois par la force publique (➔ Notion 7).
- Enfin, nous pouvons nous demander si les exigences de droiture et de pureté de la morale sont ou non compatibles avec les conditions concrètes de l'action politique.

III La recherche du bien suprême peut-elle concilier la morale et la politique ?

1. La position aristotélicienne

- Chez Aristote, la recherche du bien suprême est le dénominateur commun de la morale et de la politique. En effet, il écrit : « étant donné que toutes les communautés visent un bien déterminé, il est clair que le bien suprême entre tous est la fin de la communauté la plus éminente entre toutes », c'est-à-dire la « communauté politique » (Aristote, *La Politique*).
- « Animal politique », être doué de raison et de langage, l'homme peut communiquer, coopérer et s'organiser avec autrui autour de valeurs communes telles que l'avantageux et le nuisible, le juste et l'injuste, le bien et le mal.
- L'une des composantes essentielles du bien visé par la communauté politique est l'égalité* entre les citoyens. Dans son *Éthique à Nicomaque*, Aristote observe qu'« il semble bien que soit injuste celui qui cherche à avoir plus et s'écarte de l'égalité. »
- Selon lui, deux formes de justice visent à garantir l'égalité : la justice commutative (ou « juste correctif ») et la justice distributive.

Deux formes de justice

La justice commutative

Vise à rétablir l'équilibre à la suite d'un dommage subi.

Repose sur le « juste correctif » (avec les « dommages et intérêts »), il est d'ordre arithmétique.

La justice distributive

Concerne l'égalité quant aux « partages d'honneur, de richesses et des autres choses qui se partagent entre les membres de la communauté politique. »

Repose sur l'égalité proportionnelle (ici, le juste est ce que chacun reçoit selon son mérite).

2. L'ambivalence de la « passion* pour l'égalité »

- Nous pouvons cependant nous interroger quant aux difficultés de concilier la morale et la politique à partir des écrits d'Alexis de Tocqueville. Selon lui, la quête de l'égalité au sein des sociétés démocratiques serait susceptible de devenir problématique, voire de conduire à une nouvelle forme de despotisme.

Philosophe

Alexis de Tocqueville (1805-1859)
Philosophe et homme politique français. Son ouvrage majeur, *De la démocratie en Amérique*, met en garde contre la possibilité d'un « despotisme démocratique ».

- D'après Tocqueville, la passion des hommes pour l'égalité serait foncièrement ambivalente*. À ce sujet, il écrit :

> Il y a en effet une passion mâle et légitime pour l'égalité qui excite les hommes à vouloir être tous forts et estimés. Cette passion tend à élever les petits au rang des grands ; mais il se rencontre aussi dans le cœur humain un goût dépravé pour l'égalité, qui porte les faibles à vouloir attirer les forts à leur niveau, et qui réduit les hommes à préférer l'égalité dans la servitude à l'inégalité dans la liberté.
>
> Alexis de Tocqueville, *De la démocratie en Amérique*, 1835.

3. Le « despotisme démocratique »

- Lorsque la passion pour l'égalité perd son sens de la mesure, alors l'idéal d'égalité finirait par écarter celui de la liberté (« soyons égaux, le reste importe peu »). Le peuple deviendrait alors une masse indifférenciée, obsédée par son propre confort, et désintéressée par les affaires publiques. Comme le note Tocqueville :

> [...] je vois une foule innombrable d'hommes semblables et égaux qui tournent sans repos sur eux-mêmes pour se procurer de petits et vulgaires plaisirs, dont ils emplissent leur âme. Chacun d'eux, retiré à l'écart, est comme étranger à la destinée de tous les autres : ses enfants et ses amis particuliers forment pour lui toute l'espèce humaine ; quant au demeurant de ses concitoyens, il est à côté d'eux, mais il ne les voit pas ; il ne les touche et ne les sent point ; il n'existe qu'en lui-même et pour lui seul, et s'il lui reste encore une famille, on peut dire du moins qu'il n'a plus de patrie.
>
> Alexis de Tocqueville, *De la démocratie en Amérique*, 1835.

• Ce phénomène pourrait alors ouvrir une brèche à une nouvelle forme de pouvoir despotique. En effet, l'État, sous prétexte de satisfaire les besoins* matériels et le « goût dépravé pour l'égalité » du plus grand nombre, pourrait s'arroger un pouvoir absolu instrumentalisant la tyrannie de la majorité (conséquence inévitable du conformisme) et infantilisant délibérément ses sujets. Ce pouvoir :

> [...] ressemblerait à la puissance paternelle si, comme elle, il avait pour objet de préparer les hommes à l'âge viril ; mais il ne cherche, au contraire, qu'à les fixer irrévocablement dans l'enfance ; il aime que les citoyens se réjouissent, pourvu qu'ils ne songent qu'à se réjouir. Il travaille volontiers à leur bonheur ; mais il veut en être l'unique agent et le seul arbitre ; il pourvoit à leur sécurité, prévoit et assure leurs besoins, facilite leurs plaisirs, conduit leurs principales affaires, dirige leur industrie, règle leurs successions, divise les héritages ; que ne peut-il leur ôter entièrement le trouble de penser et la peine de vivre ?
>
> Alexis de Tocqueville, *De la démocratie en Amérique*, 1835.

III Les fondements de la politique sont-ils moraux ?

Dans un autre ordre d'idée, nous pouvons nous demander si les fondements de la morale et de la politique sont similaires.

1. La raison d'État

• Pour Machiavel (1469-1527), il n'en est rien. Afin de préserver son pouvoir garant de l'intérêt commun, l'État sera inévitablement conduit à répondre à des circonstances exceptionnelles par des mesures exceptionnelles, c'est-à-dire des mesures en violation directe avec la morale et le droit. Comme l'écrit le philosophe florentin :

> Un habile législateur qui entend servir l'intérêt commun et celui de la patrie plutôt que le sien propre et celui de ses héritiers, doit employer toute son industrie pour attirer à soi tout le pouvoir. Un esprit sage ne condamnera jamais quelqu'un pour avoir usé d'un moyen hors des règles ordinaires pour régler une monarchie ou fonder une république. Ce qui est à désirer, c'est que si le fait l'accuse, le résultat l'excuse ; si le résultat est bon, il est acquitté.
>
> Nicolas Machiavel, *Discours sur la première décade de Tite-Live*,
>

J'apprends

● Machiavel est généralement considéré comme l'un des premiers philosophes à avoir théorisé la « raison d'État ». Or, cette notion montre justement que la rationalité propre à la politique (dont l'une des principales visées est l'efficacité ou le résultat) pourrait s'étendre au-delà des sphères de la morale et du droit.

Philosophe

Nicolas Machiavel (1469-1527)

Philosophe florentin qui s'est attaché à décrire les rouages du pouvoir politique de manière réaliste. Son ouvrage le plus connu est *Le Prince* (1532). Machiavel est souvent considéré comme étant l'un des premiers théoriciens de la raison d'État.

2. L'illusion politique ?

● En guise de conclusion, nous pourrions tenter de formuler notre problématique différemment : que les fondements de la politique soient moraux ou non, devons-nous admettre que celle-ci joue encore un rôle déterminant dans nos sociétés contemporaines ?

● Au XIXe siècle, Friedrich Engels notait la « résorption entière de la politique dans l'économie » (*Anti-Dühring*). Suivant cette perspective, il importerait avant tout d'observer comment le mode de production capitaliste pose les bases des institutions politiques.

● Au XXe siècle, Jacques Ellul remarquait le détrônement progressif de la politique par la technique, qu'il considérait comme le facteur déterminant quant à l'évolution de l'économie, des mentalités, et des valeurs occidentales.

● Si ces perspectives sont justifiées, alors l'étude des rapports entre la morale et la politique ne saurait faire l'économie d'une analyse plus approfondie des autres et multiples tendances ou dynamiques affectant nos sociétés contemporaines.

Réunion de l'Union politique de Birmingham, Benjamin Haydon, 1832-1833.

La morale et la politique

1 La morale a une dimension :

a. ◯ normative et restrictive.

b. ◯ permissive et scientifique.

c. ◯ esthétique et rigoriste.

2 L'organisation politique est un produit de la nature par lequel les hommes décuplent leur pouvoir d'agir.

a. ◯ Vrai. b. ◯ Faux.

3 La justice commutative concerne l'égalité quant aux « partages d'honneur, de richesses et des autres choses qui se partagent entre les membres de la communauté politique. »

a. ◯ Vrai. b. ◯ Faux.

4 Pour Alexis de Tocqueville, la « passion pour l'égalité » est :

a. ◯ toujours synonyme de progrès.

b. ◯ essentiellement un symptôme du ressentiment des hommes.

c. ◯ ambivalente, car elle peut être source d'émulation ou de nivellement par le bas.

5 Tocqueville met en garde contre la possibilité :

a. ◯ d'une dictature du prolétariat.

b. ◯ d'un despotisme démocratique.

c. ◯ d'une théocratie tyrannique.

6 D'après Machiavel, les mesures prises par l'État se doivent d'être toujours conformes à la morale et au droit.

a. ◯ Vrai. b. ◯ Faux.

7 Jacques Ellul affirme que, dans nos sociétés contemporaines, la technique joue un rôle plus déterminant que la politique.

a. ◯ Vrai. b. ◯ Faux.

Réponses :

1 a - 2 b - 3 b - 4 c - 5 b - 6 b - 7 a.

Trois perspectives sur la morale et la politique

Le bien suprême

- Chez ...., le bien est la visée commune de la morale et de la politique.
- « Animal politique », être doué de raison et de langage, l'homme peut ...., ... et s'................................ avec autrui autour de valeurs communes telles que l'avantageux et le nuisible, le juste et l'injuste, le bien et le mal.
- À ce titre, nous noterons l'importance de la .... et de l'................................ entre citoyens.
- Deux formes de justice : la justice .... visant à rétablir l'équilibre à la suite d'un dommage subi et la justice .... qui concerne l'égalité quant aux « partages d'honneur, de richesses et des autres choses qui se partagent entre les membres de la communauté politique. »

Le despotisme démocratique

- .... observe l'ambivalence de la « passion pour l'égalité ». En effet, celle-ci peut soit induire une .... positive, soit un nivellement par le bas.
- Une passion pour l'égalité perdant son sens de la mesure risque de transformer la majorité des citoyens en une masse conformiste, indifférenciée, et insensible à la ....
- Désintéressée par les affaires publiques et uniquement préoccupée par son propre confort, cette masse pourrait se voir .... à un pouvoir despotique instrumentalisant la tyrannie de la majorité et traitant ses sujets de manière infantilisante.

La raison d'État

- Des circonstances exceptionnelles mèneront l'................................ à prendre, au nom de la défense de l'intérêt commun, des mesures exceptionnelles qui représentent une violation directe des normes morales et juridiques.
- De ce fait, la rationnalité du politique reposerait sur des fondements différents de la ....
- Pour la morale, l'intention et les moyens employés ont une importance particulière.
- La rationnalité de la politique, en revanche, dépendrait surtout de l'efficacité ou de ses résultats accomplis.

Je m'entraîne

▶ Corrigés p. 285

1 * Reliez les auteurs aux idées correspondantes.

Aristote •	• Facteur déterminant de la technique par rapport au politique
Nicolas Machiavel •	• Despotisme démocratique
Alexis de Tocqueville •	• Bien suprême comme visée de la communauté politique
Friedrich Engels •	• Raison d'État
Jacques Ellul •	• « Résorption entière de la politique dans l'économie »

2 ** Lisez le texte puis répondez aux questions.

Il apparaît clairement par là qu'aussi longtemps que les hommes vivent sans un pouvoir commun qui les tienne tous en respect, ils sont dans cette condition qui se nomme guerre, et cette guerre est guerre de chacun contre chacun. [...] C'est pourquoi toutes les conséquences d'un temps de guerre où chacun est l'ennemi de chacun, se retrouvent aussi en un temps où les hommes vivent sans autre sécurité que celle dont les munissent leur propre force ou leur propre ingéniosité. Dans un tel état, il n'y a pas de place pour une activité industrieuse, parce que le fruit n'en est pas assuré : et conséquemment il ne s'y trouve ni agriculture, ni navigation, ni usage des richesses qui peuvent être importées par mer ; pas de constructions commodes ; pas d'appareils capables de mouvoir et d'enlever les choses qui pour ce faire exigent beaucoup de force ; pas de connaissances de la face de la Terre ; pas de computation du temps ; pas d'arts ; pas de lettres ; pas de société ; et ce qui est le pire de tout, la crainte et le risque continuels d'une mort violente ; la vie de l'homme est alors solitaire, besogneuse, pénible, quasi-animale et brève.

Il peut sembler étrange, à celui qui n'a pas bien pesé ces choses, que la nature puisse ainsi dissocier les hommes et les rendre enclins à s'attaquer et à se détruire les uns les autres : c'est pourquoi peut-être, incrédule à l'égard de cette inférence tirée des passions, cet homme désirera la voir confirmée par l'expérience. Aussi, faisant un retour sur lui-même, alors que partant en voyage, il s'arme et cherche à être bien accompagné, qu'allant se coucher, il verrouille ses portes ; que, dans sa maison même, il ferme ses coffres à clef ;

et tout cela sachant qu'il existe des lois, et des fonctionnaires publics armés, pour venger tous les torts qui peuvent lui être faits : qu'il se demande quelle opinion il a de ses compatriotes, quand il voyage armé ; de ses concitoyens, quand il verrouille ses portes ; de ses enfants et de ses domestiques, quand il ferme ses coffres à clef. N'incrimine-t-il pas l'humanité par ses actes autant que je le fais par mes paroles ? Mais ni lui ni moi n'incriminons la nature humaine en cela. Les désirs et les autres passions de l'homme ne sont pas en eux-mêmes des péchés. Pas davantage ne le sont les actions qui procèdent de ces passions, tant que les hommes ne connaissent pas de loi qui les interdise : et ils ne peuvent pas connaître de lois tant qu'il n'en a pas été fait ; or, aucune loi ne peut être faite tant que les hommes ne se sont pas entendus sur la personne qui doit la faire.

Thomas Hobbes, *Léviathan*, chapitre XIII, 1651,
traduction de François Tricaud, © Sirey - Dalloz..

a. Pourquoi n'y-a-t-il « pas de place pour une activité industrieuse » à l'état de nature et quelles en sont les conséquences ?

b. Quelle est la fonction des exemples mobilisés par Hobbes dans le dernier paragraphe du texte ?

c. Expliquez pourquoi Hobbes se défend d'accuser « la nature humaine ».

Exercice Bac

3 Choisissez, puis faites la dissertation de l'un des trois sujets suivants.

➲ *Vous pouvez vous aider des Méthodes des pages 116-118 ; 128-130 ; 140-141 ; 154-156 ; 168-169 ; 182-183.*

a. Est-ce que la politique peut se dispenser de la morale ?

b. La morale peut-elle être compatible avec les conditions concrètes de l'exercice du pouvoir politique ?

c. Le bien est-il la visée commune de la morale et de la politique ?

Perspective 3

La connaissance

Peinture sans titre, Joseph Wright of Derby, vers 1766.

J'apprends

I Introduction

- Au premier abord, nous pourrions avoir tendance à croire que la notion de connaissance est tellement évidente qu'elle pourrait se passer d'une définition précise.
- En effet, nous pouvons entendre par « connaissance » la simple activité faisant qu'un objet donné soit présent à notre esprit et que nous ayons à son égard une idée ou une représentation mentale correspondante.

II Comment caractériser la connaissance ?

Cette définition n'est pas erronée. Toutefois, le langage courant indique que nous attachons nombre de nuances supplémentaires à la notion de « connaissance ».

1. Degrés de connaissance

- La question « connais-tu Dostoïevski ? » admet différents types de réponses. Je peux simplement avoir entendu parler de cet écrivain, avoir lu quelques-uns de ses romans, ou encore être parfaitement familier avec sa biographie et ses œuvres complètes.
- Cet exemple illustre le fait que nous admettons différents degrés de connaissance. Dans notre entourage, nous ne connaissons certaines personnes que superficiellement, et d'autres intimement. Nous pouvons connaître tel sujet sommairement ou bien de manière approfondie.

2. Modes de connaissance

- Par ailleurs, nous admettons une multiplicité de sources ou de modes de connaissance. Certaines informations nous sont uniquement connues par ouï-dire.

Exemples : Notre connaissance des us et coutumes dépend fortement de la convention*. Par ailleurs, nous pouvons faire nôtres certaines idées pour la seule raison que celles-ci sont adoptées par la majorité. Un certain nombre de nos connaissances peuvent résulter de la foi ou de la tradition religieuse. En outre, tout travail de coopération mobilise des connaissances ayant trait à la confiance. Dans un autre ordre d'idée, notre connaissance immédiate du monde qui nous entoure repose avant tout sur notre expérience sensible. D'autres formes de connaissance se présentent à nous comme des évidences. D'autres encore peuvent être dites, vérifiées ou corroborées par l'expérience. D'autres, enfin, à l'instar des théories géométriques, sont démontrées.

- Il serait inexact et contre-productif de différencier ces divers modes de connaissance selon le vrai et le faux. Même une connaissance adoptée sans esprit critique ou en l'absence de démonstration peut s'avérer vraie. Néanmoins, il est utile d'opérer des distinctions quant à la fiabilité de ces modes de connaissance.

3. Domaines d'application

- Outre les différences manifestes quant à leurs objets, les modes de connaissance susmentionnés se distinguent par l'étendue de leur domaine d'application.
- Les théories géométriques et mathématiques concernent l'ensemble des choses existant dans leur domaine ; elles visent à des connaissances universelles.
- Les sciences humaines entendent établir des hypothèses* valables pour la majorité des individus relativement à un domaine donné ; elles visent à des connaissances générales.
- Enfin, nombre de nos connaissances sont particulières* en tant qu'elles nous concernent principalement nous-mêmes ou un groupe restreint.

4. Subjectif*/Objectif*

- De plus, nous noterons que certains de ces modes de connaissance sont subjectifs (par exemple, adopter l'opinion* de la majorité) alors que d'autres sont objectifs (par exemple, la connaissance démontrée).

> • Le savoir objectif renvoie à ce qui existe indépendamment de nos jugements et de nos préférences.
> • Le savoir subjectif, en revanche, concerne essentiellement le point de vue de chacun.

- Dans le même ordre d'idée, nous relèverons que certains modes de connaissance sont de l'ordre de l'opinion et de la croyance* courante.

> Les opinions changent d'un individu à l'autre, voire chez un seul et même individu au cours de sa vie. Les croyances courantes sont relatives, car elles peuvent grandement différer d'une société à l'autre. Ainsi, la fiabilité de ces modes de connaissance peut être considérée comme faible.

5. Nécessaire/Contingent

- En outre, ces formes de connaissance se distinguent quant à la qualité de leurs prédictions.

Nécessaire

Prédictions considérées comme étant **toujours vraies** ; elles renvoient à l'ordre de la **nécessité*** – c'est-à-dire ce qui ne change jamais quelles que soient les circonstances, reste constamment identique, ne saurait se produire autrement.

≠

Contingent

Prédictions **occasionnellement vraies** (il en va ainsi de l'opinion de la majorité ou encore de nos connaissances basées sur la confiance). Elles relèvent alors de l'ordre de la **contingence**, à savoir ce qu'il est possible de concevoir autrement, peut changer suivant les circonstances, peut arriver ou non.

6. Induction/Déduction*

- À ce titre, nous pouvons formuler deux remarques quant aux modes de connaissance dont la fiabilité est la plus éprouvée, à savoir les sciences expérimentales et les sciences exactes.

- L'ambition des sciences expérimentales est de limiter le plus possible le caractère contingent des prédictions. Effectivement, elles entendent aboutir au savoir le plus probable possible au sujet des lois de la matière (physique, chimie) et du vivant (médecine et biologie), et ce à partir de ce dont nous faisons l'expérience récurrente.

- Il est généralement admis que ce type de connaissance repose sur la **méthode inductive**, c'est-à-dire sur la formulation de lois générales à partir de cas particuliers concordants (voir cependant la Notion 13 pour un point de vue plus détaillé et nuancé sur la question).

- Les prédictions des sciences exactes sont de l'ordre de la nécessité. Elles cherchent à démontrer la cohérence des raisonnements et à établir des égalités* algébriques ou géométriques.

- Ce type de connaissance repose sur la **méthode hypothético-déductive**, à savoir la formulation d'enchaînements logiques* d'idées à partir de données de départ déterminées par l'esprit.

III Quels sont les fondements de la connaissance ?

• Il conviendrait de rapprocher la connaissance de plusieurs autres notions étudiées lors de nos cours : le langage (➔ Notion 8), la raison (➔ Notion 11), la science (➔ Notion 13) et la vérité (➔ Notion 17).

• Par souci de concision, nous nous intéresserons avant tout au rôle de la raison dans l'activité de la connaissance.

• D'une part, la raison se rapporte à la capacité de l'esprit humain à produire des enchaînements nécessaires et justifiés d'idées. D'autre part, elle correspond à l'aptitude consistant à se donner les bases ou fondements quant à ces enchaînements d'idées afin d'aboutir à des conclusions nécessaires (ou, le cas échéant, les moins contingentes possibles).

1. Raison et sciences exactes

• Dans le domaine des sciences exactes, la raison assure la production de connaissances nécessaires en ayant recours à la démonstration logique (➔ voir les développements sur la syllogistique dans la Notion 11).

• En plus de la déduction, la démonstration logique s'appuie sur l'intuition* des prémisses. Pour Descartes, ces deux aspects s'avèrent indissociables. Selon lui, l'intuition ne vient ni de l'expérience sensible, ni de l'imagination qui recompose des images originales ne correspondant pas forcément à l'objet existant.

• L'intuition est indubitable et évidente : elle s'impose à notre esprit parce que nous ne pouvons pas trouver d'alternative à ce qu'elle nous présente ; l'idée ne peut se concevoir autrement que telle qu'elle se manifeste à nous. L'évidence de l'intuition est telle qu'elle peut se passer de preuves.

• En outre, Descartes insiste sur le caractère objectif de l'intuition :

> […] par *intuition* j'entends, non point le témoignage instable des sens, ni le jugement trompeur de l'imagination qui opère des compositions sans valeur, mais une représentation qui est le fait de l'intelligence pure et attentive, représentation si facile et si distincte qu'il ne subsiste aucun doute sur ce que l'on y comprend […].
>
> René Descartes, *Règles pour la direction de l'esprit*, 1628.

• Enfin, selon lui, la déduction serait « la pure et simple inférence d'une chose à partir d'une autre », c'est-à dire l'enchaînement de propositions selon les règles de la logique elles-mêmes évidentes et découvertes par intuition.

2. Raison et sciences expérimentales

- Il faut veiller à ne pas confondre l'expérience dans son acception la plus générale (la manière dont nous percevons directement le réel ou les expériences de la vie de tous les jours) et l'expérimentation dans le domaine scientifique.
- Cette dernière ne correspond pas à une expérience brute et immédiate, mais à une expérience construite dont certains paramètres sont contrôlés afin de soumettre une théorie à l'épreuve des faits.
- Selon Henri Poincaré, une expérience scientifique digne de ce nom est « celle qui nous fait connaître autre chose qu'un fait isolé ; c'est elle qui nous permet de prévoir, c'est-à-dire qui nous permet de généraliser » (*La Science et l'Hypothèse*, 1902).
- Ainsi, l'expérimentation correspond à une observation du réel guidée par la raison. D'une part, l'induction contribue à la formulation d'hypothèses à partir d'un ensemble de cas particuliers concordants. D'autre part, des prédictions testables peuvent être déduites de ces hypothèses.

IV Comment prétendre à la connaissance en dehors des sciences exactes et expérimentales ?

Le recours exclusif à l'expérimentation et à la déduction logique pure s'avère impossible pour certaines formes de connaissance. Il en va ainsi de notre connaissance de l'histoire, à laquelle s'est intéressé le philosophe allemand Wilhelm Dilthey (1833-1911).

Philosophe

Wilhelm Dilthey (1833-1911)

Philosophe allemand. Sa manière de différencier les sciences de la nature des sciences de l'esprit exerce encore une influence notable sur l'herméneutique contemporaine (c'est-à-dire la discipline visant à établir les principes de la lecture, de l'explication, et de l'interprétation des textes).

1. Compréhension et explication

- Dilthey a établi une distinction entre expliquer et comprendre. En guise d'illustration, considérons le cas de figure d'un château fort construit durant le Moyen Âge.
- Les sciences naturelles vont, dans un premier temps, chercher à déterminer à partir de quels matériaux le château a été construit. Dans un second temps, le savoir des physiciens, des chimistes et des architectes pourra montrer comment la forteresse tient debout, voire permettre d'estimer la date de son édification. Nous sommes ici dans le domaine de l'explication.
- L'historien, pour sa part, va chercher à déterminer les motivations humaines ayant conduit à l'édification du château. Il va aussi chercher à comprendre en quoi le château est le reflet des mentalités de l'époque. Autrement dit, il ne s'intéresse pas directement aux causes naturelles, mais aux raisons et intentions humaines. L'historien cherche à comprendre.

2. Sciences de la nature et sciences de l'esprit

- Sur la base de cette distinction, Dilthey opère une différenciation générale entre les sciences de la nature et les sciences de l'esprit (comparables au domaine quc nous désignons aujourd'hui sous l'expression de « sciences humaines »).
- Les sciences de la nature s'attachent à la découverte de lois permettant d'identifier les causes de tel ou tel phénomène.
- En revanche, les sciences de l'esprit failliraient à leur vocation première de compréhension en suivant le même idéal d'objectivité que les sciences de la nature.
- Cela s'explique en premier lieu par le fait qu'elles ne peuvent pas s'affranchir de la dimension subjective des valeurs, besoins* et intérêts des hommes, qui constituent leur domaine d'étude privilégié. En outre, il est possible de douter que la sphère des activités humaines soit réductible à la causalité identifiable dans les phénomènes naturels.
- Ainsi, les sciences de l'esprit devraient se garder de vouloir à tout prix imiter les sciences de la nature. Elles devraient au contraire s'attacher à un ensemble de règles d'interprétation dont l'identification et la détermination constituent l'un des principaux objets de l'herméneutique.

La connaissance

1 Quelles sont les différences entre l'opinion et les sciences exactes ?

a. ○ La première est toujours fausse, tandis que les secondes sont toujours vraies.

b. ○ La première est subjective, tandis que les secondes sont objectives.

c. ○ La première, à la différence des secondes, est indémontrable.

d. ○ La première est changeante et relative, tandis que les secondes sont universelles.

2 Les prédictions contingentes ne sont jamais vraies.

a. ○ Vrai.

b. ○ Faux.

3 La méthode inductive consiste en la formulation d'enchaînements logiques d'idées à partir de données de départ déterminées par l'esprit.

a. ○ Vrai.

b. ○ Faux.

4 Selon Descartes, l'intuition est :

a. ○ une idée évidente dépendant de l'expérience sensible.

b. ○ une idée qui ne peut se concevoir autrement que telle qu'elle se manifeste immédiatement à nous.

c. ○ une connaissance vraie obtenue par l'entremise de l'imagination.

5 L'expérimentation correspond à une expérience construite dont certains paramètres sont contrôlés afin de soumettre une théorie à l'épreuve des faits.

a. ○ Vrai.

b. ○ Faux.

6 Wilhelm Dilthey opère une distinction entre :

a. ○ l'intuition et la déduction.

b. ○ l'explication et la compréhension.

c. ○ les sciences de la nature et les sciences de l'esprit.

Réponses :

1 b et d – 2 b – 3 b – 4 b – 5 a – 6 b et c.

Modes de connaissance

Induction/Déduction

- Les sciences expérimentales reposent sur la méthode ...., c'est-à-dire sur la formulation de lois générales de cas particuliers concordants.
- Les sciences exactes reposent sur la méthode ...., à savoir la formulation d'enchaînements logiques d'idées à partir de données de départ déterminés par l'esprit.

Nécessaire/Contingent

- Les prédictions nécessaires sont toujours vraies. La .... correspond à ce qui ne change jamais quelles que soient les circonstances, à ce qui reste constamment identique, à ce qui ne saurait se produire autrement.
- Les prédictions contingentes ne sont qu'occasionnellement .... Le.................... correspond à ce qu'il est possible de concevoir autrement, à ce qui peut changer suivant les circonstances et peut arriver ou non.

Subjectif/Objectif

- La connaissance .... concerne essentiellement le point de vue de chacun.
- La connaissance.. désigne ce qui existe indépendamment de nos jugements et de nos préférences.

Domaines d'application

- Les connaissances .... concernent l'ensemble des choses existant dans leur domaine.
- Les connaissances .... visent à établir des hypothèses valables pour la majorité des individus relativement à un domaine donné.
- Les connaissances.......................... ne concernent que nous-mêmes ou un groupe relativement restreint.

Je m'entraîne

1 * **Définissez les notions suivantes.**

▶ Corrigés p. 286

a. Méthode hypothético-déductive

b. Méthode inductive

c. Intuition

d. Expliquer/Comprendre

2 * **Reliez les auteurs aux idées correspondantes.**

René Descartes •	• Sciences de la nature et sciences de l'esprit
Henri Poincaré •	• Intuition
Wilhelm Dilthey •	• L'expérience scientifique « nous fait connaître autre chose qu'un fait isolé »

3 ** **Lisez le texte puis répondez aux questions.**

On donne le nom *d'observateur* à celui qui applique les procédés d'investigations simples ou complexes à l'étude des phénomènes qu'il ne fait pas varier et qu'il recueille par conséquent tels que la nature les lui offre ; on donne le nom d'*expérimentateur* à celui qui emploie les procédés d'investigations simples ou complexes pour faire varier ou modifier, dans un but quelconque, les phénomènes naturels et les faire apparaître dans des circonstances ou dans des conditions dans lesquelles la nature ne les présentait pas. Dans ce sens, l'observation est l'investigation d'un phénomène naturel, et l'expérience est l'investigation d'un phénomène modifié par l'expérimentateur.

Claude Bernard, *Introduction à l'étude de la médecine expérimentale*, 1865.

a. Quelle est la principale différence entre l'observateur et l'expérimentateur ?

b. Quelles sont les visées de l'expérimentation ?

4 ** **Commentez le texte suivant.**

Posons, dès maintenant, une définition de la théorie physique ; cette définition, la suite de cet écrit l'élucidera et en développera tout le contenu :
Une théorie physique n'est pas une explication. C'est un système de propositions mathématiques, déduites d'un petit nombre de principes, qui ont pour but de représenter aussi simplement, aussi complètement et aussi exactement que possible, un ensemble de lois expérimentales.

Pierre Duhem, *La Théorie physique, son objet, sa structure*, 1914.

Exercice Bac

5 **Choisissez, puis faites la dissertation de l'un des trois sujets suivants.**

➲ *Vous pouvez vous aider des Méthodes des pages 116-118 ; 128-130 ; 140-141 ; 154-156 ; 168-169 ; 182-183.*

a. L'opinion peut-elle prétendre au statut de connaissance ?

b. Devons-nous admettre des limites à la connaissance ?

c. La religion constitue-t-elle un moyen de connaissance ?

CORRIGÉS

Notion 1

1 * **« Une œuvre géniale [...] simplement déconcertante. »** : l'œuvre déconcertante n'est pas simplement une production artistique quelconque, mais une production qui vient remettre en cause les critères de jugement artistiques de l'époque et du contexte dans lesquels elle prend place. L'œuvre géniale parachève ce travail de remise en cause de l'œuvre déconcertante (elles peuvent donc, mais ce n'est pas inévitable, être identiques) en instituant comme nouveaux critères de jugement esthétique ses propres caractéristiques singulières.

« Dans une spéculation financière, c'est le succès qui fait que l'idée avait été bonne. » : la création artistique est comparable à la spéculation financière selon l'analogie suivante : l'œuvre artistique déconcertante puis potentiellement géniale est à la création artistique ce que l'idée couronnée de succès est à la spéculation financière. Elles sont toutes les deux créatrices de nouvelles normes (artistiques ou financières) et, en cela, critiques puis destructrices des normes antérieures.

« Il y a quelque chose du même genre [...] invisible et présent en elle. » : pour Bergson, l'œuvre d'art est « force en même temps que matière » dans la mesure où elle est à la fois ce qui crée de nouvelles normes esthétiques (« force »), mais qu'elle est aussi l'exemple par lequel ces normes existent et s'illustrent (« matière »).

2 ** **« Ce qui nous plaît dans la beauté artistique [...] qui lui sont propres »** : la liberté comme ressort de la contemplation et de la création esthétiques.

« Face à cette plénitude démesurée de l'imagination et de ses libres réalisations, il semble donc que la pensée doive renoncer au projet hardi de saisir intégralement de pareilles réalisations, de les juger et de les ordonner sous ses formules universelles » : l'impossibilité, du fait de cette liberté, pour la pensée d'avoir une compréhension universelle de l'art, aussi bien du point de vue de la contemplation que de la création.

« Il est vrai qu'il y a des cas [...] mais d'un art asservi » : objection et sa réponse selon laquelle il est possible de comprendre certaines productions artistiques comme relevant du divertissement et donc du plaisir, mais il s'agit de formes dévoyées de l'art, qui ne correspondent pas à ce que l'auteur, désigne comme art.

3 ** **« En règle générale [...] de son sens artistique »** : thèse de l'auteur selon laquelle les principes de la création artistique ne sont pas pleinement et consciemment connus et maîtrisés par l'artiste.

« Or, il n'en est pas seulement ainsi [...] de faits, de lois, de théories » : généralisation de la thèse de l'artiste au scientifique.

« Le mathématicien [...] la validité de leurs méthodes » : illustration de la généralisation de la thèse.

4 ▶ CONSEIL *Pensez au plaisir désintéressé et au génie artistique qui semblent ne pas pouvoir s'apprendre.*

Notion 2

1 * **a.** Notre conscience immédiate est toujours à la fois en prise avec le passé et avec le futur.

Dans la mesure où le temps subjectif est vécu comme un écoulement et non comme une succession de moments distincts et clairement séparés, le moment présent ne subsiste jamais indépendamment en tant que tel, et c'est pour cela que nous nous détournons de lui.

b. Le moment présent n'est jamais véritablement saisissable : il est toujours à la fois relié par la mémoire au passé et par l'anticipation au futur. Nous ne pouvons jamais avoir une véritable conscience du présent, qui est pourtant la seule dimension du temps où l'homme se trouve actuellement.

c. Cette tendance humaine à ne pas vraiment prêter attention au présent est encouragée par le fait que nous cherchons à nous distraire du présent qui, parfois, est difficile à affronter. Face à cela, nous cherchons à développer une stratégie d'évitement en nous projetant dans le futur. En ce sens, notre existence actuelle n'est saisie que comme quelque chose à oublier aussi immédiatement qu'elle apparaît. Le bonheur est certes illusoire, car son objet est indéterminable, mais il nous permet de créer, en nous projetant dans le futur, des fictions utiles pour supporter notre existence présente.

2 ** **« [L]e malheur est [...] et veut »** : thèse de l'auteur selon laquelle le bonheur est un concept indéterminable et qu'il devient impossible de trouver de façon nécessaire les cas particuliers qui vont être subsumés sous ce concept.

« La cause en est [...] indispensable » : justification de la thèse à partir de l'argument selon lequel les exigences de la définition du concept ne peuvent

CORRIGÉS

être satisfaites par les cas particuliers tirés de notre expérience.

3 ** Contrairement à ceux qui préfèrent « laisser couler et s'échapper » la vie, Montaigne la « [tient] à la fois estimable et commode, même en son déclin » :
- la vie a une valeur positive, ce qui peut surprendre quand on sait que la vie est nécessairement destinée à prendre fin un jour ou l'autre ;
- mais il ne s'agit que d'un paradoxe apparent qui se résout si nous distinguons la dimension biologique de la vie de sa dimension existentielle.

L'homme peut envisager sa vie autrement que sous le simple aspect biologique, ce qui explique que Montaigne puisse concevoir la fin de sa vie sans s'en effrayer :
- pour lui, la vie, aussi bien dans sa dimension naturelle que culturelle, est un don de la nature ;
- elle relève de la responsabilité humaine, de notre capacité à délibérer et à choisir, de notre liberté.

Toutefois, bien que l'homme se définisse par sa capacité à choisir, il peut s'égarer et user à l'excès de cette liberté, comme l'illustre la citation de Sénèque (« la vie de l'insensé est sans joie, elle est agitée, elle se porte toute entière dans l'avenir ») :
- pour lui, l'« insensé » ne donne pas d'ordre ou de sens à sa vie ;
- l'insensé est incapable de jouir de l'instant présent, car il se porte sans cesse vers l'anticipation, mais il y a de grandes chances que l'insensé soit déçu quand les plans imaginés ne se réalisent pas.

4 ▶ CONSEIL *Pensez également à la notion de liberté et à celle de conscience.*

Notion 3

1 * **1** – Hume s'oppose d'abord à la conception adverse de l'unité de la conscience : selon cette conception, notre Moi serait réductible à la conscience de l'évidence de notre existence.

2 – Or, il est impossible, selon Hume, d'éprouver notre existence générale en elle-même.

a. L'introspection ne nous donne accès qu'à des représentations mentales issues de stimulations externes ou internes ponctuelles et il est ainsi impossible de se percevoir uniquement en tant qu'individu existant. Deux exemples illustrent cette thèse : celui du sommeil et celui de la mort.

→ Le sommeil et la mort ont pour point commun l'absence de stimulations externes ou internes.

→ Si nous suivons le raisonnement adverse, nous pourrions avoir une conscience de notre existence durant notre sommeil et même durant la mort si la conscience de notre existence était détachée de toute perception.

→ Or, cela n'est pas le cas, et il devient absurde de penser que nous pourrions avoir une conscience immédiate et facile de notre conscience.

b. Selon Hume, nous ne pouvons affirmer à propos du sujet humain qu'il n'est qu'un « faisceau ou une collection de perceptions différentes ».

c. Pour illustrer son propos, Hume a recours à l'analogie du théâtre : l'esprit est au théâtre (au sens du plateau) ce que les perceptions sont aux acteurs sur le plateau.

d. Nous ne pourrions jamais avoir une conscience directe de l'existence unitaire de notre conscience, mais seulement une conscience ponctuelle de notre existence, toujours liée à une perception contingente.

2 ▶ CONSEIL *Si vous avez du mal à comprendre les premières lignes du texte, passez à l'élucidation de la conscience comme mémoire et anticipation pour ensuite revenir au début du texte.*

Bergson nous met d'abord en garde contre la difficulté qui existe à vouloir définir la conscience. Pour comprendre ce paradoxe, il faut distinguer deux approches de la conscience :
- **l'approche vécue** (nous avons des idées de nos sensations et de nos idées, cela nous permet d'en prendre connaissance) ;
- **l'approche analytique** (nous décomposons le mouvement réflexif de la conscience afin de trouver les fondements de la conscience, et cette recherche peut aboutir à une multiplicité d'hypothèses concurrentes, ce qui rend cette tentative de définition problématique).

Malgré tout, Bergson fait l'hypothèse de deux caractéristiques essentielles de la conscience : la mémoire et l'anticipation.

1 – En étant « mémoire », la conscience est en prise avec le passé. Sans unité de la conscience bâtie sur le passé, le présent nous serait incompréhensible : les événements qui surviennent ne pourraient pas être interprétés à l'aune de l'habitude et de la croyance, ils n'auraient aucun sens.

2 – La conscience est aussi en prise avec le futur parce que nous avons besoin d'anticiper et de prévoir ce qui va arriver pour maîtriser notre environnement. C'est parce que nous pouvons anticiper que nous pouvons nous défaire du schéma stimulation-réponse et être libres.

Notion 4

1 *

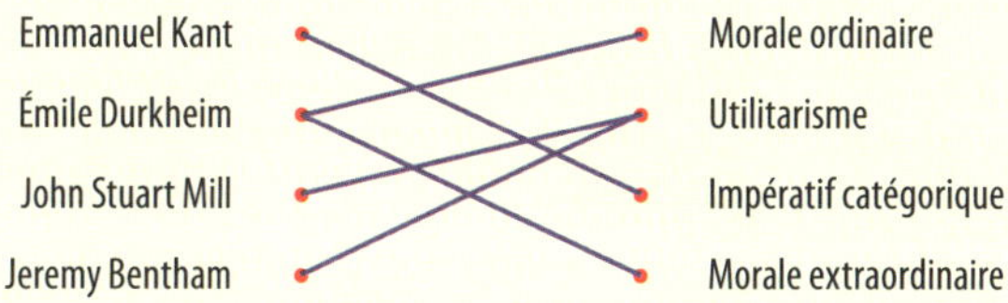

2 **

Emmanuel Kant	John Stuart Mill
b. – d. – f. – g.	**a. – c. – e. – h.**

3 ** *Quelques éléments pour vous aider dans votre commentaire.*

Dans ce texte, Émile Durkheim considère le devoir moral d'un point de vue social. À cet égard, il soutient que nos devoirs sont bornés et définis. D'une part, l'égoïsme le plus extrême est nuisible à la vie en communauté. D'autre part, les « excès de morale » peuvent également s'avérer contre-productifs par rapport au développement de la vie sociale. À ce titre, Durkheim donne l'exemple des « fonctions industrielles » et « commerciales » qui pourraient être paralysées par une moralité excessive condamnant toute forme de compétition ou d'enrichissement au nom de la charité et du désintéressement. La sphère de nos devoirs se doit d'être précisément circonscrite. Car, dans le cas contraire, la moralité pourrait finir par se nuire à elle-même en rendant la société dysfonctionnelle.

4 ** *Quelques éléments pour vous aider dans votre commentaire.*

Kant considère le mensonge comme « condamnable » quelles que soient ses conséquences d'un point de vue pratique. Même un mensonge « généreux » visant le bien d'autrui (par exemple, mentir à une personne souffrante afin de lui remonter le moral) est contraire au devoir moral inconditionnel de dire la vérité. Un tel acte est certes rationnel du point de vue de l'impératif hypothétique (l'adaptation des moyens par rapport à la fin), mais ne correspond pas aux exigences de rationalité de l'impératif catégorique. L'homme s'insulte toujours lui-même en mentant car, ce faisant, il se détourne de ce qui fait de lui un sujet moral autonome et raisonnable.

5 ▶ CONSEILS

a. *Demandez-vous à quelles conditions il serait possible de définir des devoirs valables et identifiables dans toutes les circonstances.*

b. *Prenez en compte le paradoxe du devoir qui agit sur notre liberté sans pour autant que cela nous soit, comme une simple contrainte, néfaste.*

c. *Demandez-vous s'il existe d'autres critères pour évaluer un devoir moral (intention, bien du plus grand nombre, etc.)*

CORRIGÉS

Notion 5

1 *

- L'idéologie du parti — Hannah Arendt
- La volonté générale — Jean-Jacques Rousseau
- « L'homme est un animal politique » — Aristote
- Droits naturels : liberté, légitime défense, propriété — John Locke
- L'état de nature est un état de guerre « de tout homme contre tout homme » — Thomas Hobbes

2 ** **a.** ***État de nature :*** stade hypothétique et originaire de la vie humaine en l'absence de toute forme de lois et d'institutions politiques. Pour des philosophes politiques comme Hobbes, Locke ou Rousseau, l'état de nature est une étape méthodologique visant à déterminer le fondement ainsi que les fonctions relevant de l'État et du droit.

b. ***État :*** ensemble des institutions juridiques et politiques qui, sur un territoire donné, dépassent et organisent l'ordre social.

c. ***Souveraineté du peuple :*** doctrine selon laquelle le souverain correspond au peuple. D'après Rousseau, est légitime l'État dont les lois sont la manifestation de la « volonté générale ». Cette volonté ne se résume pas à ce que veut la majorité, mais désigne ce qui, dans le vouloir de chaque citoyen, vise le bien de tout le monde.

3 ** *Quelques éléments d'aide pour cet exercice.*

Dans ce texte, Hobbes observe tout d'abord qu'Aristote et ses successeurs « supposent ou demandent, comme une chose qui ne leur doit pas être refusée, que l'homme est un animal politique ». Ainsi, il sous-entend que l'hypothèse de l'homme comme animal politique est à la fois défendue et acceptée sans examen approfondi. Afin de voir si cette hypothèse est fondée, Hobbes propose de se tourner vers l'observation de la nature humaine. Si l'homme était naturellement sociable, alors il faudrait pouvoir constater que les relations qu'il noue sont parfaitement indifférentes à l'égard du statut d'autrui. En d'autres termes, sa sociabilité devrait se manifester de manière inconditionnelle, en l'absence de toute préférence particulière pour tel ou tel individu. Or, affirme Hobbes, cela n'est pas le cas : d'une manière générale, les hommes privilégient les relations sociales qui leur sont bénéfiques d'un point de vue pratique (l'utilité) et renforcent l'estime qu'ils ont à l'égard d'eux-mêmes (l'honneur). Ainsi, il apparaît que la sociabilité ne constitue pas l'essence de l'homme. Cette dernière est plutôt une conséquence secondaire de la recherche de l'honneur et de l'utilité.

4 ** *Quelques éléments pour vous aider dans votre commentaire.*

Dans ce court extrait, Arendt constate l'incommensurabilité entre, d'une part, les cadres juridiques des institutions politiques et, d'autre part, l'idéologie nazie. En premier lieu, le pouvoir totalitaire ne saurait s'accommoder des codes institutionnels qui limiteraient son emprise sur l'intégralité de la population. De plus, l'idéologie nazie (tout comme l'idéologie communiste) prétend épouser le mouvement de l'Histoire. Les problèmes ainsi que les objectifs du pouvoir totalitaire se renouvellent sans cesse et ne peuvent dès lors s'accorder avec la stabilité des institutions. En définitive, l'idéologie totalitaire entend toujours agir au nom de principes moraux supérieurs aux lois promulguées par l'État. Ainsi, Hitler défendait l'indifférenciation entre l'éthique constamment mouvante de son parti et la loi.

5 ▶ **CONSEILS**

a. *Réfléchissez au rapport entre État et individu en vous demandant lequel serait premier par rapport à l'autre.*

b. *Prenez soin avant tout d'identifier les droits de l'État.*

c. *Demandez-vous s'il existe des dispositions naturelles des hommes (et, le cas échéant, lesquelles).*

Notion 6

1 * **a.** D'après Popper, la psychanalyse n'est pas scientifique, car elle ne permet pas l'élaboration de tests empiriques susceptibles de mettre ses hypothèses à l'épreuve. En d'autres termes, la psychanalyse est non-scientifique (ou pseudoscientifique), car non réfutable.

b. Selon Popper, la psychanalyse est comparable aux mythes, car elle offre une vision du monde à laquelle l'homme peut adhérer en vertu de ses croyances (et non en vertu d'hypothèses corroborées par l'expérience).

c. Non. Il écrit d'ailleurs que les théories psychanalytiques « contiennent des indications psychologiques fort intéressantes ». La distinction entre le vrai et le faux s'étend au-delà du domaine de la science.

D'une manière générale, la croyance, même si elle ne correspond pas aux principes de la démarche scientifique, n'est pas nécessairement fausse.

2 ** *Quelques éléments pour vous aider dans votre commentaire.*

Dans ce texte, Alain remet en doute une certaine idée de l'inconscient. Il ne conteste pas qu'un certain nombre de phénomènes (tels que les comportements instinctifs) tendent à échapper à la conscience et que l'« homme est obscur à lui-même ». En revanche, le fait que l'homme conscient ne soit pas entièrement transparent à lui-même ne nous autorise pas à postuler un inconscient considéré comme une substance ou une entité à part dans la psyché. En effet, le fait que quelque chose échappe à notre conscience ne nous permet pas de déduire que ce quelque chose serait un second Moi, un Moi qui nous serait la plupart du temps caché, inaccessible et qui obéirait à ses propres règles. Or, selon Alain, c'est de cette déduction non justifiée dont la psychanalyse se rendrait coupable. Dès lors, il est possible de se demander si les théories psychanalytiques ne seraient pas comparables à une certaine forme de croyance.

Là où l'Antiquité attribuait les comportements échappant à la conscience aux dieux, l'homme moderne attribuerait ces mêmes comportements à l'inconscient. D'après Alain, cette mentalité quasi-religieuse pose un problème d'ordre moral, car au lieu de faire l'effort d'apprivoiser et de contenir ses instincts, l'homme pourrait simplement en venir à se déresponsabiliser au nom du déterminisme psychique de son inconscient.

3 ▶ **CONSEILS**

a. *Pensez également à la notion de science et à celle de vérité.*

b. *Pensez également à la notion de liberté et à celle de conscience (ainsi qu'à la perspective « La morale et la politique »)*

Notion 7

1 * **a.** Le droit a-t-il encore un sens si son seul fondement est la force ? Telle est la question centrale à laquelle s'intéresse ce texte de Rousseau. Il en résulte que l'auteur va se livrer à une analyse conceptuelle visant à expliciter le caractère antinomique de la force et du droit.

b. Si l'unique fondement du droit était la force, alors nous devrions conclure que nous avons à faire à la raison du plus fort. Autrement dit, les changements en matière de droit ne seraient que la résultante des changements quant aux rapports de force. La notion de droit n'apporte aucun éclairage supplémentaire par rapport aux relations concrètes de domination et de soumission. Le droit a un sens si, et seulement si, sa pérennité s'étend au-delà de la nature toujours changeante des rapports de force. Par ailleurs, Rousseau opère une distinction entre l'obéissance à la nécessité et l'obéissance au devoir. Obéir à la nécessité revient à se plier face à une puissance plus grande que la nôtre. Face à la nécessité, nous pouvons, tout au plus, nous livrer à un calcul prudentiel basé sur nos chances de victoire ou de survie. L'obéissance au devoir, en revanche, mobilise à la fois la raison et la volonté libre du sujet. Elle implique une forme d'autodétermination de l'individu irréductible à la soumission à une contrainte ou nécessité extérieure.

c. Cette allusion permet justement d'illustrer la distinction établie par Rousseau entre l'obéissance au devoir et l'obéissance à la nécessité. Si nous admettons l'existence de Dieu, alors nous devons prendre garde à ne pas confondre l'ensemble des phénomènes qui dépendent de sa puissance et les phénomènes que nous devons moralement approuver. Dans le cas contraire, à l'instar du malade se privant d'appeler son médecin, nous nous plierions simplement aux lois de la création, abstraction faite de toute valeur ou intérêt humains.

2 ** *Quelques éléments pour vous aider dans votre commentaire.*

La première espèce de lois injustes a directement trait à la question du bien commun de la communauté politique. Ce bien commun est directement violé lorsque les lois ne sont édictées que pour le seul bénéfice des dirigeants. Il est également bafoué lorsque l'État, et ce quelles que soient les lois qu'il édicte, s'arroge un pouvoir plus grand qu'il ne lui a été conféré. Enfin, Thomas d'Aquin met en garde contre la possibilité

d'une répartition inéquitable des tâches et fonctions quant à la défense du bien commun.
La seconde espèce de lois injustes constitue une transgression par rapport à la morale chrétienne. Quand bien même certaines lois viseraient l'intérêt commun, celles-ci pourraient contrevenir aux préceptes religieux.

3 ▶ CONSEILS
a. *Demandez-vous si la justice pourrait se définir en dehors du droit.*
b. *Interrogez-vous sur les rapports entre individu et État pour comprendre comment on pourrait obéir à ses lois librement.*
c. *Demandez-vous s'il suffit d'observer la nature pour en tirer des normes.*

Notion 8

1 * **a.** Le langage présente deux fonctions principales : la représentation et la communication.
b. Dans cet extrait des *Problèmes de linguistique générale*, Émile Benveniste relie ces deux fonctions au fait que « le langage reproduit la réalité ». La réalité, c'est-à-dire l'ensemble de ce qui existe, n'est jamais présente à nous dans son entièreté. Nous ne faisons, à chaque moment, qu'une expérience (sensible ou mentale) d'une partie très réduite de la réalité. Cependant, nous pouvons dépasser par le souvenir ou l'imagination (en tant qu'anticipation) cette limite du présent et nous représenter un monde bien plus riche que celui dont nous faisons actuellement l'expérience. Pour nous souvenir ou imaginer des états de fait, nous utilisons des mots et donc le langage pour les désigner et les manipuler indépendamment de leur présence actuelle.
c. À travers le langage, nous recréons le monde passé ou imaginons le monde futur, nous nous le représentons afin de nous le rendre présent. Cette capacité à nous représenter le monde à travers le langage va rendre possible la communication, c'est-à-dire le partage (ou la mise en commun) d'informations entre plusieurs individus.

2 ** La première étape de ce texte concerne les « sentiments », qui sont exprimés par des « cris », des « plaintes » et des « gestes ». Quand le très jeune enfant veut communiquer à son entourage ses sentiments, il émet un son (qui n'est pas un mot) et se fait comprendre immédiatement. Il existerait donc, même de manière limitée, un langage naturel et universellement compréhensible pour ce qui concerne l'intériorité (sentiments). Cet aspect naturel se fonde sur notre capacité commune à éprouver les mêmes sentiments. Toutefois, cette dimension naturelle du langage reste primitive. Elle ne permet que l'expression de sentiments très simples, mais elle n'autorise que très peu d'échange et de communication. Elle est en ce sens si limitée qu'il est difficile de définir entièrement le langage à partir d'elle.
La seconde étape du texte concerne le passage à l'extériorité, c'est-à-dire les choses qui nous entourent, et signale l'insuffisance du langage naturel. Le lien entre mots et choses est établi par définition ostensive (geste qui joint la parole à un objet). Le premier contact avec ce lien est passif. On voit faire et on apprend : le langage se constitue dans la répétition et l'habitude. Une fois les liens entre les mots et les choses mémorisés, l'usage du langage devient actif et on utilise les mots pour désigner les choses.
Nous noterons toutefois un paradoxe. Pour que le lien entre objet et mot soit conventionnel, un minimum de compréhension mutuelle, notamment en ce qui concerne le sens des gestes, est malgré tout nécessaire pour rendre cette convention possible. C'est en ce sens que Saint Augustin parle de « langage naturel à toutes les nations » : le langage conventionnel se fonde sur un minimum de langage naturel.

3 *** ▶ CONSEIL *Attention à ne pas vous contenter d'une position caricaturale soutenant que les mots nous donnent accès aux choses car ils les désignent ou qu'ils en sont incapables car ils sont bien souvent trop généraux.*

4 ▶ CONSEIL *Ce texte présente une vision particulière de l'animal en opposition à l'humain. Veillez à bien la comprendre avant, si cela vous semble légitime, d'en proposer une discussion critique.*

5 ▶ CONSEIL *Montrez bien que le langage,* via *les mots, et le besoin conduisent inévitablement à une simplification de la réalité, y compris celle qui nous concerne le plus intimement.*

Notion 9

1 * *Quelques éléments d'aide pour cet exercice.*
Selon Épictète, l'homme possède la liberté de se déterminer par lui-même. Cependant, ses jugements peuvent l'induire en erreur et le conduire à méconnaître ce qui relève à proprement parler de la liberté de son vouloir. L'homme faisant un mauvais usage de sa liberté ne distingue pas correctement ce qui dépend (à savoir

principalement l'exercice de son jugement et de ses motivations) de ce qui ne dépend pas de lui (c'est-à-dire, tout ce qui relève des aléas de son existence : le statut social, l'opinion d'autrui, la maladie, la mort, etc.). De ce fait, il s'efforcera en vain de maîtriser ce qui échappe inévitablement à son contrôle. Il regardera comme autant d'obstacles ce qui, en réalité, est absolument indifférent par rapport à l'exercice de sa faculté de juger et de son libre arbitre. Ne reconnaissant pas son erreur, il en blâmera le destin, les dieux ou autrui plutôt que de chercher à s'améliorer soi-même. À l'inverse du sage stoïcien, il entrera en conflit avec les hommes et son âme sera constamment troublée, car il se révoltera des malheurs qui l'accablent plutôt que de réviser ses jugements à leur égard.

2 ** *Quelques éléments pour vous aider dans votre commentaire.*

Ce texte est une illustration de la thèse spinoziste de l'illusion de la liberté. Le mouvement de la pierre dépend d'une cause extérieure. Cependant, si nous supposons une pierre essentiellement douée de la conscience de l'effort physique de son mouvement, alors celle-ci aura tendance à considérer son mouvement comme une qualité intrinsèque plutôt que comme un effet résultant d'une cause. Dans ce cas, force est de constater que la pierre serait induite en erreur par sa conscience. Or, écrit Spinoza, il en va de même pour les hommes, qui « sont conscients de leurs désirs et ignorants des causes qui les déterminent ». D'une part, nous sommes conscients de nos désirs, qui nous poussent vers telle ou telle action. D'autre part, ces désirs sont des effets résultant de causes qui dépassent notre conscience. Par conséquent, notre conscience nous inciterait à nous croire cause de nos propres actions alors qu'il n'en est rien. L'illusion de la liberté est consubstantielle à nos expériences conscientes. En d'autres termes, elle est innée, et il est difficile de s'en défaire. Toutefois, Spinoza donne un certain nombre d'exemples qui nous permettent d'observer la persistance de cette illusion autour de nous. Ainsi l'alcoolique se refuse à reconnaître que ses imprudences sont déterminées par son état d'ébriété.

Le « dément » n'identifie pas ses désirs et actions comme étant de simples effets de sa maladie mentale.

De même, l'homme colérique ou peureux se refuse généralement d'admettre qu'il est le simple jouet de causes extérieures (ses désirs sont manifestement de simples réactions provoquées par les comportements d'autrui).

3 ▶ **CONSEILS**

a. *Il est incontournable de définir avant tout les lois de nature pour comprendre correctement le sujet.*

b. *Pensez à la perspective « La morale et la politique ».*

c. *Définissez précisément le concept de déterminisme.*

Notion 10

1 *

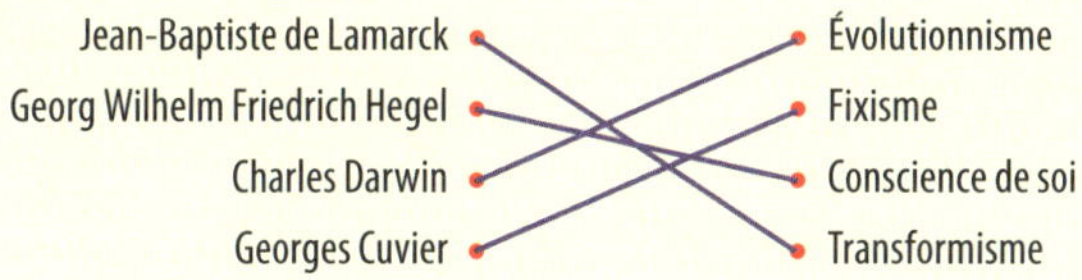

2 * Chez Hegel, le travail de l'homme consiste tout d'abord en une transformation de l'environnement naturel. Deux aspects caractérisent cette transformation. D'une part, l'homme modifie son environnement en vue de satisfaire ses besoins et ses désirs. D'autre part, l'homme cherche à prendre conscience de lui-même à travers sa capacité à mettre en œuvre ses idées dans un matériau. Cette tendance de l'homme à se confronter à son environnement pour en tirer profit en fonction de ses projets et pour se reconnaître en tant que conscience capable de mettre en pratique ses idées dans le monde est qualifiée de culturelle.

3 ** **a.** Claude Lévi-Strauss observe que nous distinguons communément la nature de la culture selon deux axes (universel/relatif et spontané/artificiel). Tout d'abord, la nature désigne les attributs et les caractéristiques communes à tous les êtres humains ; elle désigne ce qui est universel. Les caractéristiques culturelles de l'homme, en revanche, sont susceptibles de varier au cours du temps et d'une société à l'autre ; elles sont donc relatives et particulières. En second lieu, les lois de la nature se manifestent de manière immédiate et nécessaire, tandis que les normes inhérentes à la culture constituent des conventions par lesquelles les hommes s'empêchent un certain nombre de comportements.

b. La prohibition de l'inceste est scandaleuse du point de vue des sciences humaines, car elle vient brouiller les distinctions communément admises entre la nature et la culture. En effet, il s'agit d'une règle non pas relative, mais invariable à travers les sociétés humaines, autrement dit une norme universelle. L'universalité de cette norme nous conduit en outre à nous demander si les hommes ne l'auraient pas adoptée de manière spontanée.

4 *** *Quelques éléments pour vous aider dans votre commentaire.*

Hans Jonas remarque que la responsabilité morale de l'homme vis-à-vis d'autrui doit désormais s'étendre au respect de la dignité de la nature. À l'époque contemporaine, l'homme ne peut plus se borner à être « maître et possesseur » de la nature. Depuis que la technique a décuplé ses capacités de destruction (pollution, exploitation massive des ressources, bombe atomique), l'homme se voit contraint d'admettre que le destin de la nature dépend désormais on ne peut plus étroitement du sien.

5 ▶ CONSEILS

a. *Pensez à la perspective « L'existence humaine et la culture ».*

b. *Revoyez le problème de l'induction dans le chapitre sur la notion de science.*

c. *Définissez la notion de mythe, sans quoi votre réponse ne sera pas satisfaisante.*

Notion 11

1 * **a.** Les mots et les cailloux tiennent lieu des choses qui ne peuvent pas être physiquement présentes lors de nos raisonnements. Ainsi, ils permettent de nous représenter les objets qui sont au cœur de nos démonstrations ou de nos réflexions. Le point commun entre les mots et les cailloux est qu'ils sont des « symboles ».

b. Les cailloux représentent les unités qui sont à la base de nos calculs. De ce fait, leur signification est parfaitement univoque. En revanche, Aristote observe que nous ne disposons que d'un « nombre limité de mots » pour décrire l'infinité des choses qui font notre univers. Il en résulte qu'un seul et même mot pourra désigner plusieurs choses différentes à la fois. Contrairement aux cailloux dont nous nous servons pour les comptes, la signification des termes dont nous usons dans nos raisonnements est *plurivoque*.

c. L'attitude naïve vis-à-vis du langage n'établit aucune distinction entre les mots et les choses. Quiconque ayant cette attitude ignore que la plurivocité du langage est susceptible d'être instrumentalisée à des fins relevant davantage de la persuasion que de la raison. Quiconque ayant cette attitude sera donc vulnérable par rapport aux raisonnements fallacieux. Afin de débattre raisonnablement sur un sujet donné, nous devons donc être conscients de notre propre tendance ainsi que de celle de notre interlocuteur à « jouer sur le sens des mots ».

2 ** *Quelques éléments pour vous aider dans votre commentaire.*

La raison peut nous aider à déterminer si la chose ou l'objet que nous désirons est ou non logiquement possible. Autrement dit, la raison nous permet de distinguer les désirs réalisables des désirs chimériques. En second lieu, la raison nous rend capables de déterminer ou de calculer les moyens en fonction des fins que nous désirons. En d'autres termes, elle nous rend aptes à distinguer la pertinence ou non des méthodes que nous mettons en œuvre afin de satisfaire nos désirs ou nos besoins.

Ainsi, Hume ne nie nullement que la raison puisse, dans une certaine mesure, servir de guide à nos passions. Cependant, une question différente consiste à savoir si la raison peut déterminer nos passions, si celle-ci peut motiver nos actions. À ce titre, Hume répond par la négative. D'après lui, la passion « ne contient aucune qualité représentative qui en fasse une copie d'une autre existence ou d'une autre modification ». La passion, dit différemment, n'est pas une idée. Or, la raison peut exclusivement veiller au bon enchaînement de nos idées. En conclusion, donc, la raison serait inapte à lutter contre les passions et pourrait seulement être un guide à leur service.

3 ▶ CONSEILS

a. *Assurez-vous avant tout de définir la passion d'un point de vue philosophique.*

b. *Revoyez les notions de religion et de science.*

Notion 12

1 * **a.** Au départ, les hommes ont besoin d'expliquer les phénomènes naturels qui les environnent et qu'ils subissent. Or, selon Auguste Comte, il est naturel que les hommes cherchent tout d'abord à donner un sens et un ordre au monde dans lequel ils vivent à travers un savoir religieux. La dépendance des hommes vis-à-vis de leur milieu est telle que ceux-ci tendent irrésistiblement à attribuer les causes des phénomènes dont ils font l'expérience à « l'action directe et continue d'agents surnaturels ».

b. Nous pouvons expliquer ce caractère transitoire en comparant l'état métaphysique à l'état théologique. D'une part, l'état métaphysique n'entend plus faire de l'action des agents surnaturels l'unique élément d'explication des phénomènes observés. D'autre part, sa rupture vis-à-vis de l'état théologique n'est pas radicale, car il s'agit toujours de découvrir les causes premières des phénomènes. Même si l'état métaphysique tend vers plus de rationalité, il se contente, *in fine*, de remplacer la causalité absolue des dieux par l'action de « forces abstraites », à savoir les qualités supposément intrinsèques de telle ou telle chose.

c. L'état positif ne s'attache plus à connaître les causes premières (l'absolu), mais à déterminer les rapports précis entre les différents faits que nous observons. Ces rapports se traduisent par des « lois effectives » qui ne se préoccupent plus de l'origine ou des fins dernières des phénomènes.

2 ** *Quelques éléments pour vous aider dans votre commentaire.*

Descartes présente la foi et la raison comme deux voies parfaitement légitimes, mais néanmoins différentes, d'accès à la vérité. Dans ce cas, ne faudrait-il pas privilégier la raison, dont tout le monde peut faire usage, à la foi, qui dépend de la grâce de Dieu ? Descartes répond par la négative en montrant que la foi et la raison se complètent.

Le fait que tous les hommes soient doués de raison ne signifie nullement que tous en font bon usage. À ce titre, souligne Descartes, la crainte de Dieu et de l'au-delà paraît essentielle quant à la préservation de la morale et de l'ordre social.

Néanmoins, on peut supposer que les « infidèles » s'avéreront davantage sensibles aux arguments de la raison qu'à ceux de la foi. Cela tient au fait que les vérités de la foi se présentent à eux sous la forme d'un argument circulaire contenant dans ses prémisses ce que l'on entend prouver (à savoir l'existence de Dieu). La raison, au contraire, permettrait de montrer aux non-croyants que l'existence de Dieu peut faire l'objet d'une démonstration logique rigoureuse.

3 ▶ CONSEILS

a. *Revoyez les notions de religion et de science.*

b. *Pensez à la perspective « L'existence humaine et la culture » dans la mesure où la religion est intimement liée à la notion de culture.*

Notion 13

1 * **1.** Théorie – **2.** Hypothèse – **3.** Expérience – **4.** Réfutation/Corroboration

2 **

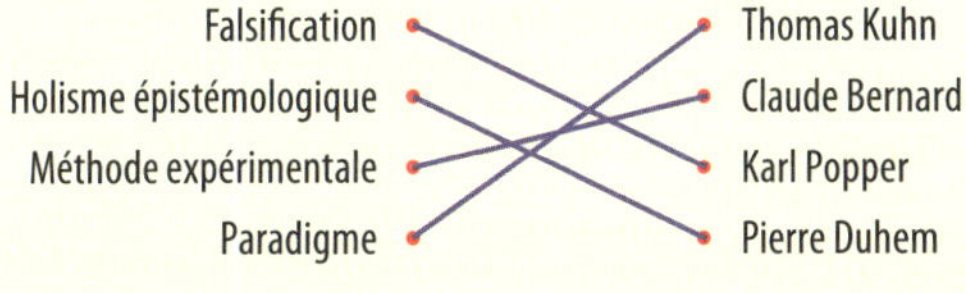

3 ** *Quelques éléments d'aide pour cet exercice.*

Selon Claude Bernard, le point de départ de la démarche scientifique est la constatation d'un fait donné. Dans un second temps, l'observation attentive de ce fait suscite une idée particulière chez le scientifique. À partir de son idée, il doit ensuite concevoir et réaliser « les conditions matérielles » de l'expérimentation. Enfin, les résultats de l'expérience conduisent à la constatation de nouveaux faits donnés qui nous ramènent au point de départ de la démarche scientifique. Ainsi, Claude Bernard peut affirmer que « L'esprit du savant se trouve en quelque sorte toujours placé entre deux observations : l'une qui sert de point de départ au raisonnement, et l'autre qui lui sert de conclusion. » C'est en cela « que tous les termes de la méthode expérimentale sont solidaires les uns des autres ».

4 ** *Quelques éléments pour vous aider dans votre commentaire.*

Dans ce texte, Karl Popper s'intéresse aux théories psychologiques de Freud et d'Adler. Bien qu'il considère ces théories comme pseudoscientifiques, il n'affirme pas pour autant que celles-ci seraient entièrement fausses. Le critère de démarcation (c'est-à-dire le critère déterminant le trait distinct de la démarche scientifique) ne concerne pas l'opposition entre le vrai et le faux, mais la différence entre le falsifiable et le non-falsifiable. À cet égard, le problème des théories de Freud et d'Adler est, selon Popper, leur puissance explicative. En voulant rendre compte de la quasi-intégralité des fonctionnements psychologiques chez l'homme, ces théories sont constamment confirmées par des faits observables. Cependant, étant donné que les « observations cliniques » sont toujours déjà informées par la théorie, celles-ci ne donnent qu'une illusion de scientificité. Ce n'est donc pas la confirmation par l'observation qui différencie la science des pseudosciences. Selon Popper, une psychologie se voulant scientifique ne peut pas uniquement reposer sur des « observations cliniques », mais doit envisager « quelles sont les situations observables qui, si elles sont effectivement observées, signifient que la théorie est réfutée ». Autrement dit, une théorie scientifique implique la déduction de faits et de tests qui pourraient la rendre réfutable.

5 ▶ **CONSEILS**

a. *Interrogez-vous sur la signification du terme « fait » et sur la notion d'impartialité.*

b. *Attention à ne pas définir la notion de pseudoscience de manière simpliste comme ce qui s'oppose à la science (et inversement, la science comme ce qui s'oppose à la pseudoscience).*

c. *Reportez-vous à la perspective « La connaissance ».*

Notion 14

1 * **a.** Adam Smith considère la division du travail en tant que facteur majeur de l'innovation technologique. Ce texte, en l'occurrence, s'intéresse tout particulièrement aux « machines » utilisées dans les « manufactures ».

b. Le texte débute par une brève comparaison entre, d'une part les efforts intellectuels et pratiques de l'homme face à un domaine déterminé d'activités et, d'autre part, la focalisation de ces efforts sur une tâche clairement délimitée. Dans le premier cas, l'intelligence humaine devra prendre en compte un ensemble plus ou moins complexe de paramètres. Ses efforts risqueront naturellement de se disperser.

Le second cas de figure, au contraire, correspond à la situation intellectuelle des hommes dans le cadre de la division du travail. Dans ce contexte, il est naturel de postuler que les résultats des efforts intellectuels et pratiques seront maximisés. En d'autres termes, la concentration des efforts sur une tâche particulière et clairement délimitée permet raisonnablement de nous attendre à ce que l'innovation technologique sera atteinte par la voie la plus rapide et la plus courte. Adam Smith en veut pour preuve que certains ouvriers développent en peu de temps une telle familiarité et habileté à l'égard de leur tâche qu'ils en parviennent à concevoir leurs propres machines.

La seconde source de l'innovation technologique se rattache à la maximisation des résultats des recherches théoriques et scientifiques. À la division du travail correspond non seulement une spécialisation des savoirs, mais aussi l'émergence d'une « classe particulière de citoyens » faisant de leurs recherches intellectuelles leur « seule occupation ». Cette coordination des savoirs spécialisés mène à de nouvelles innovations permettant d'optimiser les résultats de la division du travail.

2 ** *Quelques éléments pour vous aider dans votre commentaire.*

Contrairement au technicien qui se contente de transmettre ses expertises, le politicien est responsable des décisions qu'il prendra. Le problème, toutefois, est que « cette responsabilité repose sur une marge de décision quasi nulle ». En effet, l'expertise du technicien consiste à fournir la méthode ou le plan d'action qui s'avèreront absolument les plus efficaces. Si le politicien refuse les décisions recommandées par les rapports d'expertise, alors il pourra encourir le danger d'adopter une stratégie dont l'efficacité s'avérera incertaine. Ainsi, le calcul des bénéfices et des risques penchera presque toujours en faveur de la décision préconisée par le technicien. En somme, ce texte d'Ellul est à la fois une critique de la supposée indépendance du technicien par rapport au politique et de l'illusion du pouvoir politique dans nos sociétés techniciennes.

3 ▶ **CONSEILS**

a. *Revoyez la notion de liberté.*

b. *Revoyez la notion de raison.*

c. *Prenez garde aux deux sens du terme « contrôle » comme moyen de se prémunir d'un excès et simple asservissement.*

Notion 15

1 * **a.** Pour Aristote, un instant est « **le résultat du constat d'une différence de perception** ».
b. Selon Kant, sans idée du temps ***a priori*, c'est-à-dire étrangère et antérieure à toute expérience sensible, nous serions incapables d'identifier ce qui dans notre expérience sensible relève du temps.**
c. D'après Bergson, nous devenons sensibles à la durée **quand nous suspendons notre attitude quantitative face au temps consistant à le séparer en unités isolées et que nous sommes capables de comprendre que les instants ont plus de sens considérés dans l'enchaînement qu'ils forment qu'isolément.**

2 ** **a.** Tandis que le présent se ramène à un instant fugitif et le futur aux incertitudes de l'avenir, le passé est gravé dans notre mémoire à travers nos souvenirs.
Cela confère au passé une stabilité sur laquelle insiste Sénèque. Personne ne peut changer le passé : il est à l'abri des revers de fortune qui peuvent nous accabler maintenant ou à l'avenir. Enfin, le passé est la seule dimension du temps dont nous puissions disposer. Contrairement à l'instant présent qui, tel le sable, fuit entre nos doigts, et le futur que nous ne pouvons pas maîtriser, les souvenirs peuvent être mobilisés au gré de notre vouloir.
b. Les « hommes affairés » sont engouffrés dans les deux dimensions du temps que Sénèque estime instables, à savoir le présent et le futur. Leur existence se présente ainsi comme une fuite en avant qui ne repose sur aucune fondation solide. À l'opposé, « l'âme paisible et calme » du sage stoïcien sait faire la part des choses entre ce qui dépend et ne dépend pas d'elle. De surcroît, le stoïcien vit vertueusement afin que, contrairement à l'homme affairé, ses souvenirs ne viennent pas inlassablement lui rappeler son inconstance.

3 *** *Quelques éléments pour vous aider dans votre commentaire.*
Ce texte part du problème que le passé correspond à ce qui *n'est plus* et le futur à ce qui *n'est pas encore*.
Afin de résoudre le problème de l'existence des différentes dimensions du temps (passé, présent, futur), Saint Augustin va faire dépendre ces dernières de l'actualité de la conscience humaine. Ainsi, l'attention (ou l'entendement) est ce qui me rattache au présent. C'est le « présent du présent ». Le souvenir (ou la mémoire) est ce qui me relie au passé. C'est le « présent du passé ». L'attente (ou la volonté) est ce par quoi je me rapporte au futur. C'est le « présent de l'avenir ». En conclusion, selon Saint Augustin, le temps n'est pas une réalité objective qui existerait en dehors de nous. Temporalité et conscience sont indissociables. Le temps correspond à la manière dont nous nous représentons le monde et nous-mêmes.

4 ▶ CONSEILS
a. *Reportez-vous à la perspective « La connaissance » et à la notion de science.*
b. *Reportez-vous à la notion de conscience.*
c. *Évitez toute définition circulaire du présent comme opposé aux autres dimensions du temps elles-mêmes opposées au présent.*

Notion 16

1 * **a.** Dans « l'aliénation du travail », l'activité pratique à laquelle se livre l'homme devient étrangère à sa nature. De ce fait, l'activité à laquelle il se consacre lui apparaît, d'une part, comme dénuée de sens et, d'autre part, comme imposée à lui par une nécessité extérieure. De surcroît, l'ouvrier échange sa force de travail contre un salaire. Cela implique, comme le souligne Karl Marx, que son travail « appartient à un autre ». Dès lors, le travail n'est plus une fin en soi, mais une tâche pénible et réductible à un moyen détourné pour, grâce au salaire perçu, jouir de la vie durant son temps libre. Il en résulte que le travail ne constitue plus le terrain du développement des facultés physiques et intellectuelles de l'homme.
b. Cette phrase indique que la bestialisation de l'homme n'est pas un simple retour à la nature, mais le produit d'une transformation sociale. Le simple fait que l'homme se consacre à des plaisirs hédonistes, Marx insiste sur ce point, ne permet pas de conclure à sa bestialisation. Le problème repose plutôt sur la survalorisation des plaisirs hédonistes résultant de l'aliénation du travail. Étant donné que l'homme ressent son travail comme étranger à sa propre nature, il tend à s'auto-avilir en estimant que seul l'hédonisme correspond à son essence. En somme, l'aliénation du travail doit être considérée comme un processus qui ampute l'homme d'une dimension essentielle de sa nature. Étant donné qu'il fait l'expérience du travail comme quelque chose de contre-nature, l'homme tend à s'imaginer que sa nature se limite aux plaisirs de la chair.

2 *** *Quelques éléments pour vous aider dans votre commentaire.*
Dans ce texte, Hegel souligne le caractère formateur du travail de l'esclave par rapport à la domination de son maître. Pour ce dernier, l'activité pratique de l'esclave est essentiellement une médiation entre ses désirs égoïstes

CORRIGÉS

et la nature qui l'environne. En dépit de sa servitude, l'esclave, du fait de son travail, a élevé son désir jusqu'au monde spécifiquement humain qu'est celui de la culture. En effet, sa position le contraint à différer la satisfaction de ses désirs afin de satisfaire son maître. Il doit donc doublement renoncer à son égoïsme en se refusant la satisfaction immédiate de ses désirs et en intégrant les désirs d'un autre dans son travail. Le « sentiment du néant de l'égoïsme » (inspiré par la crainte d'une mort violente face au maître) n'est une faiblesse qu'en apparence. Car c'est à partir de cette expérience du néant que l'esclave accède à une vérité d'ordre universel, à savoir que ce qui est concevable dans son esprit est matérialisable dans le monde qui l'entoure, et que le pouvoir causal manifesté par son travail est différent de celui de la nature.

3 ▶ CONSEILS

a. *Établissez au brouillon d'abord la liste des activités humaines en général pour les comparer au travail.*

b. *Définissez précisément le concept d'aliénation, notamment à partir des thèses de Karl Marx.*

Notion 17

1 * **1 ; d – 2 ; c – 3 ; b – 4 ; a.**

2 ** *Quelques éléments pour vous aider dans votre commentaire.*

Dans l'exposé de sa seconde règle « pour la direction de l'esprit », Descartes s'intéresse tout d'abord à la question du développement du savoir scientifique.

Il serait possible d'admettre qu'un tel développement repose sur des inférences à partir d'idées dont la vérité semble fort probable. Cependant, même un fort degré de probabilité ne saurait nous prémunir contre l'erreur. Quand bien même nous accorderions le plus grand soin à l'enchaînement de nos inférences, celles-ci pourraient reposer sur une idée fausse. Dès lors, il paraît vain de chercher à vouloir accumuler le savoir scientifique sans prêter attention à la question de ses fondements.

Ainsi, Descartes rejette « toutes ces connaissances qui ne sont que probables » et suggère que la science soit exclusivement fondée sur des connaissances « vérifiées », c'est-à-dire certaines et indubitables. Il admet toutefois que cette démarche peut paraître, de prime abord, problématique. Certes, en ne rejetant pas ce qui est seulement du domaine du probable, la science s'expose au risque de l'erreur. Toutefois, en rejetant absolument tout ce qui est du domaine du probable, n'est-il pas à craindre que le développement du savoir scientifique devienne impossible ? La rigueur exigée par la règle « Il ne faut nous occuper que des objets dont notre esprit paraît capable d'acquérir une connaissance certaine et indubitable » pourrait s'avérer contre-productive. Descartes comprend cette inquiétude, mais entend assurer ses lecteurs qu'elle ne relève que d'un préjugé assez naturel pour ceux qui n'ont pas encore mis en pratique cette règle avec tout le soin et la persévérance nécessaires. En effet, selon lui, les connaissances vérifiées seraient suffisantes « pour démontrer avec évidence un nombre infini de propositions ».

Sa règle ne constituerait donc pas un obstacle à l'égard de l'édification et du développement de la science.

Enfin, le philosophe s'intéresse à la question de savoir quels sont, dans le domaine de la science, les objets susceptibles de correspondre aux exigences de sa règle. Le désaccord entre scientifiques constitue le signe le plus visible de ce qui est douteux. L'évidence des connaissances vraies, en revanche, est de nature à entraîner un accord unanime de la part des savants. Or, conclut Descartes, l'accord unanime autour de connaissances évidentes et vraies concerne principalement « la géométrie et l'arithmétique ».

3 ▶ CONSEILS

a. *Définissez les mots « évidence » et « vrai ».*

b. *Définissez la notion de définition comme l'énoncé de l'ensemble des caractéristiques nécessaires d'une chose.*

c. *Définissez la notion d'opinion et observez sa place, si ce n'est son importance, dans la vie courante.*

Perspective 1

1 *

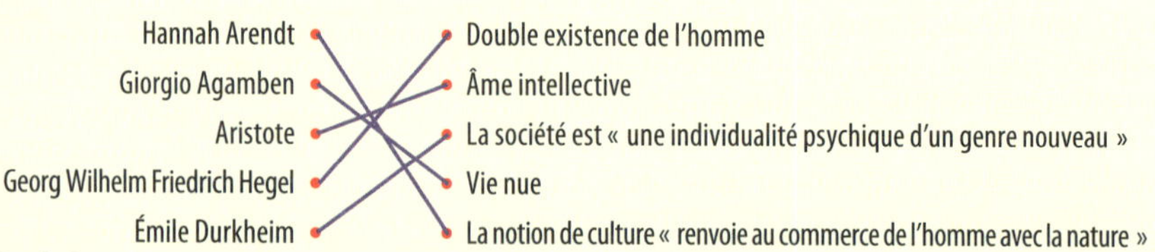

CORRIGÉS

2 ** **a.** Il n'est pas suffisant de dire que les saints pousseraient simplement à un plus haut degré de perfection l'observance des règles morales qui organisent la vie sociale des hommes. Bergson entend donc montrer en quoi les saints représentent une moralité d'un genre différent.

b. Ce fait suscite l'interrogation, car les saints ne font usage ni de la contrainte, ni de la persuasion. Qui plus est, nombre d'entre eux ne demandent même pas à autrui de bien vouloir suivre leur exemple. Autrement dit, ce qui peut sembler, de prime abord, énigmatique est que l'existence même du saint puisse susciter l'imitation.

c. La moralité des saints ne se résume pas à un ensemble de règles abstraites auxquelles on obéirait essentiellement par contrainte. Il s'agit, au contraire, d'une moralité vécue, incarnée. La moralité érigée en mode de vie rend perceptible l'unité concrète et organique des maximes qui, à l'état social, se ramènent à des aspects particuliers d'un règlement impersonnel. Ainsi, la moralité du saint est en mesure de susciter une imitation positive ne reposant ni sur la persuasion, ni sur la contrainte.

3 *** *Quelques éléments pour vous aider dans votre commentaire.*

Ce texte s'intéresse à la dimension productive de l'homme, qui se rattache à sa capacité à exploiter son milieu afin de satisfaire ses besoins et ses désirs, capacité permettant son perfectionnement. Selon Marx et Engels, les êtres humains se singularisent par la production de leurs moyens d'existence, c'est-à-dire par la modification consciente et délibérée de leur environnement pour en tirer un certain avantage. Lorsqu'il produit, l'homme est capable de ne plus dépendre des lois de la nature et d'échapper à la contingence de la découverte de moyens d'existence, car la production lui permet d'exploiter la nature en la transformant. La production est d'abord reproduction de la nature. Toute production repose à l'origine sur le mimétisme, car la nature existe avant l'homme et va déterminer à l'origine la façon dont l'homme va produire. Cependant, si l'imitation de la nature était l'unique caractéristique à retenir, alors l'homme ne saurait se différencier de la nature. Il convient donc d'ajouter que l'homme est le seul être vivant capable d'innovation, car il peut imprimer à la matière le fruit de son imagination.

4 ▶ CONSEILS

a. *Reportez-vous à la notion de nature.*

b. *Reportez-vous à la notion de conscience et à celle de liberté.*

Perspective 2

1 *

Aristote	Bien suprême comme visée de la communauté politique
Nicolas Machiavel	Raison d'État
Alexis de Tocqueville	Despotisme démocratique
Friedrich Engels	« Résorption entière de la politique dans l'économie »
Jacques Ellul	Facteur déterminant de la technique par rapport au politique

2 ** **a.** Selon Thomas Hobbes, l'état de nature s'apparente à un état de guerre « de tout homme contre tout Homme » (*Léviathan*). Cet état de guerre ne se réduit pas uniquement aux combats auxquels les hommes se livrent entre eux, mais correspond, plus profondément, à leur état d'esprit. Or, ce contexte empêche tout développement humain. Étant donné que les hommes n'entretiennent que des rapports conflictuels, il leur est impossible d'établir toute collaboration, tout échange, afin de dépasser le stade animal dans lequel ils sont enracinés. De ce fait, « il n'y a pas de place pour une activité industrieuse, parce que le fruit n'en est pas assuré ». La principale conséquence est que l'homme s'avère incapable de se manifester comme être culturel et de transformer son milieu à l'aide de ses semblables.

b. Ces exemples remplissent une double fonction. Rappelons tout d'abord que le philosophe anglais considère l'état de nature comme une étape méthodologique visant à déterminer le fondement et les fonctions relevant de l'État. L'état de nature correspond à un stade hypothétique et originaire de la vie humaine en l'absence de toute forme de lois et d'institutions politiques. Certains lecteurs pourraient donc considérer les réflexions du philosophe sur la nature humaine comme étant trop abstraites. Dès lors, Hobbes va introduire un certain nombre d'exemples de la vie quotidienne afin de montrer que ses réflexions peuvent être vérifiées par l'expérience.

Ces exemples ont tous trait à des comportements humains indiquant la méfiance et la prudence à l'égard d'autrui. De sorte que, quand bien même la plupart des hommes ne partageraient pas les idées de Hobbes sur la nature humaine, force est de constater que leurs attitudes représentent une adhésion par rapport aux idées en question.

c. Il se défend d'accuser la nature humaine, car aucune norme morale ou juridique n'existe à l'état de nature. Le bien et le mal, le légal et l'illégal procèdent de l'entrée dans l'état civil, ce qui est artificiel (fruit de l'activité des hommes). Autrement dit, d'un point de vue strictement naturel, les passions humaines ne peuvent être dites ni bonnes, ni mauvaises.

3 ▶ CONSEILS

a. *Demandez-vous quelle est la part d'indépendance de la morale quant à la politique.*

b. *Identifiez d'abord les « conditions concrètes de l'exercice du pouvoir politique ».*

c. *Définissez la notion de bien.*

Perspective 3

1* **a.** ***Méthode hypothético-déductive*** : formulation d'enchaînements logiques d'idées à partir de données de départ déterminées par l'esprit.

b. ***Méthode inductive*** : formulation de lois générales à partir de cas particuliers concordants.

c. ***Intuition*** : idée indubitable et évidente qui ne peut se concevoir autrement que telle qu'elle se manifeste immédiatement à nous.

d. ***Expliquer/Comprendre*** : tandis que l'explication s'attache à la découverte des causes naturelles des phénomènes étudiés, la compréhension entend rendre compte des raisons et des intentions humaines se rattachant à un ensemble de faits donnés.

2*

- René Descartes → Intuition
- Henri Poincaré → L'expérience scientifique « nous fait connaître autre chose qu'un fait isolé »
- Wilhelm Dilthey → Sciences de la nature et sciences de l'esprit

3** **a.** Bien que l'observation des phénomènes puisse être minutieuse et méthodique, cette dernière demeure passive. L'expérimentation, en revanche, est active en ce qu'elle implique un contrôle direct et méthodique des différents paramètres de ce qui est observé. Contrairement à l'observation, l'expérimentation ne repose pas sur une expérience brute et immédiate, mais sur une expérience construite destinée à soumettre une hypothèse donnée à l'épreuve des faits.

b. Le but de l'expérimentation est l'obtention d'un nombre suffisant de phénomènes identiques afin d'en découvrir les récurrences et, par extension, les principes qui les déterminent. Notons que la raison intervient dans les sciences expérimentales pour contrôler et enchaîner correctement les informations tirées de l'expérimentation.

4** *Quelques éléments pour vous aider dans votre commentaire.*

Selon Pierre Duhem, une théorie physique (et plus largement scientifique) est un ensemble ou une synthèse de lois formant un système. Ce système est destiné à rendre compte des données de l'expérience par rapport à un sujet ou domaine déterminé. À ce titre, une théorie scientifique doit chercher la meilleure représentation des phénomènes expérimentés, c'est-à-dire de ce qui apparaît dans notre environnement et se donne à notre observation.

Cette représentation des phénomènes expérimentés est rendue possible par les « lois expérimentales » qui mettent en évidence des récurrences (c'est-à-dire des liens de cause à effet qui se répètent suffisamment souvent) au sein de la nature. Enfin, Duhem précise que le meilleur moyen d'établir une représentation de ces lois expérimentales dans le cadre d'une théorie scientifique consiste en la formalisation géométrique et mathématique.

5 ▶ CONSEILS

a. *Définissez la notion d'opinion et confrontez-la à celle de science.*

b. *Demandez-vous d'abord s'il existe des limites à la connaissance.*

c. *Comparez religion avec science et raison.*

Annexes

Mémos

A

Abstrait : nous entendons ordinairement par abstrait ce qui s'éloigne du réel (par exemple, l'art abstrait, qui n'est pas une représentation du monde qui nous entoure) ou ce qui nous semble peu intelligible (« Il s'exprime dans un langage abstrait »). Dans son sens philosophique, abstrait doit être rattaché à l'opération qui consiste à abstraire, c'est-à-dire à isoler une caractéristique essentielle ou particulière d'une chose. Ici, l'abstrait ne s'oppose pas nécessairement au réel (on peut abstraire d'un objet ses dimensions exactes).

Aliénation : ce qui amène l'homme à se séparer et se déposséder de lui-même par ce qu'il produit. Ainsi, pour Feuerbach, l'homme est aliéné par le religieux : il se dépossède et se sépare de ses qualités et de ses espérances en les projetant dans une entité extérieure qu'il appelle « Dieu ». L'aliénation est par ailleurs une notion-clé chez des philosophes comme Hegel ou Marx (le « travail aliéné »).

Ambivalence/Ambivalente : l'expérience du sacré peut être qualifiée d'ambivalente parce qu'elle implique la manifestation simultanée de sentiments opposés (terreur, fascination et vénération) vis-à-vis d'un même objet. Plus généralement, l'ambivalence désigne tout ce qui peut admettre deux sens ou interprétations différentes.

Analogie/Analogue : égalité d'un rapport entre deux couples distincts d'éléments ou de concepts.

A posteriori : désigne un genre de connaissance qui dépend strictement des données de l'expérience.

A priori : désigne ce qui peut se concevoir indépendamment de l'expérience.

Ataraxie : vient du grec *ataraxia* qui signifie la « quiétude » ou « l'absence de troubles ». L'ataraxie désigne la « tranquillité de l'âme » qui, notamment selon les épicuriens et les stoïciens, n'est autre que le bonheur et le but de la sagesse.

Autonomie : désigne, en son sens ordinaire, l'aptitude à se fixer par soi-même des règles de conduite auxquelles on se soumet. Chez Kant, l'autonomie correspond à la liberté du sujet, qui est le créateur des lois morales et rationnelles auxquelles il se soumet (voir aussi chapitre 9).

B

Besoin : se caractérise, en son sens ordinaire, comme une « exigence pour l'être humain ou l'animal, provenant de la nature ou de la vie sociale » (*Le Robert*). En outre, le besoin peut désigner ce qui apparaît comme indispensable à l'existence humaine (par exemple, le besoin spirituel ou religieux des hommes). En son sens psychologique, le besoin se rapporte à un sentiment de privation par rapport à ce qui est ou semble nécessaire à l'individu.

C

Concept : c'est à partir d'un objet de pensée (par exemple, la morale) que le philosophe forme un concept (par exemple, l'impératif catégorique de Kant). Autrement dit, le concept est une représentation mentale et générale visant à organiser nos connaissances autour d'un objet de pensée.

Contrainte : règle ou nécessité d'agir qui, par la force ou par la menace, s'impose de manière extérieure à ma conscience et à mon vouloir.

Convaincre : désigne le fait d'amener autrui à adhérer à une théorie ou à une idée par l'usage de la démonstration logique et de la preuve.

Convention : produit d'une entente explicite ou bien tacite. Notion souvent opposée à ce qui est simplement donné par nature. *Exemple :* chez Hobbes, le pacte par lequel les hommes sortent de l'état de nature pour entrer dans l'état civil peut être qualifié de convention.

Corroboration : concept relevant de la philosophie science et introduit par Karl Popper. Selon lui, la corroboration exprime « le degré auquel une hypothèse a résisté à des tests sévères et a ainsi fait ses preuves » (*La Logique de la découverte scientifique*). L'opposé d'une hypothèse corroborée par l'expérience est une hypothèse réfutée par l'expérience. Il convient de distinguer la corroboration de la vérification. La corroboration signifie que l'hypothèse résiste à des tests où ses prédictions pourraient s'avérer fausses. La vérification consiste à s'assurer que ce qui est décrit par la théorie est également observable.

Croyance : fait d'adhérer à une idée ou à une théorie en l'absence d'une démonstration logique et/ou empirique. La croyance n'est donc pas nécessairement fausse : elle est une opinion qui n'a pas été prouvée ou justifiée par la raison.

D

Déduction : opération de l'esprit qui, conformément aux règles de la logique, tire la conclusion adéquate à partir d'une ou d'un ensemble donné de propositions données.

Désir : recherche d'un objet imaginé ou réel que l'on estime en mesure de provoquer du plaisir ou de la satisfaction.

E

Édifiant : désigne quelque chose qui, par sa valeur, rend possible le perfectionnement humain.

Égalité : rapport entre deux ou plusieurs objets/êtres n'impliquant pas de différence quantitative (dimension, poids) ou qualitative (par exemple, les hommes sont « égaux en dignité »).

Empirique : notion désignant le fait que la source d'une ou d'un ensemble de connaissances données appartient à l'expérience. On peut rapprocher l'empirique de ce que Kant désigne sous le terme d'*a posteriori*.

Essence : ce qui caractérise une chose indépendamment de ce qui peut la modifier en surface. Par exemple, une coloration des cheveux ne modifie pas l'essence des cheveux. L'accident, en revanche, est une modification superficielle de l'essence. Par rapport aux cheveux, la coloration est accidentelle.

H

Hétéronomie : terme opposé à l'autonomie dans la philosophie morale de Kant. L'hétéronomie correspond à tous les cas de figure où la volonté ne se donne pas à elle-même sa loi. Tandis que la morale correspond à une loi qui m'est propre en tant qu'être rationnel, le droit relève de l'hétéronomie, car il représente une loi et une contrainte qui me sont extérieures.

Hypothèse : désigne le point de départ que l'on se donne pour une démonstration logique (les prémisses du syllogisme) ou l'explication possible d'un phénomène destinée à être soumise à l'expérience. Ainsi, l'hypothèse impliquera soit une conclusion d'ordre logique (ce qui découle des prémisses du syllogisme), soit la prédiction de conséquences d'ordre pratique qui nécessitent d'être testées.

I

Idéologie : ensemble plus ou moins systématique d'idées, de croyances ou de doctrines relatifs à une époque, une société, une classe sociale ou un groupe donné.

Impartialité : attitude consistant en l'élimination de toute forme de parti pris dans un jugement.

Ineffable : désigne toute chose qui, en raison de sa nature, ne saurait être décrite par le langage.

Inférer/inférence : démarche de l'esprit consistant à tirer une conclusion à partir d'une situation, d'un fait, ou d'une idée donnée.

Instinct : composante innée déterminant des comportements spécifiques, irrépressibles et inaltérables chez les individus d'une même espèce. Par exemple, l'instinct maternel, l'instinct sexuel, l'instinct de prédation, etc.

Intuition : mode immédiat de la connaissance. L'intuition se rattache à ce que nos sens et notre esprit perçoivent directement. (➔ Notion 17 et « Perspective 3 : La connaissance » pour le sens de cette notion chez Descartes).

L

Lapsus : erreur de communication involontaire par laquelle un mot est employé au lieu d'un autre.

Légitimité : ce qui est justifiable en raison d'une norme relevant de la morale et/ou du droit.

Libre arbitre : désigne, au sens fort, la capacité d'autodétermination de l'homme. En son sens plus restreint, le libre arbitre correspond à la faculté de la volonté d'opérer un choix entre plusieurs actions possibles. L'existence d'un libre arbitre est contestée par la position déterministe (➔ Notion 9 sur la liberté).

Logique : discipline scientifique établissant et étudiant les principes suivant lesquels nos inférences peuvent être considérées comme valides.

M

Macroscopique : « qui se voit à l'œil nu » (*Larousse*).

Médiatisation : s'oppose à l'immédiateté qui exclut tout intermédiaire. En tant qu'elle passe par la mise en forme des données sensibles et par le langage, notre connaissance du monde relève le plus souvent du domaine du médiat, de la médiatisation. D'une manière générale, on fait donc souvent correspondre le médiat/la médiatisation au discursif (impliquant le médium de la réflexion et du langage) et l'immédiat à l'intuitif.

Microscopique : « qui ne peut être aperçu qu'à l'aide du microscope » (*Larousse*).

N

Narcissisme : correspond, dans la psychanalyse, au moi se prenant lui-même comme objet d'amour. L'hypertrophie de l'estime de soi et de l'égocentrisme ainsi que le désintérêt pour autrui sont généralement considérés comme les symptômes majeurs du narcissisme.

Nécessité : un événement relève de la nécessité lorsque rien n'aurait pu l'éviter. La nécessité se rattache aux prédictions des théories scientifiques. On peut également parler d'une nécessité strictement logique (par exemple, lorsque la conclusion découle des prémisses du syllogisme).

Nominalisme/Nominaliste : doctrine soutenant qu'« il n'y a rien d'universel dans le monde en dehors des dénominations, car les choses nommées sont toutes individuelles et singulières » (Thomas Hobbes).

O

Objectif/Objectivité : se définit par la conformité de la pensée à l'objet de la connaissance. Est objectif ce qui ne dépend pas de mes croyances et de mes désirs particuliers, et motive rationnellement l'accord des individus entre eux.

Obligation : ce qui me lie intrinsèquement au devoir moral. L'obligation implique une manière d'agir ou un code de conduite dont ma conscience et ma volonté reconnaissent le bien-fondé. (➔ Voir également la distinction entre l'obligation juridique et le devoir moral exposée dans la Notion 7).

Opinion : en son sens courant, avis émis par un individu ou par un groupe sur un sujet donné. La philosophie caractérise l'opinion d'une manière plus négative comme une croyance à laquelle les individus adhèrent en l'absence de toute forme d'examen critique.

P

Paradigme : désigne, selon le philosophe Thomas Kuhn, un certain modèle s'imposant aux chercheurs durant une période déterminée de l'histoire des sciences. Kuhn définit les paradigmes comme des « découvertes scientifiques universellement reconnues qui, pour un temps, fournissent à un groupe de chercheurs des problèmes types et des solutions. »

Paradoxal : caractérise une idée ou un fait qui, à première vue, semble contredire les règles de la logique et/ou ce qui est admis par le sens commun.

Partialité : contraire de l'impartialité. Jugement ou évaluation dépendant d'un parti pris.

Particulier : ce qui ne s'applique qu'à un seul ou à un groupe restreint d'éléments.

Passion : affection corporelle nous poussant à agir. Descartes définit les passions comme « toutes les pensées qui sont excitées en l'âme sans le secours de la volonté ». Pour Hume, « la passion est une émotion violente et sensible de l'esprit à l'apparition d'un bien ou d'un mal, ou d'un objet qui, par suite de la constitution primitive de nos facultés, est propre à exciter un appétit. » Ainsi, nos besoins (comme la faim ou la soif) sont de l'ordre des passions. Nos désirs sont des passions particulières, car ceux-ci vont au-delà de la satisfaction de nos besoins vitaux.

Persuader : désigne le fait d'amener autrui à adhérer à une opinion ou à une croyance en faisant appel à ses désirs et sentiments.

Physiologique : « qui concerne l'activité de l'organisme humain » (*Le Robert*).

Polysémie : caractérise les mots ou les expressions admettant plusieurs significations différentes. Par exemple, « clarté » peut, selon les contextes, désigner la « lumière », la « transparence », l' « intelligibilité », ou bien la « blancheur ».

Providence : mode d'action par lequel Dieu ordonne les êtres et les événements au sein de sa Création en fonction de la fin qu'il a fixée.

Pseudoscience : discipline qui, volontairement ou non, s'attribue de manière indue les caractéristiques de la science.

Q

Qualitatif.ve : la qualité est une « manière d'être non mesurable (d'une chose) qui donne une valeur plus ou moins grande » (*Le Robert*). De ce fait, les aspects qualitatifs (par exemple, le goût, l'odeur et la couleur d'une boisson) d'une chose sont irréductibles à ses aspects purement mesurables et donc quantitatifs (par exemple, le nombre de centilitres de la boisson dans mon verre).

R

Réalité/Réel : ce qui s'oppose à ce qui est illusoire ou simplement du domaine du possible. On entend généralement par réalité ce qui existe concrètement (par opposition à ce qui existe seulement dans notre esprit).

Refoulement : concept relevant de la psychanalyse. Le refoulement repousse dans l'inconscient les désirs dont la manifestation et l'accomplissement sont inacceptables pour la conscience. Selon Freud, le refoulé se manifeste dans les rêves, les actes manqués (oublis motivés par des désirs inconscients), et les symptômes de la névrose.

S

Subjectif/Subjectivité : ce qui renvoie au sujet de la connaissance. D'une part, certaines de mes expériences, connues uniquement par moi-même, sont subjectives : elles ne peuvent pas prétendre à l'objectivité. D'autre part, en tant que sujet, je peux partager avec autrui des connaissances qui sont objectives.

T

Théodicée : explication visant à montrer que le mal dans le monde n'infirme pas l'hypothèse de la bonté de Dieu.

Transcendant : ce qui dépasse un certain domaine considéré. Par exemple, Dieu est transcendant par rapport à l'homme.

V

Vengeance : « action de se venger ; dédommagement moral de l'offensé par punition de l'offenseur » (*Le Robert*).

Notion 2 – Le bonheur

Philosophe

Épicure (vers 342 av. J.-C. - -270 av. J.-C.)

Philosophe grec et fondateur de l'épicurisme, Épicure développa d'importantes théories sur la physique. Pour lui, bonheur et vertu sont indissociables. La clef de voûte de son éthique est la classification des désirs.

Philosophe

Blaise Pascal (1623-1662)

Philosophe français qui s'est à la fois illustré comme homme de sciences et apologiste du christianisme. Dans ses *Pensées*, il s'interroge notamment sur le sens de la recherche du bonheur.

Notion 3 – La conscience

Philosophe

René Descartes (1596-1650)

Philosophe français dont les réflexions sur la conscience et le *cogito* sont considérées comme l'une des principales pierres angulaires de la philosophie moderne.

Philosophe

David Hume (1711-1776)

Philosophe écossais. Il est l'un des principaux pères fondateurs de l'empirisme moderne. Dans son *Traité de la nature humaine* (1739), il remet notamment en doute le présupposé d'une idée du Moi.

Notion 4 – Le devoir

Philosophe

Emmanuel Kant (1724-1804)

Philosophe allemand et figure intellectuelle majeure du siècle des Lumières. Kant assimile le devoir moral à l'impératif catégorique dans ses *Fondements de la métaphysique des mœurs* (1785).

Philosophe

John Stuart Mill (1806-1873)

Philosophe britannique qui a redéfini et repopularisé la doctrine utilitariste dont Jeremy Bentham (1748-1832) avait posé les premiers jalons. Mill récuse le critère du devoir moral tel que défini par Kant.

Philosophe

Jeremy Bentham (1748-1832)

Philosophe et jurisconsulte britannique. Il est considéré comme le père fondateur de l'utilitarisme. John Stuart Mill deviendra le disciple de Bentham, mais s'opposera à la conception hédoniste de l'utilitarisme défendue par ce dernier.

Notion 5 – L'État

Philosophe

Thomas Hobbes (1588-1679)

Philosophe anglais et théoricien majeur de l'État moderne. Dans son magnum opus *Léviathan* (1651), il affirme que l'institution de l'État dépend de la nécessité de sortir de l'état de nature.

Philosophe

Jean-Jacques Rousseau (1712-1778)

Philosophe et écrivain de langue française. Dans *Du contrat social*, il soutient que la légitimité de l'État repose sur la souveraineté du peuple.

Philosophe

Hannah Arendt (1906-1975)

Philosophe et politologue allemande naturalisée américaine, ses travaux ont principalement porté sur les notions de politique, de technique et de culture à travers notamment les concepts de totalitarisme et de banalité du mal.

Notion 6 – L'inconscient

Philosophe

Gottfried Wilhelm Leibniz (1646-1716)

Philosophe rationaliste allemand, polymathe et auteur incroyablement prolifique. Il traite notamment de la question des petites perceptions dans ses *Nouveaux essais sur l'entendement humain* (1765).

Philosophe

Sigmund Freud (1856-1939)

Père fondateur de la psychanalyse qu'il présentait comme étant la première théorie « scientifique » de l'inconscient.

Philosophe

Karl Popper (1902-1994)

Philosophe austro-britannique. Ses réflexions sur la réfutabilité exercent encore une influence majeure sur la philosophie des sciences contemporaine.

Notion 7 – La justice

Philosophe

John Locke (1632-1704)

Philosophe anglais qui fait partie des plus éminents représentants de l'empirisme. Il est l'un des pères fondateurs de la notion d'État de droit.

Notion 8 – Le langage

Philosophe

Michel de Montaigne (1533-1592)

Il fut l'un des philosophes français les plus importants de la Renaissance. Influencés par l'humanisme et le scepticisme, ses *Essais* sont son oeuvre majeure. Il s'y demande notamment si la parole serait le seul privilège de l'homme.

Notion 9 – La liberté

Philosophe

Épictète (vers 50-135)

Il était, avec Sénèque et Marc Aurèle, l'un des plus célèbres représentants de la philosophie stoïcienne. Il défend l'idée que la liberté relève des raisons intérieures par lesquelles l'homme se détermine. Les enseignements d'Épictète ont été recueillis et compilés par son disciple Arrien dans les *Entretiens* et le *Manuel*.

Philosophe

Baruch Spinoza (1632-1677)

Philosophe néerlandais rationaliste. À la fois héritier et critique du cartésianisme, il présente le libre arbitre comme étant une illusion dans son magnum opus, *Éthique* (1677).

Notion 10 – La nature

Philosophe

Charles Darwin (1809-1882)

Scientifique, paléontologue et naturaliste anglais dont les recherches, portant principalement sur la théorie de l'évolution et la sélection naturelle, ont fait date dans le domaine de la biologie et de la philosophie en remettant en cause l'idée de la supériorité de l'espèce humaine au sein du vivant

Notion 11 – La raison

Philosophe

Aristote (vers 384 av. J-C. - -322 av. J.-C.)

Il est, avec Platon, l'un des penseurs les plus importants de l'antiquité grecque et, plus généralement, de l'histoire de la philosophie occidentale. Ses *Premiers Analytiques* définissent les principes cardinaux de l'art de bien raisonner.

Philosophe

Arthur Schopenhauer (1788-1860)

Philosophe allemand dont l'œuvre principale, *Le Monde comme volonté et représentation*, exerça une large influence sur la pensée philosophique du XIXe siècle et au-delà.

Notion 12 – La religion

Philosophe

Émile Durkheim (1858-1917)

Philosophe de formation, ses travaux posent les premiers jalons de la sociologie moderne. Dans *Les Formes élémentaires de la vie religieuse*, il étudie la religion en tant que « fait social ».

Philosophe

Ludwig Andreas Feuerbach (1804-1872)

Philosophe allemand. Dans son œuvre majeure, l'*Essence du christianisme*, il défend la thèse de l'aliénation de l'homme par la religion qui exercera une certaine influence sur les écrits de Marx et Engels.

Notion 15 – Le temps

Philosophe

Henri Bergson (1859-1941)

Philosophe français dont les travaux sur le temps, les relations entre corps et esprit et, plus largement, sur l'art et la morale, firent de lui un penseur majeur de la première moitié du XXe siècle.

Notion 16 – Le travail

Philosophe

Karl Marx (1818-1883)

Philosophe, mais aussi historien, sociologue et économiste allemand dont la pensée, fondée sur une analyse matérialiste des rapports de classe et de production, a eu une influence politique majeure au XXe siècle. Son ouvrage majeur est *Le Capital*.

Notion 17 – La vérité

Philosophe

Saint Thomas d'Aquin (vers 1224-1274)

Philosophe et théologien chrétien. Il est l'auteur d'une œuvre monumentale dont l'une des principales ambitions était de concilier le christianisme et l'aristotélisme.

Perspective 1 – L'existence humaine et la culture

Philosophe

Georg Wilhelm Friedrich Hegel (1770-1831)

Philosophe allemand auteur d'un ambitieux système couvrant la quasi-intégralité des aspects de l'existence humaine (art, religion, histoire, droit, morale, etc.). Son ouvrage le plus connu est *Phénoménologie de l'esprit* (1807).

Perspective 2 – La morale et la politique

Philosophe

Alexis de Tocqueville (1805-1859)

Philosophe et homme politique français. Son ouvrage majeur, *De la démocratie en Amérique*, met en garde contre la possibilité d'un « despotisme démocratique ».

Philosophe

Nicolas Machiavel (1469-1527)

Philosophe florentin qui s'est attaché à décrire les rouages du pouvoir politique de manière réaliste. Son ouvrage le plus connu est *Le Prince* (1532). Machiavel est souvent considéré comme étant l'un des premiers théoriciens de la raison d'État.

Perspective 3 – La connaissance

Philosophe

Wilhelm Dilthey (1833-1911)

Philosophe allemand. Sa manière de différencier les sciences de la nature des sciences de l'esprit exerce encore une influence notable sur l'herméneutique contemporaine (c'est-à-dire la discipline visant à établir les principes de la lecture, de l'explication, et de l'interprétation des textes).

Le Grand oral

1. Principes généraux

- Le Grand oral doit s'appuyer sur les deux spécialités conservées en Terminale.
- Le Grand oral peut porter sur les programmes de Première et de Terminale des deux spécialités conservées en Terminale (mais pas sur la spécialité abandonnée en fin de Première).
- Vous devez préparer obligatoirement deux sujets selon la logique suivante :

– le sujet 1 porte sur la spécialité A et le sujet 2 porte sur la spécialité B (et inversement) ;

– le sujet 1 porte sur les spécialités A et B, et le sujet 2 porte sur la spécialité A (et inversement) ;

– le sujet 1 porte sur les spécialités A et B, et le sujet 2 porte sur la spécialité B (et inversement) ;

– le sujet 1 et le sujet 2 portent sur les spécialités A et B ;

– il est impossible de faire porter le sujet 1 et le sujet 2 sur la spécialité A en excluant la spécialité B (ou sur la spécialité B en excluant la spécialité A).

- Le jour de l'épreuve, vous présentez vos deux sujets au jury qui en sélectionnera un. Vous disposez de 20 minutes pour préparer votre oral. L'oral se décompose en trois temps : une présentation de votre sujet en 5 minutes, 10 minutes d'échanges avec le jury sur votre prestation et 5 minutes d'échanges avec le jury sur votre projet d'orientation.

2. La Philosophie et le Grand oral

- Même si la Philosophie, en tant qu'enseignement du tronc commun en Terminale (attention, il n'est pas question ici de la partie philosophique de la spécialité « Humanités, littérature, philosophie »), ne peut pas faire partie des spécialités sur lesquelles s'appuie le Grand oral, elle ne doit pas être pour autant tenue à l'écart de sa préparation.
- Vous avez tout intérêt à nourrir votre travail pour le Grand oral de ce que vous avez vu et appris en cours de Philosophie du point de vue de la méthode et du point de vue du contenu.

3. Grand oral et méthode philosophique

- Du point de vue de la méthode, un sujet de Grand oral peut être assimilé à un sujet de dissertation et peut donc être abordé, globalement, avec les mêmes outils méthodologiques.

- En premier lieu, un sujet de Grand oral doit être **formulé comme un sujet de dissertation de Philosophie**, c'est-à-dire sous la forme d'une **question fermée introduisant une polémique** (par exemple « L'école éduque-t-elle seulement les enfants ?), et **non d'une question ouverte appelant à une énumération** (par exemple « Comment l'école éduque-t-elle les enfants ? », formulation qui n'invite qu'à dresser une liste de moyens par lesquels l'école éduque les enfants, sans chercher à les questionner).
- Ensuite, le plan de votre présentation doit adopter une **progression dialectique** selon le principe « idée, objection, réponse à l'objection », afin de donner à votre propos la problématisation suffisante et le dynamisme nécessaire pour tenir en haleine votre auditoire.

4. Grand oral et contenu du programme de Philosophie

- En fonction du contenu des programmes de chaque spécialité, le recours au contenu du programme de Philosophie **devra être adapté**.
- Pour savoir quelles sont les parties du programme de Philosophie qui peuvent être utilisées en fonction de vos spécialités et des aspects du programme de celles-ci que vous aurez choisis, vous pourrez vous référer aux tableaux dans la suite des annexes.
- Attention, ces tableaux comparatifs ne présentent que des suggestions : ils ne sont ni restrictifs, ni obligatoires.

Remarques :

– La **spécialité « Sciences de l'ingénieur »** présente un programme pour lequel il est difficile de proposer *a priori* des croisements avec le programme de Philosophie. Toutefois, les notions de **nature**, de **science**, de **technique**, de **travail** et de **vérité** peuvent être exploitées.

– Les **spécialités artistiques** présentant un programme limitatif d'œuvres et de thèmes renouvelés régulièrement, il est impossible de proposer *a priori* des croisements avec le programme de Philosophie. Toutefois, les notions d'**art**, de **bonheur**, de **conscience**, d'**inconscient**, d'**État**, de **langage**, de **nature**, de **liberté**, de **raison**, de **technique** et de **vérité** peuvent être exploitées.

Faire le lien entre les spécialités et la Philosophie

1. Philosophie/Humanités, littérature et philosophie

Parties du programme de la spécialité **Humanités, littérature et philosophie**		Notions du programme de **Philosophie** potentiellement mobilisables
Thématique 1 : « La recherche de soi » ▶ Période de référence : du romantisme au XXe siècle	▶ Éducation, transmission et émancipation	Liberté ; devoir ; État ; perspective « La morale et la politique »
	▶ Les expressions de la sensibilité	Art ; conscience ; inconscient ; temps ; langage
	▶ Les métamorphoses du Moi	Conscience ; inconscient ; temps ; nature
Thématique 2 : « L'Humanité en question » ▶ Période de référence : période contemporaine, XXe-XXIe siècles	▶ Création, continuités et ruptures	Art, liberté
	▶ Histoire et violence	Liberté ; État ; perspective « La morale et la politique »
	▶ L'humain et ses limites	Nature ; science ; raison, technique ; vérité ; perspective « L'existence humaine et la culture »

2. Philosophie/Sciences économiques et sociales

Parties du programme de la spécialité **Sciences économiques et sociales**		Notions du programme de **Philosophie** potentiellement mobilisables
Science économique	▶ Quels sont les sources et les défis de la croissance économique ?	État ; liberté ; raison ; technique ; travail
	▶ Quels sont les fondements du commerce international et de l'internationalisation de la production ?	État ; justice ; langage ; liberté ; raison ; technique ; temps ; travail
	▶ Comment lutter contre le chômage ?	État ; justice ; technique ; travail
	▶ Comment expliquer les crises financières et réguler le système financier ?	État ; justice ; raison ; science ; technique ; travail ; vérité
	▶ Quelles politiques économiques dans le cadre européen ?	État ; technique ; travail
Sociologie et science politique	▶ Comment est structurée la société française actuelle ?	État ; conscience ; liberté ; technique ; travail
	▶ Quelle est l'action de l'École sur les destins individuels et sur l'évolution de la société ?	Bonheur ; conscience ; devoir ; État ; liberté ; technique ; travail
	▶ Quels sont les caractéristiques contemporaines et les facteurs de la mobilité sociale ?	État ; liberté ; technique ; temps ; travail
	▶ Quelles mutations du travail et de l'emploi ?	Conscience ; État ; liberté ; technique ; temps ; travail
	▶ Comment expliquer l'engagement politique dans les sociétés démocratiques ?	Conscience ; devoir ; État ; justice ; liberté

Parties du programme de la spécialité **Sciences économiques et sociales**		Notions du programme de **Philosophie** potentiellement mobilisables
Regards croisés	▶ Quelles inégalités sont compatibles avec les différentes conceptions de la justice sociale ?	Conscience ; devoir ; État ; justice ; liberté
	▶ Quelle action publique pour l'environnement ?	Conscience ; devoir ; État ; justice ; nature

3. Philosophie/Numérique et sciences de l'informatique

Parties du programme de la spécialité **Numérique et sciences de l'informatique**	Notions du programme de **Philosophie** potentiellement mobilisables
▶ Histoire de l'informatique	Conscience ; État ; langage ; liberté ; nature ; raison ; science ; technique ; temps ; travail ; vérité
▶ Structures de données	Langage ; raison ; science ; vérité
▶ Bases de données	Langage ; raison ; science ; vérité
▶ Architectures matérielles, systèmes d'exploitation et réseaux	Langage ; raison ; science ; technique ; vérité
▶ Langage et programmation	Langage ; raison ; science ; vérité
▶ Algorithmique	Langage ; raison ; science ; vérité

4. Philosophie/SVT

Parties du programme de la spécialité SVT		Notions du programme de **Philosophie** potentiellement mobilisables
Thème 1 « La Terre, la vie et l'organisation du vivant »	▶ Génétique et évolution	Langage ; nature ; temps ; science
	▶ À la recherche du passé géologique de notre planète	Nature ; temps ; science
Thème 2 « Enjeux planétaires contemporains »	▶ De la plante sauvage à la plante domestiquée	Nature ; technique ; temps ; science
	▶ Les climats de la Terre : comprendre le passé pour agir aujourd'hui et demain	Nature ; technique ; temps ; science
Thème 3 « Corps humain et santé »	▶ Comportements, mouvement et système nerveux	Conscience ; nature ; temps ; science
	▶ Produire le mouvement : contraction musculaire et apport d'énergie	Comportements et stress : vers une vision intégrée de l'organisme
	▶ Comportements et stress : vers une vision intégrée de l'organisme	Comportements et stress : vers une vision intégrée de l'organisme

5. Philosophie/Mathématiques

Parties du programme de la spécialité Mathématiques	Notions du programme de **Philosophie** potentiellement mobilisables
▶ Algèbre et géométrie	Art ; langage ; nature ; raison ; science ; vérité
▶ Analyse	Langage ; nature ; raison ; science ; vérité
▶ Probabilités	État ; langage ; liberté ; nature ; raison ; science ; temps ; vérité
▶ Algorithmes et programmation	Langage ; nature ; raison ; science ; technique ; vérité

6. Philosophie/Physique-Chimie

Parties du programme de la spécialité **Physique-Chimie**		Notions du programme de **Philosophie** potentiellement mobilisables
Thème 1 « Constitution et transformations de la matière »	▶ Déterminer la composition d'un système par des méthodes physiques et chimiques	Langage ; nature ; raison ; science ; technique ; vérité
	▶ Modéliser l'évolution temporelle d'un système, siège d'une transformation	Langage ; nature ; raison ; science ; technique ; temps ; vérité
	▶ Prévoir l'état final d'un système, siège d'une transformation chimique	Langage ; nature ; raison ; science ; technique ; temps ; vérité
	▶ Élaborer des stratégies en synthèse organique	Langage ; nature ; raison ; science ; technique ; vérité
Thème 2 « Mouvement et interactions »	▶ Décrire un mouvement	Langage ; nature ; raison ; science ; technique ; temps ; vérité
	▶ Relier les actions appliquées à un système à son mouvement	Langage ; nature ; raison ; science ; technique ; temps ; vérité
	▶ Modéliser l'écoulement d'un fluide	Langage ; nature ; raison ; science ; technique ; temps ; vérité
Thème 3 « L'énergie : conversions et transferts »	▶ Décrire un système thermodynamique : exemple du modèle du gaz parfait	Langage ; nature ; raison ; science ; technique ; temps ; vérité
	▶ Effectuer des bilans d'énergie sur un système : le premier principe de la thermodynamique	Langage ; nature ; raison ; science ; technique ; temps ; vérité

Parties du programme de la spécialité **Physique-Chimie**		Notions du programme de **Philosophie** potentiellement mobilisables
Thème 4 « Ondes et signaux »	▸ Caractériser les phénomènes ondulatoires	Langage ; nature ; raison ; science ; technique ; temps ; vérité
	▸ Former des images, décrire la lumière par un flux de photons	Langage ; nature ; raison ; science ; technique ; temps ; vérité

7. Philosophie/Anglais et monde contemporain

Parties du programme de la spécialité **Anglais et monde contemporain**		Notions du programme de **Philosophie** potentiellement mobilisables
Thématique 1 « Faire société »	▸ Unité et pluralité	Conscience ; devoir ; État ; justice ; langage ; liberté ; raison ; religion ; travail
	▸ Libertés publiques et libertés individuelles	Conscience ; devoir ; État ; justice ; langage ; liberté ; raison ; religion
	▸ Égalités et inégalités	Conscience ; devoir ; État ; justice ; langage ; liberté ; raison ; religion
Thématique 2 « Environnements en mutation »	▸ Frontière et espace	Conscience ; devoir ; État ; justice ; langage ; liberté ; raison ; religion ; travail
	▸ De la protection de la nature à la transition écologique	Conscience ; devoir ; État ; justice ; liberté ; nature ; temps ; technique ; travail
	▸ Repenser la ville	Art ; bonheur ; conscience ; État ; justice ; liberté ; temps ; travail
Thématique 3 « Relation au monde »	▸ Puissance et influence	État ; justice ; langage ; liberté ; religion ; technique ; travail
	▸ Rivalités et interdépendances	État ; justice ; langage ; liberté ; religion ; technique ; travail
	▸ Héritage commun et diversité	Art ; bonheur ; conscience ; devoir ; État ; justice ; langage ; liberté ; raison ; religion ; temps ; travail

8. Philosophie/Histoire, géographie, géopolitique et sciences politiques

Parties du programme de la spécialité **Histoire, géographie, géopolitique et sciences politiques**	Notions du programme de **Philosophie** potentiellement mobilisables
Thème 1 « De nouveaux espaces de conquête »	État ; justice ; langage ; liberté ; raison ; religion ; temps
Thème 2 « Faire la guerre, faire la paix : formes de conflits et modes de résolution »	État ; justice ; langage ; liberté ; raison ; religion ; temps
Thème 3 « Histoire et mémoires »	Conscience ; devoir ; État ; justice ; langage ; liberté ; raison ; religion ; technique ; temps ; vérité
Thème 4 « Identifier, protéger et valoriser le patrimoine : enjeux géopolitiques »	Art ; devoir ; État ; justice ; raison ; religion ; travail ; technique ; temps ; vérité
Thème 5 « L'environnement, entre exploitation et protection : un enjeu planétaire »	Devoir ; État ; justice ; nature ; raison ; science ; travail ; technique ; temps ; vérité
Thème 6 « L'enjeu de la connaissance »	État ; nature ; raison ; science ; travail ; technique ; temps ; vérité

9. Philosophie/Littérature et langues et cultures de l'Antiquité

Parties du programme de la spécialité **Littérature et langues et cultures de l'Antiquité**	Notions du programme de **Philosophie** potentiellement mobilisables
▶ « L'homme, le monde, le destin »	Art ; bonheur ; conscience ; devoir ; État ; justice ; langage ; liberté ; nature ; raison ; religion ; science ; technique ; temps ; travail ; vérité
▶ « Croire, savoir, douter »	Conscience ; langage ; liberté ; nature ; raison ; religion ; science ; vérité
▶ Méditerranée : présence des mondes antiques	Art ; État ; langage ; nature ; raison ; religion ; science ; technique ; temps ; travail

Crédits inographiques :
p. 14 : Association Marcel Duchamp/ADAGP Paris, 2022 ; Christie's Images / Bridgeman Images / ADAGP Paris, 2022 – p. 23 : Bridgeman Images – p. 38 : Gusman / Bridgeman Images – p. 71 : Photo12/Picture Alliance (et p. 300) – p. 79 : Willem den Broeder – p. 84 : Rue des Archives/SPPS/Bridgeman Images (et p. 301) – p. 85 : Hanno Karlhuber / DR – p. 93 : Bridgeman Images – p. 94 : Photo12/Heritage Images/Fine Art Images – p. 99 : Wellcome Collection. – p. 187 : https://www.history.army.mil – p. 203 : Bridgeman Images/Salvador Dalí, Fundació Gala-Salvador Dali/Adagp, Paris 2022 – p. 247 : Photo12/Alamy/ART Collection

Création graphique : Yannick Le Bourg ; Mise en pages : Nord Compo

IMPRIM'VERT 2021

PEFC
PEFC/18-31-407

Achevé d'imprimer en mai 2022 par Bona SpA en Italie
Dépôt légal : juillet 2022 – N° éditeur : MAGSI20210376